작고
나직한

기억되지
못하는
것들의

아름다움에
대하여

안도현의 발견

초판 1쇄 발행 2014년 10월 15일
초판 5쇄 발행 2016년 1월 25일

지은이 안도현
펴낸이 이기섭
편집인 김수영
책임편집 김준섭
마케팅 조재성 정윤성 한성진 정영은 박신영
경영지원 김미란 장혜정

펴낸곳 한겨레출판(주) www.hanibook.co.kr
주소 서울시 마포구 효창목길 6 (공덕동) 한겨레신문사 4층
전화 02-6383-1602~3
팩스 02-6383-1610
대표메일 munhak@hanibook.co.kr

ISBN 978-89-8431-847-2 03810

• 책값은 뒤표지에 있습니다.
• 파본은 구입하신 서점에서 바꾸어 드립니다.
• 이 책의 일부 또는 전부를 재사용하려면 반드시 저작권자와 한겨레출판(주) 양측의 동의를 얻어야 합니다.

안도현의
발   견

안도현 지음

한겨레출판

　시인은 세상에 없던 것을 새로 만들어내는 사람이 아니다. 원래 있던 것 중에 남들이 미처 찾지 못한 것을 찾아내는 사람이다. 즉 시인은 발명하는 사람이 아니라 발견하는 사람인 것이다. 그런 의미에서 눈에 번쩍 띄는 연애의 대상을 발견하고 사랑에 빠진 사람은 바로 그때 시인이 된다. '노다지'나 신대륙을 발견하는 순간, 가슴이 벌렁거리고 큰소리로 외치고 싶어진다면 그도 시인이 되었다는 뜻이다.

　이 책은 근래 내가 발견한 것들을 기록한 글로 만들어졌다. 나는 거대하고 높고 빛나는 것들보다는 작고 나지막하고 안쓰러운 것들을 좋아하는 편이다. 햇빛이 미끄러져 내리는 나뭇잎의 앞면보다는 나뭇잎 뒷면의 흐릿한 그늘을 좋아하고, 남들이 우러러보고 따르는 사람보다는 나 혼자 가만히 가까이하고 싶은 사람을 더 사랑한다. 내가 좋아하는 것들의 목록과 이름들을 오래 응시하고, 어루만져보고, 귀 기울여보고, 의미를 입혀보는 것만큼 행복한 일도 없다고 생각한다. 사소한 것들이 주는 기쁨은 삶을 전진시키는 에너지와도 같으니까.

〈한겨레〉에 1년 동안 연재할 당시, 나는 원고지 3.7매의 독방에 들어가 사는 것 같았다. 그 독방에서 3.7매라는 지면의 한계와 무한한 가능성을 동시에 맛보았다. 나는 거기 갇혀 있었으나 자유로웠고, 누군가에게 감시당하고 있었으나 늘 벗어나 있었고, 짧은 글을 썼으나 많은 말을 하고 있었다. 참으로 묘한 경험이었다. 신문 지면의 제약 때문에 규격화되어 있던 글들이 이렇게 조금 숨을 쉴 수 있게 된 것은 모두 한겨레출판 편집부 사람들 덕분이다.

　여기 실린 글을 나 혼자 다 썼다고 할 수 없다. 생강나무, 감꽃, 무화과꽃, 참비름, 연꽃, 애기꾀꼬리버섯, 마타리꽃, 전주물꼬리풀, 참나무, 싸리꽃, 꽃무릇, 돼지감자꽃, 구절초, 음나무, 매화, 노각나무, 곤드레, 멀구슬나무, 갈매나무, 벼룩나물, 변산바람꽃, 병어, 갑오징어, 민어, 버들치, 은어, 연어, 전어, 물메기…… 이들이 책의 공동저자들이다. 이들에게 이 작은 책을 바친다.

2014년 10월

안도현

2. 기억의 발견

3. 사람의 발견

4. 맛의 발견

5. 숨의 발견

1.
생활의
발견

아이와 나무

갑자기 천국에 들어선 느낌이 들었다. 아이들이 나무를
타고 있었던 것이다. 나뭇가지 위에 새처럼 모여 앉아 조잘
대기도 하고, 손으로 가지를 잡고 몸을 흔들어대는 녀석도
있었다. 나무는 대여섯 명이 올라가도 끄떡없을 정도로 튼
튼해 보였다. 얼마나 많이 오르내렸는지 나무줄기는 반질
반질했고 잎은 무성했다. 그때 이중섭의 그림이 떠올랐다.
아이들이 소와 새와 물고기와 게를 껴안고 노는 그림들 말
이다. 그 그림들을 바라볼 때마다 나는 저절로 무장해제되
곤 했지. 그림으로 보던 천진난만의 해방구가 눈앞에 펼쳐
져 있으니 감동할 수밖에. 아이들이 내게 손짓을 보내왔다.
나무 위로 한번 올라와보라는 거였다. 그렇지만 나는 나무
에 오를 시기를 놓쳐버린 다 큰 어른일 뿐이었다. 수년 전
중앙아메리카의 코스타리카를 갔을 때 어느 시골 초등학교
에서 만났던 풍경이다.

　나무를 잘 타는 아이가 없다. 요즘은 아이들이 아예 나무

에 오를 생각조차 하지 않는다. 아이들이 나무에 오를 시간을 뺏어버린 어른들 탓이다. 도심 공원에서 어떤 아이가 나무에 기어오른다고 해보자. 어른이라는 이름의 관리인이, 부모가, 지나치던 행인이 손사래를 치며 말릴 것이다. 과잉보호다. 수피를 만져볼 기회를 얻지 못한 아이들의 상상력은 말라가고 창의력은 어설퍼진다. 한 코스타리카 아이가 자기가 쓴 시를 보여주었는데, 엉뚱한 발상에 나는 무릎을 쳤다.

소가 날아간다.
산에 부딪쳤다.
쿵, 하고 떨어졌다.
아, 아프다.

꼬마 시인

아이보다 훌륭한 시인은 없다. 시인이란 아이의 시절로 돌아가지 못해 안달하는 어른이거나 펜을 들고 겨우 아이의 흉내를 내보는 자다. 아예 아이 흉내 내기를 포기한 시인들도 있다. 그들은 언어에다 겉치레하는 수사에 사로잡혀 있으며, '추억', '고독', '상념'과 같은 관념어를 시에다 남발하고, 자신도 이해하지 못하는 문장을 그럴싸하게 구사한다. 가짜 시인들이다.

"요건 찔레고 조건 아카시아야. 잘 봐, 꽃은 예쁘지만 가시가 있지?" 아빠가 일곱 살짜리 딸에게 친절하게 설명한다. 아이가 어떤 반응을 보일까? "아빠, 근데 찔레랑 아카시아는 이름에도 가시가 있는 거 같아." 나무 이름에서 된소리(ㅉ)와 거센소리(ㅋ)를 재빨리 발견하고 그걸 가시의 뾰족함과 단번에 연결시키는 것이다. 기가 막혀 샘이 날 정도다. 튤립나무하고 쥐똥나무는 가시가 없거든 하고 아이를 골려주고 싶어진다. 그러거나 말거나 이 어린 시인은 또 다른 통찰력을 과시한다. "규연아, 저녁과 밤은 똑같이 깜깜하니까 같은 거지?" 하고 아빠가 묻자, "다르지. 저녁밥 먹을 때가 저녁이고 잠잘 때는 밤이지." 아이는 그것도 구별하지 못하는 아빠가 한심했을 거다. 이 꼬마 시인은 박성우 시인의 딸인데, 엄마도 시인 권지현이다. 가족 셋 중 딸이 갑이다. 바다에 데려간 날 아이가 말했다. "바다가 생각보다 얇네." 아빠가 받았다. "그래? 키가 크면 좀 더 두꺼워 보일 거야." 그래서 아빠는 아이를 안고 바다를 보여주었다나.

만경강 둑길

　나는 만경강 둑길을 따라 출퇴근한다. 도로 폭이 좁은 게 흠이지만 신호등이 없고 풍경이 한가하다. 시속 40~50킬로미터 전후의 속도도 여기서는 과속이다. 나비가 유리창에 부딪친 일은 수없이 많고, 개구리와 뱀이 길을 건너는 걸 보지 못하고 지나갈 때도 있었다. 어느 가을에는 청둥오리하고도 충돌할 뻔했다.

　아슬아슬한 시간은 가끔 예고 없이 찾아온다. 며칠 전에는 50미터 앞쯤에 어린 새 한 마리가 쪼르르 길을 건너는 걸 발견했다. 그랬더니 그 뒤를 이어 또 다른 놈이 태연하게 되똥되똥 따라 건너고 있었다. 앞선 녀석이 무사히 건너갔으니 여유를 부려보는 걸음새였다. 급히 브레이크를 밟았다. 두 마리의 어린 새들이 지나간 자리에 차를 멈추었다. 가슴을 쓸어내리며 그놈들이 튀어나온 풀숲 쪽을 바라보았다. 이런! 강변 쪽 그 풀숲에 눈이 말똥말똥한 또 다른 놈이 길을 건널 준비를 하고 있는 게 아닌가. 논병아리였을까, 쇠뜸부기였을까. 이름을 알 수 없는 그 형제자매 새들은 나라는 인간 때문에 얼마나 기겁을 했을까.

장끼와 까투리 연인이 길을 건너는 걸 지켜본 저녁도 있었다. 뒷짐 진 것처럼 걸음걸이가 느려 질투 날 정도였다. 속도를 줄이면서 물어보았다. 장서방, 어디 가는가? 우리는 저녁 먹고 산책 간다네. 어디 좋은 데 가는가? 허허, 자네는 알 바 없네. 둘은 풀숲으로 그만 총총 사라지는 것이었다. 나는 그들의 뒷모습을 보며 중얼거렸다. 칫, 산책이 목적이 아니었구먼!

닭 잡는 날

잘 아는 분이 꿩 두 마리를 갖다주었다. 바깥분이 사냥을 한 것이라 했다. 비닐봉지 속에 든 이놈들을 어떻게 처리해야 할지 난감했는데, 시장의 닭 파는 집에 맡기면 조리할 수 있도록 말끔하게 손질해준다는 정보를 알아냈다. 닭 집 주인은 닭털 뽑는 기계에 꿩을 넣더니 금세 능숙하게 손질을 마쳤다. 5,000원을 냈다.

예전에는 집에서 기른 닭을 직접 마당에서 잡았다. 큰 양은솥에다 어머니가 물을 펄펄 끓이는 동안 아버지는 수돗가에서 닭의 목을 비틀었다. 길쭉한 목에서 떨어지는 피가 하수구로 흘러들어갔다. 닭 잡는 일은 자주 있는 일이 아니어서 나는 그 과정을 유심히 지켜봤다. 털이 잘 뽑히도록 뜨거운 물에 담갔다가 꺼낸 닭에서는 비릿한 냄새가 났다. 털을 뽑는 일까지가 아버지의 몫이었다. 배를 갈라 내장을 손질하는 일은 어머니가 맡았다. 어머니는 간이며 염통을 따로 떼어놓고, 똥집이라 부르는 모래주머니를 굵은 소금으로 씻었다. 길쭉한 창자도 버리지 않았다. 나무젓가락으로 창자를 뒤집은 다음 역시 소금으로 박박 문질렀다. 고약한 냄새를 없애려고 밀가루를 뿌려 문지르기도 했다. 이런 내장과 닭발은 무를 썰어 넣고 자박하게 끓여 아버지의 술안주가 되었다.

전주 중앙시장에 즐비한 '닭내장탕' 간판을 보면 어릴 적 닭 잡던 날이 생각난다. 요즘 아이들은 기름에 튀긴 '치킨'은 알지만 '닭'은 잘 모른다. 지렁이와 메뚜기를 잡아 닭에게 먹인 일도 없고 닭 잡는 풍경도 보지 못했기 때문이다.

모기장

　눈을 뜨면 모기장 안쪽 구석에 몇 마리 모기가 붙어 있었다. 낡은 모기장 안으로 밤사이 침입한 괘씸한 놈들. 이들은 배가 터질 듯이 빵빵해서 잘 날아다니지도 못했다. 손바닥으로 이놈들을 잡으면 선홍색 피가 묻어났다. 외할머니가 말했다. 내 아까운 피를 요놈들이 다 빨아 먹었네. 그렇게 한바탕 소란을 피운 뒤에 모기장을 걷었고, 그리고 아침이 왔다.

　방충망 대신에 모기장을 치고 모처럼 그 속에 들어가보는 건 아주 색다른 경험. 마치 모기장 왕국의 왕이 된 기분이 된다. 모기와 나방과 풍뎅이와 매미는 짐에게 감히 범접하지 못할 것이로다. 엎드려 책을 읽는 일도 왠지 위엄과 기품이 있어 보인다. 아, 그러나 그것이야말로 황당한 착각이라는 것을 잠시 후에 깨닫게 된다. 모기장을 쳤으면 불을 꺼야 하는데 형광등을 켜놓았으니 온갖 날벌레들이 모기장 바깥에 붙어 있다. 나는 겨우 책 몇 줄 읽고 있지만 그들은 아예 팬티 차림의 나를 내려다보며 송두리째 읽고 있는 게 아닌가. 이 무슨 낭패란 말인가. 그렇다면 나는 영락없이 모기장 동물원에 갇힌 한 마리 서글픈 포유류가 아니던가. 모기와 나방과 풍뎅이와 매미에게 포위당해 옴짝달싹하지 못하는 인간.

책을 덮고 생각해본다. 저 곤충 손님들에게는 내가 모기장 안쪽에 있을까, 모기장 바깥쪽에 있을까? 나는 어떻게든 모기장 안이라고 우기고 싶지만 현명한 곤충 손님들은 이렇게 말할 것 같다. 너는 영원한 바깥이야.

호랑이눈깔뺀파리

여름철이면 유독 극성을 부리는 놈이 있다. 이놈은 축축한 걸 좋아하는데 포유류의 눈곱을 특히 편애한다. 시골길을 걸을 때 눈가에 바짝 다가와 왱왱거리기도 하고 소나 강아지의 눈앞에 나타나 꽤나 성가시게 굴기도 한다. 눈앞에서 기회를 엿보면서 알짱거리다가 눈 속으로 잽싸게 침투하는 기술도 가졌다. 손으로 낚아채보지만 동작이 재빨라 좀체 잡을 수 없다. 이놈의 몸은 좁쌀만 한데, 이놈에게 당하는 괴로움은 좁쌀 한 가마는 될 것이다. 초파리인지 날파리인지, 아니면 하루살이 종류의 하나인지 그 이름을 아는 이가 별로 없다.

하루는 이놈이 호랑이의 눈가에 나타났다. 호랑이는 대수롭잖게 여기고 눈을 껌벅거리다가 잠을 청했다. 때를 놓칠세라 이놈은 호랑이의 눈곱을 향해 돌진했다. 눈꺼풀이 간질거리는 통에 호랑이는 잠을 이루지 못했다. 호랑이가 눈을 떴는데도 이놈은 도망갈 생각을 하지 않았다. 호랑이

의 눈 속을 파고들 기세로 달라붙었다가 호랑이가 고개를
흔들면 목덜미 뒤로 잠시 도망가 숨곤 했다. 이놈의 공격은
집요했고, 그때마다 호랑이는 앞발을 휘휘 저어 쫓았다. 그
러다가 호랑이의 화가 머리끝까지 치솟았다. 앞발에 힘을
주고 단단히 발톱을 세운 다음, 호랑이는 이놈에게 최후의
일격을 가했다. 토끼를 낚아챌 때보다 빠른 속도였다. 그런
데 발톱 끝에 찍혀 나온 것은 이놈이 아니라 호랑이의 두
눈알이었다. 그때부터 사람들은 이놈을 '호랑이눈깔뺀파
리'라고 불렀다 한다.

순례길

문규현 신부님을 만났다. 시장 안 허름한 막걸리집에서
는 처음이다. 짧게 자른 머리카락에는 흰 눈이 쌓이고 있었
다. 볼의 주름이 깊었지만 눈은 여전히 초롱초롱한 아이.
몇 해 전 스페인 다녀온 이야기를 하셨다. 파울로 코엘료의
《순례자》(문학동네)로 더욱 이름 높아진 산티아고 순례길이
사실 별거 아니잖아요. 우리도 우리 땅을 한번 걸어봅시다.
순간 '낚였다'는 생각이 퍼뜩 들었다.

2009년에 여러 종교인들이 자치단체와 힘을 합쳐 전북
지역에 '아름다운 순례길'을 만들었다. 전주와 완주, 익산,
김제에 걸쳐 있는 9개 코스를 모두 합치면 240킬로미터에
이른다. 특정 종교의 성지를 연결하는 길이 아니라 종교 간
경계를 넘어 소통과 상생을 추구하자는 길이다. 누구나 걸
을 수 있는 그 길에 시인들이 함께했으면 좋겠어요. 안 선
생은 9개 모든 코스를 같이 걸어요! 생각해볼 틈이 없었다.
아, 그때부터 나는 제대로 '낚여' 버렸다. 밥 먹고 나서 아파

트 주변 한 바퀴도 걷지 않는 내가 말이다.

　나도 속셈이 없는 건 아니었다. 이번 기회에 터질 것 같은 뱃살을 빼고 빈한한 시인의 몸매를 회복하는 게 목표였다. 하체도 튼실해지겠지. 우선 운동화부터 새로 장만했다. 험난한 산길도 아니고 바삐 뛰어가야 하는 길도 아니다. 힘들면 쉬어 가고, 이탈하면 스스로 길이 되어 가면 되니까.

도끼

　도끼 한 자루를 샀다. 이건 내게 아주 큰 사건이라는 생각이 들었다. 책상머리에서 펜대만 굴리던 샌님에게 도끼란 얼마나 과분한 것인가. 번뜩이는 도끼날이 눈썹 같았다. 마루 밑에 도끼를 밀어 넣어두고 누웠더니 잠이 오지 않았다. 세상을 명쾌하게 두 쪽으로 가르듯이 장작을 패보고 싶어서였다. 내 정수리에 번갯불 같은 도끼날이 내려온다 해도 피하지 않으리라. 밤새 다짐은 강해졌고, 괜히 행복해지는 것이었다.

　이튿날 아침, 일어나자마자 도끼를 꺼내 들었다. 나무의 중심을 내리치기 전에 상상이 먼저 나를 찾아왔다. 나무를 패면 나무는 장작이 되고 장작은 불꽃이 되고 불꽃은 혀가 되고 혀는 뜨거움이 되고 뜨거움은 애욕이 되고 애욕은 고독이 되리라. 나는 이 세상에서 고독하게 장작을 패다가 가리라. 나는 서두르지 않았다. 옛적 아버지처럼 손바닥에 침을 한 번 뱉고, 균형을 잃지 않으려고 양발을 벌린 다음, 호흡을 천천히 가다듬고 도끼를 치켜들어(허공으로 올라간 도끼는 내가 모르는 사이 구름의 안부와 별들의 소풍 날짜를 잠깐 물어보았을 것이다), 있는 힘을 다해 힘껏 내리쳤다. 세상은 반드시 쩍 갈라지리라.

그러나 내 도끼는 나무의 중심을 맞히지 못했다. 두 번 세 번 거듭해도 마찬가지였다. 장작을 패는 일은 번번이 빗나가는 사랑하는 일과 같아서, 정답을 피해가는 답안지와 같아서…… 독기 없는 도끼는 나처럼 비틀거렸다. 내 가는 손목으로, 이 흰 손으로 대체 무엇을 할 수 있다는 말인가.

우화등선

　밤낮으로 울어대던 매미는 다 어디로 갔을까? 하늘이 저렇게 높아 보이는 이유는 매미 소리의 소음이 허공에서 사라졌기 때문인 것 같다. 지금쯤 암매미가 산란한 알은 나뭇가지나 풀잎에 붙어 부화를 기다리고 있으리라.

　감나무 밑등치에 매미 허물 하나가 보인다. 매미가 벗어놓고 간 누더기다. 한 생명이 썰물처럼 빠져나간 자리, 텅비어 있다. 한낱 미물의 일 같지가 않다. 우리를 낳은 늙은 어머니의 자궁이 저러할 것이다. 저 우화등선(羽化登仙)의 흔적을 남기기 위해 매미는 두세 시간 용을 쓰고 치를 떨고 숨 막히는 시간을 견뎠을 것이다. 휑하니 등이 갈라진 자국을 오래 바라본다. 자를 대고 칼로 자른 것처럼 한 치의 오차도 없다. 앞발은 아직도 떨어지지 않으려는 듯 나무껍질을 꽉 붙잡고 있다. 어디선가 자신을 보고 있을 알들에게 이런 자세를 태연하게 보여주고 싶은 것일까?

나는 혼자 상상해본다. 겨울이 와서 이 매미 허물 속으로 눈이 내려 쌓이고, 그 눈이 볕 좋은 날 녹았다가, 그러다가 다시 기온이 영하로 내려가면 그 안에 얼음으로 된 매미 한 마리가 살게 된다는 것을. 발을 가슴께로 그러모은 얼음 매미 말이다. 그 얼음 매미도 허물 속에 갇혀 살다가 봄이 오면 세상의 속박을 훌훌 벗고 날아가겠지. 버릴 것 버리고, 내려둘 것은 내려두어야 신선의 흉내라도 내볼 텐데, 나도 여전히 속 좁은 인간으로 세상에 갇혀 산다. 삶의 껍질을 벗을 수 없으니 술이라도 거나하게 마셔야 하나?

기별

그렇게 요란하게 울어대던 매미 소리가 잠잠해지자 벚나무는 정신이 번쩍 들었다. 찬 바람이 불어오기 전에 잎사귀들을 땅에 내려놓아야 했기 때문이다. 나뭇가지에 붙어 있던 잎사귀를 빨리 땅에 떨어뜨리는 게 쉬운 일은 아니었다. 우선 잎사귀 끝까지 연결돼 있던 수분 공급선을 끊는 일이 시급했다. 물과 영양을 싣고 가던 잎맥 속 모든 트럭의 운행을 중지시켰다. 그렇게 한 가지 조처를 내리는 데도 벚나무는 온몸이 저리고 아팠다. 가지에서 떨어지지 않으려고 매달리는 나뭇잎을 설득하는 일도 만만찮았다. 영원한 것은 없는 거야. 나뭇잎들은 앙앙대며 차갑게 울었다. 내년 봄에 가장 화려한 꽃을 피우려면 가장 빨리 헤어질 줄 알아야 해. 며칠 동안 벚나무는 끙끙 앓았고, 엄청난 에너지를 투여한 끝에 가까스로 한 장의 낙엽을 땅으로 내려보냈다.

낙엽은 벚나무 아래 귀뚜라미의 머리 위로 내려앉았다. 갑자기 하늘이 캄캄해지자 기타를 치고 놀던 귀뚜라미가 깜짝 놀라 튀어올랐다. 귀뚜라미는 봉숭아 씨앗이 들어 있는 꼬투리로 내려앉았다. 그때 꼬투리 속에서 씨앗이 하나 톡 뛰쳐나왔다. 봉숭아 씨앗의 가출을 놓치지 않은 건 딱새였다. 딱새는 재빨리 부리로 씨앗을 물고 날아오르다가 그만 풀밭에 떨어뜨리고 말았다. 하늘에서 떨어진 씨앗 하나 때문에 풀밭의 쑥부쟁이들이 웅성거리기 시작했다. 쑥부쟁이들은 작지만 환한 연보랏빛 불을 이마에 달고 씨앗을 찾아 나섰다. 산비탈의 산국도 구절초도 가만히 있을 수 없었다.

대밭

　대밭에는 푸른 댓잎들이 대나무에 꼭 붙어살고, 마른 댓잎들은 바닥에 저희끼리 사각사각 두런거리며 살고, 아침이면 꽁지 짧은 참새 떼가 울음소리 왁자하게 흩뿌리며 살고, 대낮에는 심심할 때마다 한량처럼 구성진 노래 부르며 산비둘기가 살고, 새들이 일하러 떠난 고요한 대밭에는 새똥들이 눈을 말똥말똥하게 뜨고 모여 살고, 저녁에는 하루 종일 들쥐 한 마리 잡아먹지 못한 족제비가 그 긴 꼬리로 등허리를 툭툭 치며 기어들어와 살고, 족제비 발소리를 들은 뱀이 더 축축하고 그늘진 곳을 향해 혀를 날름거리는 대밭에는 모기가 마을에서 집단 이주해와 대규모로 부락을 형성해 살고, 돈 떼이고 집 잃고 처자식 잃은 바람이 옷 한 벌도 없이 살고, 헛기침만 하다가 날을 새우는 푸른 달빛이 사글세도 내지 않고 들어와 살고, 여름내 꺼내 먹어도 잇속까지 서늘한 김칫독이 땅을 파고 살고, 대나무 빈 마디 속으로 도망가 방을 얻고 싶은 청춘의 애타는 마음들이 살고,

첫 키스의 두근거리는 심장이 살고, 사금파리와 유리 조각
과 삭은 고무신이 살고, 굴뚝에서 피어올라 정처 없이 허공
을 떠돌다가 갈 데 없는 연기가 몰래 스며들어와 살고, 전
쟁 통에 다급하게 몸을 숨기던 쫓고 쫓기던 발소리들이 살
고, 숨죽인 침묵이 눈치 보며 살고, 북쪽으로 더 이상 북진
할 수 없는 대나무의 북방한계선이 살고, 100년에 한 번 핀
다는 대꽃이 나라가 망하거나 말거나 꽃을 피우려고 기를
쓰고 대나무 속에 웅크리고 산다.

내가 만약에

　내가 만약에 열여덟 살 소년으로 돌아갈 수 있다면 어깨에 닿도록 머리를 기르리라. 축구를 할 때는 출렁거리는 머리카락을 고무줄로 질끈 묶어보기도 하리라. 하고 싶은 것과 하기 싫은 게 무엇인지 어머니께 분명하게 말씀드리리라. 책상 앞에 앉아 식물도감을 펼치기보다는 들길을 걸으며 허리 낮춰 들꽃들을 보리라. 마음을 흔드는 여자아이를 만나면 내가 먼저 말을 건네보리라. 그 아이의 반짝이는 눈을 똑바로 바라보며 이야기하리라. 찰랑거리는 머릿결을 한번 만져봐도 되냐고 물으리라. 귀뺨을 맞더라도 용기를 내보리라.

　내가 만약에 열여덟 살 소년으로 돌아갈 수 있다면 아버지가 읽는 신문을 매일 한 글자도 빼놓지 않고 읽으리라. 혼자 높은 데로 날아오르기 위해 공부하지 않고 여럿이 낮은 데를 살피기 위해 공부하리라. 밥상 앞에서는 고기를 덜 먹고 채소를 더 먹으리라. 쪽지 하나 남기지 않고 이유 없

이 가출을 해보리라. 기차를 타고 가다가 허름한 역 대합실 의자에 누워 날을 새워보리라. 새벽을 데리고 오는 첫 기차를 타리라. 휴전선으로 막힌 한반도가 서글픈 섬이라는 것을 깨닫게 될 때까지 뱅글뱅글 돌아다녀보리라.

　내가 만약에 열여덟 살 소년으로 돌아갈 수 있다면 최신 휴대폰이 없다고 안달복달하지 않으리라. 자전거를 타고 공중전화가 있는 곳을 찾아가리라. 목덜미에 땀이 흐를 때까지 친구네 집을 향해 뛰어가리라. 숨 가쁘게 떨리고 설레는 시간들이 나의 편이므로 울고 싶을 때는 크게 울리라.

가을은 온다

매미 울음소리가 왠지 녹슬었다고 생각될 때 가을은 온다. 벚나무가 그 어떤 나무보다 먼저 이파리를 땅으로 내려놓을 때 가을은 온다. 배롱나무가 더 이상 꽃을 밀어올리지 않을 때 가을은 온다. 팽나무 열매가 갈색으로 익어가고 산딸나무 열매가 붉어질 때 가을은 온다. 도라지꽃의 보랏빛을 손으로 쓰다듬어주고 싶을 때 가을은 온다. 여치의 젖은 무릎과 방아깨비의 팔꿈치와 귀뚜라미의 수염을 생각할 때 가을은 온다. 담배밭에서 담뱃잎을 더 딸 일이 없을 때 가을은 온다. 수수밭이 우수 어린 표정으로 과묵해질 때 가을은 온다. 냇물 소리가 귓가에서 차가워질 때 가을은 온다. 무심코 바라보던 저수지의 물빛이 문득 눈에 시리게 들어올 때 가을은 온다. 하늘을 올려다보는 시간이 많아질 때 가을은 온다. 비행기가 늘어뜨리고 간 비행운을 따라가고 싶을 때 가을은 온다. 텅 비어 있는 우편함을 괜히 기웃거릴 때 가을은 온다. 라디오에서 듣는 이소라의 노래 〈바람이 분다〉를 혼자 배워보고 싶을 때 가을은 온다. 버스의 금 간 유리창이 예사롭지 않게 보일 때 가을은 온다. 거리에서 연탄 실은 트럭을 자주 만나게 될 때 가을은 온다. 밤마다 다리에 감고 자던 죽부인과 이별하고 싶을 때 가을은 온다. 넥타이를 매고 싶어지고 옷장을 정리하고 싶을 때 가을은 온다. 대학 다니는 아이의 2학기 등록금을 어떻게 마련할까 고심할 때 가을은 온다. 아버지,라는 말이 울컥해질 때 가 을은 온다.

벗

'벗'이라는 말은 고색창연하다. 비슷한 말로 '우인'이나 '동무'가 있지만 '우인'은 결혼식 같은 예식에서나 겨우 듣게 되었고, '동무'는 이데올로기 대립 과정에서 거의 죽은 말이 되었다. 지금은 '친구'가 폭넓게 쓰이지만 아쉽게도 한자어다. 옛 책에는 '벋'이라는 표기가 자주 나타나는데 바로 '벗'을 가리키는 말이다. 관계가 확대되어 벋어나간다는 의미, 혹은 가까이 손을 벋을 수 있는 사이라는 뜻이다. 조선 후기의 문인 이덕무의 문장을 뽑아 번역한《한서 이불과 논어 병풍》(열림원)에 벗에 관해 음미할 만한 구절이 나온다. 정말 마음을 나눌 수 있는 벗이 생긴다면 나도 이렇게 하고 싶다.

"만약 한 사람의 지기를 얻게 된다면 나는 마땅히 10년간 뽕나무를 심고, 1년간 누에를 쳐서 손수 오색실로 물을 들이리라. 열흘에 한 빛깔씩 물들인다면, 50일 만에 다섯 가지 빛깔을 이루게 될 것이다."

한 사람의 벗을 위해 적어도 11년에다 50일 더한 시간을 투자하겠다는 것이다. 멋지지 아니한가?

"이를 따뜻한 봄볕에 쬐어 말린 뒤, 여린 아내를 시켜 백 번 단련한 금침을 가지고서 내 친구의 얼굴을 수놓게 하여, 귀한 비단으로 장식하고 고옥(古玉)으로 축을 만들어 아마 득히 높은 산과 양양히 흘러가는 강물, 그 사이에다 이를 펼쳐놓고 서로 마주보며 말없이 있다가, 날이 뉘엿해지면 품에 안고서 돌아오리라."

오, 그 상대가 벗이 아니라면 이런 호탕한 꿈을 어디에다 발설할까.

옆모습

저리 가거라 뒤태를 보자
이리 오너라 앞태를 보자
아장 아장 걸어라 걷는 태를 보자
방긋 웃어라 잇속을 보자

판소리 〈춘향가〉의 한 대목이다. 앞에서 보는 몸매든 뒤에서 보는 몸매든 사랑스러워 죽겠다는 것이다. 사랑에 한창 빠져 있을 때에는 그 대상의 약점마저도 아름답게 보기 마련이다.

사람은 앞모습을 보고 만난다. 앞모습을 보면서 밥을 먹고 차를 마시면서 차차 서로에게 동화되어간다. 앞모습을 보면서 결혼사진을 찍고 '우리는 하나'라고 굳게 믿게 된다. 그런데 앞모습만 바라보고 살다가 가끔은 균열의 시간이 찾아오기도 한다. 사랑하던 대상에게서 아예 등을 돌리고 떠나는 것을 고려하거나 실행에 옮기기도 한다. 등을 돌린다는 것은 뒷모습을 보여준다는 것이다. 앞모습에 빠져 있다가 보면 뒷모습을 의외로 쉽게 보여줄 수 있는 게 사랑의 속성이다.

정말 사랑하는 사람일수록 옆모습을 바라보려는 노력을 해야 한다. 옆모습을 무시하는 것은 파국에 이르는 길이다. 저 숲의 나무 좀 봐라. 나무는 나무하고 서로 애써 마주 보려고 하지 않는다. 서로 다투다가 등을 돌리고 밤새 엉엉 우는 법도 없다. 나무는 나무에게 일생 동안 그저 옆모습만 슬쩍 보여준다.

옆모습이라는 말, 얼마나 좋은가. 앞모습만 사랑하지 말고 옆모습도 사랑할 일이다. 앞모습과 뒷모습이 그렇게 반반씩 들어앉아 있는 옆모습. 당신하고 나하고는 옆모습을 단 하루라도 오랫동안 바라보자. 사나흘이라도 바라보자.

사진의 힘

여기 한 장의 사진이 있다. 사진가는 뷰파인더로 입체적인 피사체를 바라보았겠지만 우리는 평면으로 바뀐 사진을 본다. 사진가가 보았던 것을 과연 우리가 다시 볼 수 있을 것이며, 그가 말하고자 하는 바를 과연 우리가 제대로 알아차릴 수 있을 것인가?

예술가가 세상을 바라보는 것은 그저 '보기〔見〕'가 아니라 '꿰뚫어보기〔觀〕'란 말이 있다. 다시 말하면 통찰력이 가미되어야 예술로서 요건을 갖추게 된다는 뜻이다.

사진가는 단순히 현실을 베끼는 사람이 아니다. 뛰어난 보도사진 한 장이 세상의 부조리를 통렬하게 고발하는 예를 우리는 자주 보았으며, 단 한 장의 사진이 수백 장의 원고보다 훨씬 강력한 힘을 발휘하는 경우도 보았다. 그것은 사진가의 선별 능력이 작용하기 때문이다. 겉으로 보기에 사진가는 무심코 셔터를 누르는 것처럼 보인다.

아날로그 필름으로 사진을 현상하던 시절, 나는 사진가

들은 왜 이렇게 필름을 아끼지 않는 것일까 하고 바보 같은 생각을 한 적이 있었다. 하지만 사진가는 대상을 선택한 다음, 꿰뚫어보기에 의해 셔터를 누른다. 그것으로 끝이 아니다. 사진가는 자신이 촬영한 모든 사진을 보여주지 않는다. 이 말은 하나의 사진이 대중에게 전달되기 위해서는 사진가가 자신의 의도에 따라 '선택'을 해야만 한다는 것이다. 사진가의 절대적인 권한이다. 그러한 선택에 의해 사진은 하나의 의미를 갖게 되고, 예술가로서 사진가의 세계관을 강력하게 드러내게 된다. 사진의 힘이다.

가족사진

　가족사진을 찍으러 사진관에 가는 건 왠지 머쓱한 일이다. 디지털 시대에 맞지 않는 옷을 입는 기분이 들기 때문이다. 남는 건 사진이야. 누군가 부추기지만 사진관에서 카메라 앞에 서는 일부터 어색해진다. 하지만 사진사 앞에서는 누구나 순종해야 한다. 머리에 손을 얹거나 콧구멍을 후벼 파서는 곤란하다. 고개를 휘젓거나 눈을 깜박거려서도 안 된다. 턱을 너무 쳐들지 마시고, 하면 재빨리 턱을 아래로 내려야 하며, 왼쪽 어깨를 조금 더 세우시고, 하면 지체없이 왼쪽 어깨를 세워야 한다. 사진사에게 순종해야만 가족의 평화가 인화지 위에 새겨진다.

　부모가 가운데 앉고 자식들이 그 둘레에 빙 둘러서서 찍은 가족사진은 언제 봐도 경건하다. 상하이 임시정부 요인들이 김구 주석을 중심으로 함께 찍은 기념사진에 버금가는 위력을 발한다. 카메라 앞에서 손가락으로 'V'자를 그리며 혓바닥을 쏙 내밀었다가는 한 대 쥐어박히게 마련.

한 시절 가족이 행복했다는 물증이 바로 가족사진이다.
가족사진은 절대로 슬픔이 앉아 있을 자리를 마련해놓지
않는다. 가난도 드러나지 않는다. 팔꿈치가 해진 저고리도
없고, 엄지발가락이 삐죽이 나온 양말도 없다. 마른버짐이
일어난 얼굴로 떼쓰는 고약한 자식도 없고, 자식들을 향한
어머니의 쟁쟁거리는 잔소리도 없다. 가족을 최대한 평화
롭게 담아내는 게 가족사진의 임무다. 사람은 늙어가도 가
족사진은 늙지 않는다.

식당

낯선 도시에서 끼니때가 되면 무엇을 먹어야 할지 고민할 때가 있다. 뭐든 가리지 않고 잘 먹는 내게도 몇 가지 기준이 있다. 음식점을 선택할 때 제일 먼저 바라보는 게 간판이다.

첫째, 식당 규모에 비해 간판 크기가 지나치게 크거나 화려한 곳은 피한다. 그런 집은 없는 맛을 과장하거나 음식의 때깔만 번지르르할 위험이 있다. 간판으로도 모자라 현수막까지 내거는 집도 의심해봐야 한다. 이에 비해 간판의 디자인이나 글씨체가 오래된 식당은 대체로 믿을 만하다. 간판의 페인트칠이 벗겨져 있다는 건 그만큼 식당 경영의 연륜이 쌓였다는 뜻이므로.

둘째, 원조라는 말이 간판에 붙어 있거나 방송에 출연했다는 걸 자랑하는 집도 가능한 한 피한다. 마케팅의 과잉이다. 음식점의 역사와 명성은 손님이 알아보고 잦은 발걸음으로 인정할 때 생기는 것. 주인이 대놓고 떠벌릴 일이 아니다.

셋째, 음식의 메뉴가 수없이 많이 나열되어 있는 식당도 되도록 피한다. 열거법은 때로 궁핍의 반증이다. 뜨내기손님에게는 환영받을지 모르지만 진실한 맛을 찾는 손님에게는 결례가 이만저만 아니다.

음식을 주문한 뒤에 나는 그 음식점의 화분을 유심히 바라보곤 한다. 개업 때 선물로 받은 축하 화분을 잘 관리하는지 살펴보는 것이다. 화분에 물을 제때 주지 않아 식물의 잎사귀가 말라가고 있으면 크게 실망한다. 식물의 물관부 하나 축여주지 못하는 식당 주인이 어찌 손님의 허기와 미각을 달래줄 수 있을까.

휴가 유감

휴가는 다녀오셨어요? 아무렇지 않게 이런 인사를 받으면 나는 참으로 난감해진다. 대답할 말이 없는 것이다. 피서는 좀 다녀오셨어요? 차라리 이렇게 묻는다면 몰라도. '휴가'라는 이름으로 평생 한 번도 어딜 다녀와보질 못했다. 휴가를 가기 위해 계획을 짜본 적도 없고, 떠나기 전에 설레는 마음을 품어본 적도 없다. 학교를 졸업하고 나는 주로 '선생'이었거나 글을 쓰는 '백수'였다. '선생'은 방학이 있으니 휴가를 신청할 일이 없고, '백수'에게는 나날의 삶이 늘 휴가여서 따로 휴가를 갈 기회가 없었다.

요 몇 년 사이 휴가의 개념이 비로소 일상 속으로 들어와 굳어진 듯하다. 직장인이라면 여름철에 당연히 다녀와야 하는 통과의례처럼. 고속도로 휴게소가 명절 때처럼 붐비는 걸 보고 깜짝 놀랐다. 일상에서 단 며칠이라도 벗어나고 싶은 마음들을 바라보며 내 딴에는 좀 안쓰러웠다. 자본은 대체로 평등하지 않으므로 휴가에도 계급적인 질서가 작동

하는 건 아닐까 하는 기우도 생겨났다. 다들 들떠서 떠나는데, 떠나지 못하는 사람이 있을 것이다. 남들은 값비싼 피서 용품을 은근히 과시하는데, 슬그머니 감추는 사람도 있을 것이다. 또 나들이하기 좋은 봄이나 가을을 제쳐두고 왜 여름에만 떠나는 것일까? 눈 내리는 겨울에 산장에서 며칠 쉬겠다는 생각은 왜 하지 않는 것일까? 뼈 빠지게 일하면서 앞만 보고 달려온 우리에게 휴가는 아직도 낯선 그 무엇이다. 나만 그리 생각하는 걸까?

지명

겨울에는 불광동이
여름에는 냉천동이 생각나듯
무릉도원은 도화동에 있을 것 같고
문경에 가면 괜히 기쁜 소식이 기다릴 듯하지
추풍령은 항시 서릿발과 낙엽의 늦가을일 것만 같아

춘천이 그렇지
까닭도 연고도 없이 가고 싶지

　유안진 시인의 〈춘천은 가을도 봄이지〉라는 시의 앞부분
이다. 지명에서 연상되는 이미지를 펼쳐 보이며 독자를 유
쾌하게 만드는 시다. 특히 춘천은 한자 '춘(春)'으로 인해서
까닭도 연고도 없이, 느닷없이 가고 싶은 곳으로 그려진다.
　어떤 지역의 지명을 머리에 떠올리는 것만으로 그 지역
으로 공간 이동을 할 수 있다면 얼마나 좋을까? 통영에 가

면 이순신 장군하고 마주 앉아 생선회에다 소주 한잔 할 수 있을 테고, 함양에 가면 따뜻한 햇볕을 품은 골짜기에다 집을 지을 수 있을 테고, 여수에 가면 바닷가에 서 있는 아름다운 여인을 만날 수 있을 테다. 임실에 가면 그리운 임이 살고 있을 것 같고, 무주, 진안, 장수에 가면 무진장 좋은 일이 많이 생길 것만 같고, 양양에 가면 기가 양양하게 살아날 것만 같다. 그 어느 곳보다 물이 맑은 포구로 배가 들어오는 것을 보려면 청진을 생각하면 되고, 그믐에도 보름달을 보고 싶으면 팔공산을, 잡다한 세상사를 벗어던지고 싶다면 속리산을, 여름에도 눈이 보고 싶다면 설악산을 떠올리면 된다. 그것뿐이랴. 천천히 걷고 싶다면 산티아고라는 말을 생각하면 되고, 야생의 얼룩말 등을 타고 싶다면 세렝게티라는 말을 떠올리면 되는 거 아냐?

광화문글판

　서울의 중심 광화문을 지나가다 보면 저절로 눈길 머무는 곳이 있다. 교보생명 빌딩 외벽에 걸린 '광화문글판'. 이 게시물의 크기는 자그마치 가로 20미터 세로 8미터인데, 1년에 네 번 계절이 바뀔 때마다 게시물을 갈아 붙인다. 거기에 기업의 홍보 문구 따위는 없다. 서정적인 시의 한 구절을 따온 시구가 대부분이다. 이 짧은 문장이 시민들의 마음에 가 닿은 지 20년을 훨씬 넘겼다. 시민들은 그 앞에서 설레기도 하고 울컥하기도 하고 고요해지기도 했을 것이다. 지금은 다른 금융권이나 자치단체에서도 이 '수법'을 차용해 마케팅에 활용하기도 한다.

　'광화문글판 문안선정위원회' 회의에 몇 차례 참석한 적이 있다. 위원은 시인, 소설가, 교수, 언론인, 카피라이터 등으로 구성된다. 문안은 꽤 까다롭고 복잡한 과정을 거쳐 결정된다. 위원들이 몇 개씩 고른 후보작들을 먼저 전자우편으로 회람한다. 회의가 열리는 날은 다가올 계절과 예측되는 사회적 움직임들에 대해 의견을 개진한다. 그다음은 무기명으로 서너 개의 추천작을 써내고, 다수의 지지를 받은 두 작품을 놓고 또 토론을 벌인다. 토론에서 합의가 되지 않으면 또다시 투표를 거칠 때도 있다. 이렇게 선정된 문안은 저작권자의 동의를 구해야 하고, 25자 안팎으로 글자 수를 조정해야 한다. 이 일의 실무를 맡고 있는 대산문화재단 곽효환 시인의 감각과 조절 능력도 한몫 보태져야 한다.

시를 읽지 않는 시대, 시로 우리를 적시는 광화문글판이 고맙다.

답장

어떤 고등학교 국어 선생님이 숙제를 냈다. 시인이나 작가에게 편지를 써서 답장을 받으면 수행평가 점수로 인정하겠다고. 나에게도 한 여학생이 편지를 보내왔다. 나는 반가워서 짧게 답장을 보냈다. 그로부터 일주일 후에 같은 학교 학생들의 편지가 스무 통 넘게 도착했다. 모두 같은 반이었다. 난감해지기 시작했다. 집중포화를 맞은 것 같았다. 어린 학생들에게 최소한의 서비스 정신을 발휘해야지. 한 장의 편지지에 학생들 이름을 빠짐없이 쓰고, 딱 두 문장을 썼다. 편지 잘 받았어요. 고마워요. 그 후에 또 일일이 헤아리기도 힘든 수십 통의 편지가 해일처럼 몰려왔다. 짜증이 났다. 나를 봉으로 여기는 거야? 나는 답장을 하지 않고 버텼다. 밤늦게 그 학교 학부모 한 사람으로부터 전화가 왔다. 왜 우리 아이에게만 답을 하지 않느냐고 원성이 높았다. 나는 자초지종을 설명했다. 그분은 나하고 통화한 내용을 과제로 적어내도 되는지 물었다. 알아서 하시라고 했다.

오래전 일이다.

최근에 두 통의 편지를 받았다. 대전 대덕구에 사는 여든 일곱 살 장아무개 할머니와 서울 양천구의 60대 중반 황아 무개 할아버지가 보냈다. 〈한겨레〉에 연재하던 '발견'을 읽고 복사를 해서 멀리 사는 친구에게도 보내신다고 했다. 두 분 모두 불의가 판치고 거꾸로 돌아가는 세상이 개탄스럽다고 하셨다. 신문 배달을 하며 여학생에게 연애편지를 보내고 빵집에서 만난 이야기도 재미있었다. 이렇게 편지를 공개하면서 답장으로 대신한다고 어르신들이 나무라지는 않겠지?

필명

어느 날 우리 집으로 청첩장이 하나 도착했다. 신랑 이름이 안도현이었다. 어째 이런 일이! 나하고 이름이 똑같은 신랑은 시를 쓰는 후배였다. 혼동을 피하기 위해 그는 나중에 하는 수 없이 필명을 안찬수로 바꾸었다. 선배를 잘못 둔 덕분이었다. 지금도 나는 그를 볼 때마다 미안한 마음이 앞선다. 문학청년 시절에 만났던 몇 사람도 이름을 바꾸었다. 시인 이상백은 이산하가 되었고, 시인으로 등단했던 김정숙은 소설가로 활동하면서 김형경이 되었다.

류시화 시인이 〈한국일보〉 신춘문예에 당선될 때 이름은 안재찬이었다. 창원의 경남대를 갔을 때 소설가 전경린은 없었다. 연구실 문패는 안애금이었다. 아예 성까지 바꿔 필명을 만든 경우는 30년대의 이상이 처음이 아닌가 한다. 그의 본명은 김해경이었다. 강하고 뻣센 느낌의 조동탁보다 조지훈이란 필명이 훨씬 훈훈하고 우리에게 친숙하다. 현역 작가 중에도 필명이 본명보다 더 알려진 문인이 적지 않

다. 고은은 고은태이고, 신경림은 신응식이고, 황석영은 황
수영이고, 황지우는 황재우이고, 박노해는 박기평이다. 젊
은 소설가 김사과의 본명은 김방실이다.

백석은 어릴 적에 백기행이었다. 1933년 12월, 방응모
장학금을 받은 장학생들이 회보를 냈는데 그 표지에는 '백
석(白石)'이라고 자필로 서명을 했으나 회원 명단에는 '백석
(白奭)'으로 실려 있다. 백석이 만주에서 '한얼생'이라는 필
명으로 작품을 발표했다는 일부 주장이 있다. 이건 터무니
없는 억측이다.

휴대폰

나는 휴대폰이 없다. 이렇게 말하면, 도대체 그게 어떻게 가능하냐고 눈을 동그랗게 뜨고 바라본다. 나이가 적은 아이들일수록 더 경악스러워한다. 그럴 때면 나는 잠시 원숭이가 되는 척한다. 가끔 학교 연구실에서 집으로, 혹은 집에서 연구실로, 두어 번의 연락을 거친 후에 연결이 될 때마다 불평이 쏟아진다. 내가 하나 사줄까 하고 답답해서 묻는 분들도 있다. 남들이 사주는 휴대폰을 다 모았더라면 20대는 훨씬 넘을 것이다. 휴대폰을 가져서 생기는 편리함보다 휴대폰을 가지지 않아서 생기는 불편함을 앞으로도 나는 더 사랑하게 될 것 같다. 눈에 보이지 않는 구속으로부터의 자유가 얼마나 달콤한지 나는 아니까.

아프리카의 콩고에는 전 세계 '콜탄'의 80퍼센트가 매장되어 있다. 콜탄은 하찮은 광물로 취급받다가 최근에 '검은 금'으로 부를 정도로 귀한 대접을 받고 있다. 콜탄은 휴대폰 부품을 만드는 데 쓰이는 '탄탈'의 원료다. 수백만 명이

목숨을 잃은 콩고 내전에서 콜탄은 살상 무기를 사들이는 자금으로 이용되었고, 이것을 채굴하는 과정에서 세계적 희귀 동물인 고릴라의 서식지가 무참하게 파괴되었다. 《고릴라는 핸드폰을 미워해》(북센스)에 나오는 이야기다.

휴대폰이 없다고 사람 관계가 한순간에 끊어지지는 않는다. 그래, 이 기회에 고릴라가 미워하는 휴대폰을 내던져버리면 어떨까? 그건 지구상의 멸종 위기 동물을 보호하는 거룩한 일이 될지도 모른다. 엥? 지구가 망해도 휴대폰은 절대 버릴 수 없다고?

연필깎이

연필을 깎는다. 이건 매일 하는 일이 아니다. 연필심이 무뎌졌을 때 아주 가끔씩 해보는 일. 잠시나마 미세한 집중을 요하는 신비로운 경험. 연필을 깎을 때마다 나는 초등학생이 되는 것 같다. 손 다치지 않도록 조심해라. 어머니의 말씀이 귓전에 들릴 것 같다. 사각사각 눈 밟는 소리 들으며 연필을 깎는다는 건 연필로 써야 할 문장들을 미리 다듬는 일. 칼날에 깎여나가는 나무는 주로 미국이 원산지인 삼나무나 연필향나무라고 한다. 잘 깎이는 건 목질이 순하고 고르기 때문인데 향기는 덤이다.

첫아이를 키울 때 증기 기관차 모양의 수동 연필깎이를 사준 적이 있었다. 아비 된 자로서 얼마나 흐뭇했는지. 예리한 칼로 연필 깎던 시절을 보내고 연필깎이의 진화를 보는 듯했다. 한 후배는 학교 다닐 때 그 연필깎이를 가지지 못해 속이 상했다 한다. 훗날 문구점에서 하나 구입해서 책상 위에 올려두고 바라본다고 했다. 그렇게라도 결핍을 보상받고 싶은 마음을 이해한다.

손잡이를 손수 돌려야 하는 수동 대신에 자동 연필깎이의 시절이 도래하였다. 연필을 구멍에 넣기만 하면 저절로 깎아주는 재주 좋은 녀석이 등장한 것이다. 문구점에 가봤더니 제품의 디자인도 각양각색이다.

걱정이 없는 건 아니다. 연필깎이가 진화하면서 아이들의 손이 퇴화하는 건 아닐까 싶어서다. 연필을 예쁘게 깎을 줄 아는 아이가 과연 몇이나 될까? 어른들의 과잉보호가 지나친 건 아닐까? 편리한 게 능사는 아닌데 말이다.

생거진천

고은 선생은 언젠가 한 여성지와의 인터뷰에서 수많은 작품 중에 대표작 한 편을 추천해달라는 부탁을 받았다. 노시인은 선뜻 시 〈자작나무숲으로 가서〉를 꼽았다. 이 시는 시집《조국의 별》(창비)에 실려 있다. "광혜원 이월마을에서 칠현산 기슭에 이르기 전에 / 그만 나는 영문 모를 드넓은 자작나무 분지로 접어들었다"로 시작하는 이 시에는 지나온 삶의 길을 돌아보며 전환기적인 각성을 하게 되는 자아가 등장한다. "나는 어린 시절에 이미 늙어버렸다 여기 와서 나는 또 태어나야 한다"는 유명한 구절이 시의 뼈대다. 이 시를 처음 읽었을 때 광혜원이 어디인가 했는데 충북 진천으로 들어가는 입구의 이정표에서 그 이름을 만났다.

1939년 초 백석은 수필 〈입춘〉에서 이렇게 썼다. "이번

겨울은 소대한 추위를 모두 천안 삼거리 마른 능수버들 아래 맞았다. 일이 있어 충청도 진천으로 가던 날에 모두 소대한이 들었던 것이다." 그는 부모의 강요에 못 이겨 두 번째로 장가를 들기 위해 진천을 몇 번 찾았다. 이 무렵은 서울 청진동에서 자야와 동거를 하고 있을 때였다. 그가 진천의 어떤 집 규수와 혼인했는지는 아직까지 밝혀진 게 없다.

카프 출신인 〈낙동강〉의 작가 조명희가 진천 출생이라는 것을 최근에 알았다. 조명희의 생가가 있었던 자리에 조명희문학관이 세워진다는 소식도 들었다. 늦었지만 참 다행이다. 사람 살기 좋은 땅이라는 '생거진천'에 문화적인 조명을 더하는 건 무엇보다 좋은 일이니까.

통영

 시인 백석은 〈통영〉이라는 제목으로 세 편의 시를 썼다. 평안도 정주 출신인 그가 같은 제목으로 시를 여러 편 발표했다는 것은 그만큼 통영에 대한 인상이 깊었기 때문이다.

 1936년 2월, 백석은 친구 신현중과 함께 통영을 찾아간다. 지금이야 고속도로를 이용하면 통영에 곧바로 닿지만, 그 당시에는 경부선 철도를 타고 삼랑진역을 거쳐 마산에서 배를 타고 어렵게 들어가야 했다. 백석은 짝사랑하는 여인을 만나고 싶었다. 이화고녀에 다니던 박경련이 방학이어서 고향 집에 내려와 있었던 것. 그녀의 집은 명정동에 있었지만 백석의 간절한 꿈은 이뤄지지 않는다. "난이라는 이는 명정골에 산다든데 / (…) / 내가 좋아하는 그이는 푸른 가지 붉게붉게 동백꽃 피는 철엔 타관 시집을 갈 것만 같은데"라며 충렬사 돌계단에 주저앉아서 한탄한다. 이 시와 백석의 산문에 등장하는 '난(蘭)'이 바로 박경련을 가리킨다. 그녀는 백석의 구애에도 불구하고 외사촌 서병직에게 손님 대접을 부탁하고 나타나지 않는다.

훗날 백석은 연작시 〈남행시초〉 안에 또 〈통영〉이라는 소제목의 시를 쓴다. 시의 말미에 '서병직씨에게'라는 말을 붙여놓은 것은 통영 여행의 안내자에게 감사를 표시한 것. 백석은 통영 시편들에서 당시 통영의 풍경과 풍물과 역사를 매우 치밀하면서도 애틋하게 묘사한다. 그때 그는 "어느 오랜 객주집의 생선 가시가 있는 마루방에서" 술을 마신 이튿날, 새벽 서호시장에 가서 '시락국'을 먹었을 것이다.

청포도

7월은 청포도의 계절이다. 내 고장 7월은 청포도가 익어가는 시절이라고 이육사 시인이 일찌감치 우리에게 가르쳐 줬다. 그 〈청포도〉의 배경을 두고 엇갈리는 주장이 존재한다. 이것 때문에 안동시와 포항시가 서로 옥신각신하기도 했다.

육사는 1930년대 후반 결핵을 앓아 포항과 경주에서 요양을 한 적이 있다. 현재 해병 사단이 주둔하고 있는 포항 영일만 일대에 일본인이 경영하는 포도 농장이 있었다고 한다. 작고한 소설가 손춘익 선생은 육사가 이 송도원 언덕에서 영일만을 바라보았을 것이라고 추측했다. "하늘 밑 푸른 바다가 가슴을 열고 / 흰 돛단배가 곱게 밀려서" 오는 풍경이 그때 시인의 뇌리에 각인되었다는 것이다. 여기에 착안해 포항문인협회에서는 1999년에 '청포도 시비'를 세웠다. 이어서 2013년 포항 청림동에 '청포도 문학공원'을 조성했다.

이에 본격적으로 반론을 제기한 사람은 안동시 이육사문학관 사무국장을 맡고 있는 이위발 시인이다. 육사가 포항에서 요양한 적은 있지만 〈청포도〉의 배경지라고 단언하는 것은 위험하다는 것이다. 그는 〈이육사의 한자시어에 대한 연구〉라는 논문에서 "먼데 하늘이 꿈꾸며 알알이 들어와 박혀"를 예로 든다. 육사의 고향은 경북 안동시 도산면 원촌 마을이다. 이 '원촌(遠村)' 마을에 살던 사람들이 실제로 마을 이름을 '먼데'라고 불렀다는 것이다. 심지어 이 '먼데'를 교과서에서 '조국 광복'으로 가르치는 것에 대해서도 우려를 표시한다.

매화치

　매화의 은은하고 헤프지 않은 향기를 '암향(暗香)'이라 한다. 중국의 시인들은 눈 속에 피는 매화의 절개를 '옥골빙혼(玉骨氷魂)'이나 '빙기옥골(氷肌玉骨)'로 표현하면서 칭송했다. 옛사람들은 매화를 통해 맑고 고고한 정신에 이르고자 했던 것이다. 퇴계 이황도 매화를 끔찍이 좋아한 바보였다. '매화치(梅花痴)'라고 옆에서 수군거려도 개의치 않았다. 어떤 시에서는 '매형(梅兄)'이라는 표현을 쓰면서 매화를 형으로 받들었다. 퇴계는 늙어 초췌해진 자신의 얼굴을 매화에게 보일 수 없어 아래채로 화분을 옮기라고 할 정도였다. 사랑하는 대상에게 치부를 보일 수 없었던 것.

　《열흘 가는 꽃 없다고 말하지 말라》(휴먼앤북스)는 퇴계의 매화시를 모은 시집이다. 이 책을 번역해 엮은 전북대 김기현 교수에 따르면 매화를 소재로 쓴 퇴계의 시는 모두 백일곱 편에 이른다. 일생 동안 이처럼 매화에 집중해서 많은 시를 쓴 시인은 없을 것이다. 24행이나 되는 어떤 시에서는 행마다 '매(梅)' 자를 넣어 시를 지은 적도 있다. 퇴계와 단양에 살던 기생 두향과의 러브스토리의 매개체 역시 매화다. 이를 실감나게 그린 소설이 최인호의 《유림》(열림원)이다. 퇴계는 1570년 음력 12월 8일 일흔 살을 일기로 생을 마쳤다. 세상을 떠나는 날 그는 매화분에 물을 주라 당부하고 병석에서 꼿꼿이 일어나 앉은 채로 눈을 감았다. 혹독한 겨울을 통과해보지 않은 자는 이른 봄 매화 향기를 맡을 자격이 없다고 말하고 싶었을까.

청장관전서

족제비가 날아다니는 까치를 어떻게 잡을까? 족제비는 온몸에 진흙을 발라 머리와 꼬리를 구분할 수 없도록 하고는 마치 말뚝처럼 논둑에 꼿꼿이 선다. 또 다른 족제비가 눈을 감고 죽은 듯 그 밑에 눕는다. 호기심 많은 까치가 와서 누워 있는 놈을 콕 쪼아본다. 누운 놈이 한 번 꿈틀한다. 놀란 까치는 재빨리 말뚝같이 서 있는 놈 위에 앉는다. 그 순간 그놈이 입을 벌려 까치의 발을 덥석 깨문다. 까치는 그때야 족제비의 머리에 앉은 것을 알게 된다.

《청장관전서(靑莊館全書)》에 나오는 이야기다. 청장관은 이덕무의 호다. 그는 서자 출신이어서 높은 벼슬자리에 오르지는 못했지만 정조가 특별히 아끼던 실학자였다. 정조는 유득공, 박제가와 함께 그를 규장각 검서관으로 발탁해 책을 편찬하는 일을 맡겼다. 이덕무의 삶은 책과 떼놓을 수 없다. 추위, 더위, 배고픔도 모르고 책을 읽는 스스로를 '간서치(看書痴)'라 불렀다. 책에 미친 바보라는 뜻. 겨울에는 고서로 이불을 만들고 《논어》로 병풍을 치고 잠을 청했다. 《청장관전서》를 읽다가 보면 그의 박학다식과 관찰력에 혀를 내두르게 된다. 문학, 역사, 철학, 경제는 물론이고 식물과 조류와 같은 자연과학에 이르기까지 그의 관심은 끝이 없다. 풍습이나 민간요법도 이덕무의 붓을 거치면 시가 되는 듯하다. 나는 이덕무의 책에서 대여섯 편의 시와 동화를 얻었다. 그는 내가 문장을 훔친 걸 모르고 있을 것이다.

표절

옛날에 한 화가가 있었다. 그는 화실에서 검은 두건을 쓰고 흰 겹옷을 입고 초록 붓을 이리저리 흔들면서 바다에 떼를 지어 노니는 물고기 그림을 감상하는 중이었다. 때는 가을날이었다. 그때 홀연 문종이 바른 창에 햇빛이 비쳐 환해지더니 기울어진 국화꽃 그림자가 창에 드리워졌다. 때를 놓칠 수 없었다. 그는 단번에 붓에다 묽은 먹을 묻혔다. 그러고는 문종이를 바른 창으로 바짝 다가갔다. 창에 드리워진 국화꽃 그림자를 모사하기 시작했다. 국화 줄기와 잎과 꽃을 하나하나 베끼고 났더니 그렇게 기쁠 수가 없었다.

잠시 후, 한 쌍의 큰 나비가 향기를 쫓아와서는 국화꽃 가운데 와 앉는 게 보였다. 나비의 더듬이가 마치 구리줄같이 또렷해서 헤아릴 수 있을 정도였다. 그것 역시 창에 드리워진 그림자였다. 그는 그것마저 세밀하게 그려 넣었다. 나비가 앉은 국화꽃 그림이 완성된 것이다. 그러고 나니 또 문득 참새 한 마리가 날아와 가지를 잡고 매달리기에 참으로 기이하게 생각되었다. 국화꽃 여린 가지를 붙잡고 있는 참새가 놀라서 곧 날아갈 수도 있었다. 그는 참새의 형상을 급히 또 베껴 그렸다. 그때야 그는 붓을 내던지며 이렇게 말했다. "일을 잘 마쳤다. 나비를 얻었는데 참새를 또 얻었구나!"

이덕무의 《이목구심서(耳目口心書)》에 나오는 이야기다. 이 화가가 문종이에 그린 그림은 과연 표절일까, 창작일까? 이덕무의 문장을 몇 글자만 바꿔 그대로 옮겨 적은 이 글은 그럼 또 무엇일까?

표준

　정부에서는 2007년부터 새로운 표준도량형을 시행하고 있다. 그래서 아파트의 넓이가 평수에서 제곱미터로 바뀌었다. 법정 기준을 정해두지 않고 여러 단위를 섞어 사용하면 경제활동의 질서에 혼란이 오고 세금을 부과할 때 공정하지 못한 결과를 초래할 수 있다. 중국의 진시황이 도량형 통일을 위해 표준이 되는 자와 저울을 백성들에게 나눠주었다는 이야기는 유명하다. 사람살이의 체계를 잡고 삶의 질을 높이는 일을 경제활동이라고 한다면 이해하지 못할 바는 아니다. 다만 '표준'이 언제나 '표준화되지 못한 것들'을 객체화시킨다는 게 문제다. 표준어 시행 규칙도 그렇다. 서울 사람들은 솥 바닥에 눌어붙은 밥도 '누룽지', 여기에 물을 붓고 끓여도 '누룽지'라 한다. 전라도에서는 눌은밥을 '깜밥', 물에 끓인 걸 '누룽지'로 구별해서 부른다. 방언으로 치부하는 언어가 더욱 세밀하고 풍부하다는 것은 표준어의 빈약성을 드러내는 일이 된다.

공인중개사 사무실 앞에는 '평'이 괄호 속에 어색하게 웅크리고 있다. 법으로 정해놓은 규칙과 실제 생활 언어가 갈등을 일으키는 꼴이다. 표준에 어깃장을 놓는 심사로 쓴 〈공양〉이라는 시가 있다.

싸리꽃을 애무하는 산벌의 날갯짓소리 일곱 근

몰래 숨어 퍼뜨리는 칡꽃 향기 육십평

꽃잎 열기 이틀 전 백도라지 줄기의 슬픈 미동 두 치 반

외딴집 양철지붕을 두드리는 소낙비의 오랏줄 칠만구천 발

한 차례 숨죽였다가 다시 우는 매미울음 서른 되

우리말 사전

　최초의 우리말 사전은 1938년 문세영이 펴낸《조선어 사전》이었다. 10만 개나 되는 어휘를 수록한 이 사전은 현대 국어사전의 할아버지다. 조선어학회는 1920년대 후반부터 일찌감치 사전 편찬을 준비하고 있었다. 일제의 감시와 탄압을 피해 사전 발간 자금을 모으는 등 심혈을 기울였다. 그럼에도《큰사전》을 1957년에나 발간할 수 있었다. 문세영보다 20년이 늦은 것.

　국립국어원 온라인 소식지 〈쉼표, 마침표.〉에 보면 원광대 최경봉 교수가 쓴 글이 있다. '조선어 사전 편찬에 인생을 건 최초의 우리말 사전 편찬자 문세영'이 그것. 이 글은 조선어학회와 문세영 사이에 벌어진 갈등과 오해를 상세하게 소개한다. 문세영의《조선어 사전》은 그저 개인적인 열정으로 만든 사전이 아니었다. 당시 조선어학회 간사로 있던 이윤재의 적지 않은 격려와 도움을 받았고, 조선어대사전 편찬 전임위원으로 일하던 한징도 교정 등을 도왔다. 무엇보다 문세영은 조선어학회가 정해놓은 사전 편찬의 규범을 그대로 따랐다. 개인의 단독적인 작업과 단체의 집단적인 작업 사이에 절차와 속도의 차이가 있었을 뿐이었다.

내 책꽂이에도 두꺼운 우리말 사전이 여럿 있다. 그런데 언제부터인가 나는 사전을 뒤적이지 않는다. 사전을 넘기는 것보다 인터넷으로 검색하는 일이 훨씬 수월하기 때문이다. 내가 주로 이용하는 것은 국립국어원의 표준국어대사전 검색창이다. 용례도 아주 풍부한 편이다. '즐겨찾기' 목록 하나 추가해보시기를 권한다.

줄임말

말을 길게 하는 사람은 답답하다. 젊은 사람들일수록 줄임말에 강하다. 그래서 우리 학생들은 '출첵', '난쏘공' 이런 말들을 쓴다. 국가 장학금을 '국장'이라고 하는 것도 이해한다. '깜놀'이나 '지못미' 정도는 알지만 '아싸'를 아웃사이더라고 하는 것은 최근에 알았다. 어떤 동네 축구팀의 모토가 '닥공'인데, 닥치고 공격이란다. 우리도 '그만둬'를 '관둬'로 말하거나 '박통'이나 '노통'이란 말도 쓰면서 지나왔다. 이제는 '야동'이나 '솔까말' 같은 말은 길게 사용하면 이상한 느낌이 들 정도다. 사랑에 있어서 밀고 당긴다는 말로 '밀당'이란 표현에 크게 거부감은 없다.

이렇게 줄임말이 대세를 이루는 시절, 여기서 소설가 김훈의 2004년 이상문학상 대상 수상 소감 한 부분을 짚고 가자. "키 크고 목 긴 새들이 한쪽 다리로 서서 부리를 죽지 밑에 틀어넣고 한나절 동안 꼼짝도 하지 않았습니다. 그 새들의 자태는 혼자서 세상을 감당하는 자의 엄격함이었습니다." 여기서 말한 새는 작가 자신의 처지를 일컫는 것일 게다. 그러면 그 새는 두루미일까, 백로일까, 왜가리일까? 그것이 그리 중요하지는 않을 것이다.

길게 불러도 품위가 있고 아름다운 말은 얼마든지 있다. 특히 '이십팔점무당벌레'나 '검은머리물떼새'나 '알락꼬리마도요' 같은 이름, 아름답지 않은가. 이것을 새, 혹은 도요새라고 한다면 수천 킬로미터를 먼 나라에서부터 깃털이 해지도록 날아온 수고가 잘 느껴지지 않을 터. 아름다운 것들은 조금 천천히, 길게, 조목조목 말해도 좋지 않을까?

연애의 기술

시 창작의 기초를 공부하는 시간에 내는 과제가 있다. 멸치나 북어를 5시간 이상 들여다보고 그것을 묘사하는 시를 한 편씩 제출하기. 사물의 본질에 접근하는 첫 번째 관문이 묘사라는 걸 알려주기 위해서다. 겉을 자세히 알아야 속이 조금이라도 보이는 법이니까. 대상을 잘 묘사하기 위해 관찰은 필수다. 보통은 학생들 눈이 휘둥그레진다. 5시간이나 투자해서 뭐 건질 게 있나 하는 표정들이다.

학생들이 제출한 시를 보면 대상을 얼마나 집중해서 들여다봤는지 그대로 드러난다. 멸치나 북어를 채 10분도 들여다보지 않은 사람이 태반이다. 꿰뚫듯이 오래 바라보지 않고 선입견으로 이해한 학생들은 곧 들통이 난다. 오래 들여다봐야 시가 생긴다는 걸 모르는 바보 같은 놈들! 그런 한심한 관찰자는 호되게 잔소리를 듣게 된다.

연애도 마찬가지다. 연애는 상대를 자세히 바라보는 것에서부터 출발한다. 가능한 한 많은 시간 상대방을 탐색하는 데 소비해야 한다. 연애는 사람의 일이므로 그 사람이 살아온 세월과 배경까지도 살펴봐야 한다. 그 사람의 지갑과 친구도 철저하게 검증해봐야 한다. 다만 호들갑 떨지 말고 소리 나지 않게.

　이즈음 젊은이들의 연애는 쉽게 만나고 쉽게 깨지는 게 유행이다. 그럼에도 헤어지기 전후 엄살은 더 심하다. 젊은이들아, 연애에 실패하더라도 주위 사람들을 아프게 하지 마라. 제발 너희만 아파라. 연애의 기술이 부족했던 자신만을 탓해라.

죽은 직유

중학생이나 고등학생에게 직유가 뭐냐고 물으면 대답이 한결같다. '처럼, 같이, 같은, 듯이' 같은 말이 붙으면 무조건 직유라는 것. 국어 시간에 시를 공부할 때 유난히 많이 들어서 그렇다. 원래 수사법은 어떤 대상을 강조하거나 참신한 표현을 얻기 위해 만들어졌다. 사실을 왜곡하거나 표현 대상의 겉치레를 위한 장식용으로 수사법이 필요한 건 아니다. 아무것이나 몸에 걸친다고 다 옷이 아닌 것처럼. 직유는 원관념과 비유하고자 하는 보조관념이 비슷한 성질을 가지고 있을 때 주로 발생한다.

'세월이 화살처럼 빠르다.' 덧없이 빨리 흐르는 세월을 한탄할 때 흔히 쓰던 말이다. 겉으로 보면 직유가 맞다. 형식적으로는 직유의 체계를 갖췄지만 나는 이런 직유를 '죽은 직유'라고 부른다. 이미 어디에선가 많이 들었거나 새로운 미적 충격이 없는 직유가 죽은 직유다. 이런 표현은 우리 삶을 앞으로 전진시키지 못한다. 동어반복의 삶만큼 지루

한 것이 없는 것이다. 여성의 얼굴을 표현하는 '초승달 같은 눈썹'이라든가 '앵두 같은 입술'을 케케묵은 옛날 책에서 얼마나 많이 읽었나. 21세기 젊은 연인들의 입에서 설마 이런 수사가 흘러나오는 건 아니겠지?

어떤 표현이 직유냐 아니냐를 따지는 것은 그리 중요하지 않다. 죽은 직유는 직유가 아니라는 과감한 확신이 필요하다. 한마디 말을 하고 한 문장을 쓸 때마다 새로운 직유를 찾아보는 건 어떨까? 그게 우리들의 생활을 종이 두께만큼이라도 풍요롭게 하지 않을까?

냄비받침 변천사

밥그릇에다 국을 담을 수도 있고 국그릇에다 밥을 담을 수도 있다. 그러나 냄비받침에는 냄비만 올릴 수 있다. 사과를 깎아 올려놓을 수도 없고 과자를 담을 수도 없다. 그것이 냄비받침의 비애다. 주방용품 중에 제일 비천한 역할을 맡은 게 냄비받침이다. 평소에는 싱크대 구석에 웅크리거나 틈에 끼여 있다가 뜨거운 임자를 만날 때만 호출된다. 그것도 열을 받을 대로 받은 냄비만 말이다. 불기에 덴 자국은 그래서 필수다. 검은 상처를 문신처럼 몸에 새기고 산다. 어떤 냄비받침은 생김새가 험상궂기 그지없다. 조폭인가 싶은데 알고 보면 냄비의 똘마니다. 냄비받침의 입장에서 보면 어떻게든 견디는 게 그의 삶이다.

어릴 적에 우리 집에는 콜라병 뚜껑을 철사로 꿰어 만든 냄비받침이 있었다. 강아지 목걸이처럼 생긴 것이었는데 지름이 15센티미터쯤 되었다. 이거 하나를 만들려면 적어도 100개가 넘는 병뚜껑이 필요했다. 어머니는 병뚜껑을 보는 족족 모아오라고 하였다. 물자가 귀하던 시절이어서 빳빳한 종이를 딱지처럼 접어 냄비받침을 만들기도 했다. 그렇게 재떨이 받침도 만들었고 방석도 만들었다. 요즘은 다양한 재질과 디자인의 냄비받침이 등장하고 있다. 그에게도 패션 바람이 불었는가 싶다.

시인들 사이에는 시집이 냄비받침으로 적격이라는 말이 떠돈다. 시집을 사지 않고 시를 읽지 않는 세태를 보면서 내뱉는 자조 섞인 우스갯소리다.

시를 읽지 않더라도, 냄비받침으로 쓰더라도 시집 좀 사주는 세상은 없나?

귀향

지난해 늦가을에 연어는 1만 5000킬로미터의 여정을 마치고 어머니의 강으로 돌아왔다. 지금은 1월 말, 그때 산란해놓은 알 속에서 새끼 연어들이 깨어나 부화를 할 때다. 강물 속에서 봄을 기다리면서 바다로 나갈 준비를 하고 있을 것이다. 새끼 연어들 중에서는 입신양명을 꿈꾸는 녀석들이 있을지도 모른다. 그들은 3~5년 후에는 다시 모천으로 돌아와야 한다는 것을 알고 있을까? 설이 코앞이다. 연어가 모천의 냄새를 쫓아 돌아오듯이 전국의 고속도로에는 '연어 자동차'들이 떼를 지어 고향으로 돌아갈 것이다.

달빛 밟고 머나먼 길 오시리
두 손 합쳐 세 번 절하면 돌아오시리
어머닌 우시어
밤새 우시어
하아얀 박꽃 속에 이슬이 두어 방울

이용악 시인의 시 〈달 있는 제사〉다. 아버지가 병이 들어 일찍 세상을 뜬 지 얼마 안 된 모양이다. 우리의 제사에는 관습이나 종교 이전의 근원적인 슬픔이 깃들어 있다.

누구도 핍박해본 적 없는 자의
빈 호주머니여

언제나 우리는 고향에 돌아가
그간의 일들을
울며 아버님께 여쭐 것인가

김사인 시인의 시 〈코스모스〉는 명절이 되어도 고향으로 갈 수 없는 처지의 사람들을 떠올리게 한다. 호주머니는 비어 적막한데 그리움의 촉수는 고향 쪽으로 뻗어 있는 사람들 말이다.

직장에서 승진을 했더라도, 사업이 잘돼 돈푼깨나 만지더라도 제발 고향에서는 거들먹거리지 말자. 큰소리로 떠들지 말자. 돌아간다는 것은 돌아본다는 것이다. 고향은 뉘우치기 좋은 곳이다.

동심론

좋은 글은 어디에서 나올까? 중국 명나라 말 이지(이탁오)라는 사상가가 이미 그 대답을 제출해놓았다. 이른바 '동심론'이 그것이다. 그는 유교의 경전들이 '거짓된 사람들을 숨기는 늪'이라고 격하게 비판하면서 딱딱한 유교 봉건사상에 맞서 표현과 정신의 자유를 강조하였다.

그는 훌륭한 글은 동심에서 나온다고 말한다. 동심은 참된 마음, 곧 진정성을 가리킨다. 거짓 없고 순수한 본심, 혹은 초심이 바로 동심이다. 이지에 따르면, 동심이 존재하면 언제든 좋은 글이 써지지 않을 때가 없고, 누구든 좋은 글을 쓰지 않는 사람이 없다. 그런데 지식과 견문이 쌓이면서 그 동심이 빛바래거나 사라진다는 것이다. 특히 잘못된 독서가 사람을 해치는 경우가 허다하다고 지적한다. 책을 읽어 이름을 파는 데 골몰한다면 책을 읽지 않아 동심이 그대로 남아 있는 것만 못하다는 것.

어린이들이 쓴 동시를 읽다가 보면 동심의 파괴가 시작

되는 흔적들이 곳곳에서 발견된다. 어린이의 마음이 무조
건 천진무구하다는 잘못된 전제 때문이다. 아이들 마음을
병들게 하는 건 어른들이다. 그게 답답했는지 백창우 시인
이 〈니 맘대로 써〉라는 동시 한 편을 턱 내놓았다.

　　니가 쓰고 싶은걸

　　니 맘대로 써

　　니 말로 말야

　　니만 좋으면 돼

　　시 쓰면서 눈치 볼래면

　　뭐 하러 시를 써

　　세상에 시 쓰는 사람이 얼마나 많은데

　　니가 아무리 잘 써 봐

　　그래도 다 맘에 들어 하진 않아

　　그냥 니 맘에 들면 돼

니 맘에도 안 든다고?

그럼, 버려

나쁜 동시

어느 날 우리나라의 모든 동시를 읽어보자는 욕심이 생겼다. 나름대로 목록을 만들어 읽었고, 찾아서 읽었고, 책을 주문해서 읽었다. 이미 다 커버린 우리 집 아이들이 어릴 적에 읽던 책을 뒤져가며 읽었다. 어른이 쓴 동시도 읽었고, 어린이가 쓴 동시도 가리지 않고 읽었다. 좋은 동시를 찾게 되는 날은 보물쪽지를 찾은 것처럼 기뻤다. 그런데 나쁜 동시는 더 많았다. 시적 생명력을 이미 잃어버린 구태의연한 언어들, 마음을 자극하지 못하는 상상력, 시로서 최소한의 품격마저 갖추지 않은 동시를 만났을 때는 화가 났다. 정말 불사르고 싶은 동시집도 꽤 많았다.

나쁜 동시를 읽은 아이들이 나쁜 동시를 쓴다. 그저 행을 바꾸어 예쁜 말과 천사 같은 생각을 나열하기만 하면 동시가 되는 줄 안다. 아니다. 이미 '대변'이란 말에 감염된 어른들이 '똥'이라는 말의 동심에 가까워지려고 노력하는 순간, 거기에서 시적인 것이 발생한다. 그리고 '똥'이라는 말에서 벗어나 '대변'이라는 말을 흠모하려는 어린이들을 조금 더 오래 '똥'에 머물도록 만드는 게 동시의 역할인지도 모르겠다.

우리나라 사람들은 어릴 적에 얼마나 많은 동시를 읽었을까? 안타깝게도 동화에 비해 동시는 출판계에서도 천대를 받아온 장르다. 한 줄의 동시가 아이들의 마음에 감동을 쏟아부을 수도 있다. 비뚤어진 마음을 휘어잡을 수도 있다. 엄마들이 아이들의 손에 동시집을 들려줘야 할 때다. 그러려면 어른들부터 동시를 읽어야 한다.

똥

요즘 사람들은 밥에 대해 관심이 높은 반면에 똥에 대한 대접은 지나치게 소홀하다. 심지어 '똥'이라는 말이 방송에 부적격한 언어라는 의견도 있는데, 나는 동의하지 않는다. 우리는 왜 똥에 대한 기억을 빨리 잊으려고 할까? 똥,이라는 그 귀여운 말을 아예 발설하지 않는 게 문화생활이라고 착각하고 있는 건 아닐까?

친구네 집에서 놀다가도 똥이 마려우면 자기 집 변소로 달려가 똥을 누던 시절이 있었다. 농경사회에서 똥은 훌륭한 거름이었으니까. 우리는 날마다 양변기에 앉아 재활용되지 못하는 똥을 누고 있다. 사람의 똥 냄새가 사라진 이후 3천리에 사료 먹인 가축들의 똥 냄새가 진동할 뿐이다. 곤충과 조류들, 혹은 미생물들이 찾을 만한 신선한 똥이 없다. 쇠똥구리도 그래서 사라졌다. 참 고약한 현실이다.

존 그레고리 버크의 《신성한 똥》(까치글방)은 배설물의 사회문화사적인 해석을 시도하고 있는 책이다. 분뇨를 종교 의식에 사용하거나 질병의 치료제로 썼던 사례들은 흥미롭다.

지금도 인도를 비롯한 세계 각국에서 소똥을 말려 소중한 연료로 쓰는 사람들이 있다. 베트남 고산 지대에서는 다람쥐 똥에서 골라낸 커피를 귀하게 여긴다. 중국인들은 박쥐 똥에서 모기 눈알을 골라 조리를 한다고도 한다.

출판계에서는 제목에 '똥'이 들어가는 책이 어린이들에게 인기가 많다고 한다. 남원 실상사의 '생태 뒷간'이나 김제 귀신사의 '미생물 소멸식 화장실'은 똥에 대해 예의를 지키려는 안간힘이다.

〈동시마중〉

　화려하고 두꺼운 잡지가 판을 치는 세상에 작고 얇고 생김새도 보잘것없지만 손에 꼭 쥐여주고 싶은 잡지들이 있다. 〈녹색평론〉이 그렇고, 녹색연합에서 펴내는 〈작은 것이 아름답다〉가 그렇고, 동시 전문지 〈동시마중〉이 그렇다. 〈동시마중〉은 서점에서는 구할 수 없고 정기구독 신청을 해야 우편으로 받아볼 수 있다. 운영 방식도 독특하다. 광고와 후원금을 일절 받지 않는다. 그러면 어떻게 잡지를 운영한단 말인가? 현재 유료 독자가 600명쯤 된다고 한다. 거기에 편집위원들이 매호 일정 금액 제작비를 보탠다. 그런데도 4년이 넘도록 잘 버텼다. 잘 버틸 뿐만 아니라 갈수록 더 단단해지는 느낌이다.

　〈동시마중〉 덕분에 근래 시를 쓰다가 동시를 쓰는 시인들이 부쩍 늘어났다. 김민정, 김성규, 박후기, 백무산, 송경동, 오은, 윤제림, 이상국…… 가수 김창완도 여기에 동시를 처음 발표했다. 이런 현상은 정지용, 윤동주, 백석의 시대 이후 거의 60년 만에 찾아온 시단의 사건이다.

〈동시마중〉은 어여쁘고 중요한 실험이다. 동시 문단의 지형을 바꾸고 동시 부흥의 기틀을 다지는 소리가 들린다. 브랜드 커피 한 잔 값이면 두 달에 한 번 좋은 동시 잡지 한 권을 집에 앉아 받아볼 수 있다. 아동문학의 변방에 있던 동시를 자신의 생활 가까이 데려오는 분들이 늘었으면 좋겠다. 동시는 비교적 짧고 쉬워 어린이에서부터 어른까지 두루 즐길 수 있다. 잘 키운 동시 한 편, 열 편의 시 부럽지 않다.

하이쿠

일본에서 현재 활동 중인 시인의 시집은 서점에서 거의 진열하지 않는다. 시집이 꽂혀 있어야 할 서가에 하이쿠 시집들만 빼곡하다. 그만큼 대중들이 하이쿠를 즐겨 읽는다. 하이쿠의 역사는 1000년 가까이 되는데, 일본에는 1000개에 가까운 동호인 모임이 있다고 한다. 하나의 표현 양식이 오랜 세월 동안 형식과 작법이 변하지 않고 내려오고 있다는 건 예술사에서 드문 일.

하이쿠는 5-7-5의 모두 17자 소리로 된 매우 짧은 시가다. 그렇다고 글자 수만 맞춘다고 완성되는 건 아니다. 하이쿠는 형식의 일탈을 허용하지 않는다. 기본 작법을 철저히 지켜야 한다. 계절의 감각을 나타내는 말을 꼭 넣어야 하고, 첫째 구는 그 자체로 완결성을 가져야 하며, 반드시 끊어 읽는 맛이 나게 해야 한다는 것 등이다. 짧은 형식 안에 자연과 세상에 대해 촌철살인의 번뜩이는 지혜를 담으려면 이러한 약속들이 필요했을 것이다.

"오래된 연못이여, 개구리 뛰어든 물소리" 마쓰오 바쇼의 하이쿠인데, "너무 울어 텅 비어 버렸는가, 이 매미 허물은"과 함께 우리나라에도 널리 소개된 바 있다. 내게 가장 좋아하는 하이쿠를 대라면 간노 다다토모의 이 작품을 든다. "이 숯도 한때는 흰 눈이 얹힌 나뭇가지였겠지" 재가 되기 직전의 숯을 앞에 놓고 나무의 푸른 생을 상상한다는 것! 이 탁월한 상상력 앞에 무릎을 치지 않을 수 없다. 고바야시 잇사의 하이쿠도 한 수 읽자. "이 가을 저녁, 인간으로 태어난 것이 결코 가볍지 않다"

탕진

길이 있다면, 어디 두천쯤에나 가서
강원남도 울진군 북면의
버려진 너와집이나 얻어 들겠네, 거기서
한 마장 다시 화전에 그슬린 말재를 넘어
눈 아래 골짜기에 들었다가 길을 잃겠네

　김명인 시인의 〈너와집 한 채〉는 이렇게 시작한다. 세속의 무게에 짓눌려 살아온 자의 마지막 꿈이 다다른 곳은 산간 오지다. 거기서 세속으로 돌아갈 길을 아예 지우겠다는 것, 즉 길을 잃음으로써 온전한 삶을 회복하겠다는 도저한 역설을 내비친다. 꼭 전편을 찾아 읽어보시기를 권한다. "부뚜막에 쪼그려 수제비 뜨는 나 어린 처녀의 / 외간 남자가 되어"라는 구절이 나온다. 나는 황당하고 도발적인 이 문장 앞에 파르르 떨면서 무릎을 쳤다. 그 누구도 발설하기를 꺼리는 성역을 건드린 시인에게 박수를 보내고 싶었다.

그래서 주변 사람들에게 제발 좀 읽어보라고 시를 복사해서 마구 돌렸던 것.

　나보다 한술 더 뜬 사람은 김사인 시인이다. 그는 위의 구절을 아예 제목으로 삼아 한 편의 시를 발표했다. 시의 말미에 김명인 시인의 시에서 운을 빌려왔다고 밝혀놓은 이 시는 '나 어린 처녀'와 인생을 탕진해버리고 싶은 자아를 등장시킨다. 생업에 관심도 없이 날마다 주막으로 가서 술이나 얻어먹고, 그 처자의 몸에 아이를 벌레처럼 '슬어놓고', 그저 자신은 무능하겠다고 공언하고, 몹쓸 병이 들어도 숨겨놓은 술을 마시겠다고 장담한다. 퇴폐와 방종과 무책임도 이쯤 되면 한 경지일까? 시적 상상은 일상의 윤리 너머를 들춘다.

도서대출카드

　무심코 책꽂이에 꽂혀 있는 오래된 책 한 권을 뽑아 펼친다. 생각보다 가볍다. 파리똥이 앉아 있는 표지는 빛이 바랬고, 본문의 종이는 부석부석하고 누렇다. 마치 잘 마른 생선 같다. 밑줄 친 흔적도 간간이 보인다. 내가 언제 이 책을 읽었더라? 기억이 가물가물하다. 판권을 보니 1980년대 초반에 태어난 책이다. 뒤표지 안쪽에 참으로 반가운 게 눈에 띈다. 갑자기 뭉클해진다. 노란 봉투 속에 빳빳한 종이가 한 장 끼어 있는 것이다. 도서대출기록표. 이 책의 주인이 도서관이라는 표시다. 도서관에서 빌렸다가 돌려주지 않았거나 누군가 슬쩍 훔쳐온 게 분명하다. 맹세코 나는 범인이 아니라고 고개를 흔들어보지만 장물의 소유자란 사실을 피할 길은 없다. '도서대출카드'로도 부르는 이 한 장의 명백한 증거가 있으니.

　지금은 바코드로 책을 인식한다. 예전에는 도서관에서 책을 빌리려면 이 도서대출카드에 반드시 기록을 남겨야 했다. 대출 일자, 대출자, 반납 일자를 수작업으로 하나하나 적어 넣었다. 도서관에 책이 입고된 후에 어떤 사람이 대출했는지 시간대별로 한눈에 알 수 있었다. 그것은 책이 유전한 기록이었으므로. 대학 도서관의 도서대출카드는 학과명을 적게 되어 있었다. 먼저 책을 빌려간, 얼굴 모르는 여학생의 전공과 이름을 유심히 들여다본 적도 있다. 약간은 존경 어린 눈빛으로, 알 수 없는 흠모의 마음으로. 그리고 맨 밑에 내 이름 하나가 얹혀 있는 걸 바라볼 때의 뿌듯함이란!

헌 책

이사를 할 때마다 책 때문에 골치다. 아까워 버릴 수도 없고, 갖고 있자니 짐이 된다. 방도 책꽂이도 모두 비좁다. 처음부터 끝까지 읽은 책도 있고, 두어 페이지 설렁설렁 넘겨보다가 던져둔 책도 있다. 그럼에도 버리지 못하고 있는 건 내가 아직 책을 다 소화하지 못했다는 뜻일까? 그렇다면 책 읽기의 완성은 그 책을 미련 없이 버릴 때 이뤄지는 것일까?

고등학교 다닐 때 대구의 남산동 헌책방에 쭈그려 앉아 몇 시간씩 낡은 책을 뒤적일 때가 있었다. 학교에서 가르쳐 주지 않는 현대사를 헌책방에서 배웠고, 하늘처럼 떠받들던 당시 박정희 대통령이 왜 문제 많은 독재자인지 알게 되었다. 거기에는 일반 서점에서 구할 수 없는 시집들도 수북하였다. 나는 용돈을 쪼개 그중 몇 권을 샀는데, 놀랍게도 저자의 친필 사인이 들어 있었다. 이름을 대면 알 만한 시인이 역시 당대에 이름 높은 한 시인에게 증정한 시집이었다. 이거 너무한 거 아냐? 시집을 보낸 시인이 알면 얼마나 낙담하겠어. 증정받은 시집을 소중히 간직하지 못하고 버린 시인이 그때는 얄미웠다.

1936년에 나온 백석의 시집 《사슴》은 100부 한정판이었다. 지금 국내에 남아 있는 것은 다섯 손가락 안팎이다. 일설에 따르면 5억 원을 줘도 팔지 않겠다는 이가 있었다고 한다. 작은 꿈이 있다면 그 시집을 손으로 한 번 만져보는 것이다. 오래 바라보고 한 번 만져보는 데도 돈이 든다면 빚을 내서라도 그렇게 해보고 싶다. 너무 큰 꿈인가?

미안한 책

한 달에 공으로 받아보는 책이 100권쯤 되는 것 같다. 사인이 들어간 시집이나 소설집도 있고, 출판사들에서 보내주는 신간도 있다. 저자의 노력과 정성에다 인쇄 비용과 우편요금까지 생각하면 고맙기 그지없다. 그럼에도 한 페이지 열어보지도 못하고 쌓아두고 마는 책도 있다. 예전에는 새로 발간된 책을 보내면 답장을 보내주던 아름다운 풍습이 있었다. 1930년대 중반 전북 부안에 살던 신석정은 시집 《사슴》을 받고 백석에게 〈수선화〉라는 시를 써 보내 감사를 표시했다. 생전에 조병화 시인은 엽서에다 자신의 상징인 파이프를 그려 넣어 잘 받았다는 표시를 해주셨고, 김규동 시인은 한지에다 그림을 그리고 시 한 구절을 적어 보내주시기도 했다. 아흔을 눈앞에 둔 김종길 선생님은 시집을 읽은 소감을 몇 말씀이라도 적어 보내면서 격려를 해주신다.

요즘 젊은 시인이나 작가들은 그런 예스런 답장을 하지 않는다. 나도 뻔뻔하기는 마찬가지다. 책 발송은 꽤 번거로운 과정을 거쳐야 한다. 자신의 책을 출판사나 서점에서 사서, 받을 사람의 최근 주소를 일일이 찾아 써야 하고, 봉투를 붙여야 하고, 적잖은 무게의 책을 들고 우체국으로 가야 하고, 그리고 우표를 붙여야 한다. 출간은 경사지만 발송은 노역이다.

어떤 작가에게 왜 신간을 보내주지 않느냐고 따지듯이 말한 사람이 있었다. 자동차 회사에 다니는 사람이었다. 그 작가가 말했다. 이번에 너희 회사에 새 차 나왔다는데 왜 나한테는 한 대 안 보내주는 거야?

똥말

《101번의 아름다운 도전》(중앙북스)이라는 책을 읽었다.
2005년 봄 제주의 한 목장에서 태어난 예쁘고 늘씬한 암망
아지 이야기다. '차밍걸'이라는 귀여운 이름을 얻은 이 녀
석은 체격이 왜소하고 겁이 많았다. 식성도 좋지 않아 자주
주인의 애를 태웠다. 2008년에 경주마로 데뷔해서 2013년
가을에 은퇴했다. 경주마로 뛸 때의 기록은 101전 101패.
우승을 한 번도 거머쥐지 못했다. 한국 경마 사상 최다 연
패의 기록이라 한다. '똥말'이라는 수치스런 별명까지 얻었
지만 패배를 밥 먹듯이 하는 차밍걸의 팬들이 경마장에 생
겨나기 시작했다. 1등이 아니라 패배를 응원하고 패배에
열광하는 기이한 현상을 어떻게 설명해야 될까. 어떤 팬은
"자기보다 큰 말들 틈에서 끝까지 열심히 뛰는 모습을 보면
성실하게 살아가는 소시민의 삶을 보는 듯" 가슴이 뭉클했
다고 한다. 차밍걸의 이야기는 1등만을 숭상하는 세상에 대
한 신랄한 야유라고 할 수 있다.

봄날의 들판이 푸르게 물드는 것은 작은 풀잎 하나하나가 어깨를 맞대고 있기 때문이다. 작은 것들이, 하찮은 것들이, 별 볼일 없는 것들이 세상의 주인이라는 것을 우리는 왜 잘 인정하지 않는 것일까. "존재한다는 것, 그것은 나 아닌 것들의 배경이 된다는 뜻이지."《연어》(문학동네)라는 책에 쓴 문장이다. 비록 두드러지지는 않아도 지금 여기에 존재하는 모든 것은 그래서 아름답다. 차밍걸은 경마장에서 101번 우승한 말들의 훌륭한 배경이었다. 그리고 지금 차밍걸은 경주마가 아닌 경기용 승용마로 계속 도전 중이다. 그게 패배의 매력이다.

체 게바라

내가 읽던 《체 게바라 평전》(실천문학사)을 초등학생 아들 녀석이 먼저 읽고 나서 한다는 말이 가관이었다. 장차 커서 '반미연합군'을 만들겠다는 거였다. 중국하고 힘을 합치면 가능하다는 말도 덧붙였다. 오래전 아이가 중국의 교실에서 공부할 때, 코카콜라를 빨면서 하던 이야기다. 제국주의와 부조리에 저항하며 쿠바혁명을 이끌었던 인간 체 게바라는 여전히 매력적인 인물이다. 그것은 그가 사회주의 혁명가여서가 아니다. 그에게 이념은 깃발일 뿐이었다. 우리는 그의 깃발보다 깃발을 부여잡고 있던 손목에 더 주목하고, 불가능한 꿈에 도전했던 한 인간의 구체적인 고투에 감명할 따름이다.

그의 청년 시절을 배경으로 하는 영화 〈모터사이클 다이어리〉의 낡은 오토바이 '포데로사'는 떠나고 싶어도 떠나지 못하는 세계의 청춘들을 흥분시킨다. 아들을 9명쯤 낳아 야구팀을 만들고 싶다는 발언, 동지였던 카스트로와 함께 군복을 입고 골프를 치는 사진에 야유를 보내는 사람은 지극히 적다. 오히려 열광한다. 이념으로 세계를 양분하는 방식에 동의하지 못한다는 뜻이다.

2013년 광주의 한 공연에서 출연자들이 체 게바라 티셔츠를 입은 게 논란이 되었었다. 아직 냉전적 사고로 사상 검열의 시스템을 작동시키려는 이들이 있는 모양이다. 체 게바라 티셔츠를 판매하는 자, 체 게바라 사진을 소장한 자, 쿠바를 여행하고 싶은 자는 그럼 어떡해야 하지? 사회주의자였던 사르트르를 읽지 말고, 네루다의 시를 불살라 버려야 하나?

기도

긴 것은 기고 아닌 것은 아니다 말하게 하소서. 눈치 보느라 눈이 한쪽으로 몰려 붙은 도다리로 살아온 시간을 뉘우치게 하소서. 좋은 게 좋은 거라는 말과 적당히 타협하면서 살아야 한다는 말을 다시는 입 밖에 꺼내지 않게 하소서. 절실하게 사랑해야 할 것들과 죽도록 미워해야 할 것들을 구별할 수 있게 하소서. 길이 없다고 두리번거리지 말고 길이 되어 걸어가게 하시고, 내가 내 운명의 주인임을 아프게 새기며 살아가게 하소서.

바람 부는 날은 바람이 머리카락을 가지고 놀게 내버려두시고, 어두워지면 우주의 어둠이 몸으로 스며드는 것을 느끼게 하소서. 평수 넓은 아파트에 산다고 해서, 배기량 많은 승용차를 탄다고 해서 적게 먹고 적게 싸는 칠점무당벌레의 삶보다 우월한 게 아니라는 것을 알게 하소서. 나의 밥그릇이 소중한 만큼 남의 밥그릇도 소중하다는 것을 깨우치게 하소서.

우리가 부르는 노래는 울음이 되게 하소서. 우리의 울음소리로 우리가 다시 태어나게 하소서. 남의 노래는 안 듣고 제가 부를 노래의 목록이나 뒤적거리는 노래방에서는 노래하지 않게 하소서. 휴대폰을 들여다보는 시간에 흔들리는 나뭇잎을 보게 하시고, 나뭇잎이 튕겨 올리는 햇빛 한 오라기도 감격하는 눈으로 바라보게 하소서. 당신으로 하여 내 마음속 물관부에 늘 사시사철 서늘한 물이 흐르게 하소서. 당신과 나 사이의 아득하고 아득한 거리를 자로 재지 않게 하시고, 당신을 그리워하는 마음을 저울로 달지 않게 하소서.

새해 기도

새해에는 사람이 사람으로 대접받는 나라에서 살게 하소서. 행복하지 않아도 좋으니 난데없는 불행으로 마음 졸이지 않게 하시고, 가진 게 많아서 신 나는 사람보다는 가진 것만큼으로도 충분히 신 나는 사람이 되게 하소서. 적게 먹고 적게 싸는 딱정벌레가 되더라도 '대박'의 요행 따위 꿈꾸지 않게 해주소서. 내 와이셔츠를 적시게 될 땀방울만큼만 돈을 벌게 하시고, 나 자신을 위해 너무 많은 열정을 소비해온 지난날을 꾸짖어주소서. 부디 내가 나 아닌 이들의 배경이 될 수 있도록 이끌어주소서. 내 자식 입에 밥 들어가는 것만 바라보던 이에게는 남의 자식의 구멍 난 양말을 볼 수 있는 눈을 주시고, 내 말을 늘어놓느라 남의 말을 한 마디도 듣지 못하는 이에게는 파도 소리를 담는 소라의 귀를 주소서.

백지장처럼 맑고 높은 정신으로 이 풍진 세상을 견디게 하소서. 이 땅의 젊은 아들딸들에게 역사는 멀찍이 서서 관람하는 것이 아니라 스스로 아프게 몸에 새기는 것임을 깨우쳐주시고, 늙고 병들고 나약한 이의 손등에 당신의 손을 얹어 이들의 심장이 두근거리는 시간을 연장해주소서. 당신의 힘으로 보이지 않는 것을 보이게 하시고, 통하지 않는 것을 통하게 해주소서. 겨울 팽나무의 흔들리는 가지 끝과 땅속의 묵묵한 뿌리가 한 식구라는 걸 알게 하시고, 숲 속 나뭇가지 사이를 날아다니는 새들의 길과 사람 사는 마을의 골목길이 다르지 않다는 걸 인정하게 하소서. 우리로 하여 당신이 괴롭지 않은 세상 일구게 하소서.

초속 5센티미터

"너 그거 아니? 벚꽃이 떨어지는 속도……. 초속 5센티미터래." 일본의 신카이 마코토 감독이 만든 3부작 애니메이션 〈초속 5센티미터〉에 나오는 대사다. 벚꽃이 흩날리고 빗방울이 떨어지는 서정적인 풍경들, 아릿아릿한 첫사랑의 감정, 사소한 변화에 민감하게 반응하는 감성적인 대화들, 시간의 흐름을 포착하는 설정들이 참 아름다운 영화다.

벚꽃이 떨어지는 속도가 실제로 초속 몇 센티미터인지 우리는 알지 못한다. 그것을 시계로 재볼 수도 없을 것이다. 하지만 벚꽃이 땅으로 내려앉는 속도가 수치화되는 순간, 우리는 가벼운 전율 같은 걸 느끼게 된다. 과연 그럴까 하고 의심할 틈도 주지 않고 '초속 5센티미터'라는 말이 우리 머릿속을 지배한다. 감성의 힘이다. 이 감성적인 정보는 화려하게 만개한 벚꽃만 쫓던 우리에게 낙화도 아름답다는 깨달음을 선사한다. 그것뿐만이 아니다. 잠깐이나마 속도에 대한 성찰을 하도록 해준다.

시속 100킬로미터에 비해 초속 5센티미터는 얼마나 미약하고 보잘것없는가. 하지만 벚꽃이 지는 날, 허공에서 떨어지는 꽃잎의 속도를 한 번만이라도 생각하게 된다면, 그동안 과속하면서 달려온 삶이 들여다보일지도 모른다. 김선우 시인은 "여기까지 시속 100킬로미터로 달려왔지만 / 여기서부터 나는 시속 1센티미터로 사라질 테다"라고 〈마흔〉이라는 시에서 쓴 적이 있다. 우리도 서서히 브레이크 좀 밟자. 속도를 줄이면 보이지 않던 것들이 보인다. 천천히 가야 꽃도 개미도 보인다.

여

썰물 때 형체를 드러냈다가 밀물 때면 물속에 잠겨 보이지 않는 바위를 '여'라고 한다. 바닷가에서는 흔히 쓰지만 육지에서는 꽤나 낯선 말이다. 배를 타고 육지에 접근할 때 이 암초와 같은 여를 여간 조심하지 않으면 안 된다. 뱃사람들은 보통 사람들의 눈에 보이지 않는 이 '여'를 잘 기억해두어야 하는 것이다.

나희덕 시인의 시 〈여,라는 말〉을 다시 읽어보니 여전히 아프다.

잊혀진 것들은 모두 여가 되었다
망각의 물결 속으로 잠겼다
스르르 다시 드러나는 바위, 사람들은
그것을 섬이라고도 할 수 없어 여,라 불렀다
울여, 새여, 대천어멈여, 시린여, 검은여……

시인은 있는 것과 없는 것 사이에, 기억과 망각 사이에, 실체와 허상 사이에 육지도 아니고 바다도 아닌 '여'가 있다고 말한다.

이 이름들에는 여를 오래 휘돌며 지나간
파도의 울음 같은 게 스며 있다
물에 영영 잠겨버렸을지도 모를 기억을
햇빛에 널어 말리는 동안
사람들은 그 얼굴에 이름을 붙여주려 하지만
어느새 사라져버리는 바위,
썰물 때가 되어도 돌아오지 않는
그 바위를 향해서도 여,라 불렀을 것이다

흔히 주의를 한곳에 집중시킬 때 '여'라는 말을 쓴다. 그리고 '여기'라는 뜻도 있다. 시인의 노래를 마저 듣자.

그러니 여가 드러난 것은
썰물 때가 되어서만은 아니다
며칠 전부터 물에 잠긴 여 주변을 낮게 맴돌며
날개를 퍼덕이던 새들 때문이다
그 젖은 날개에서 여,라는 소리가 들렸다

여기, 여기라는 말이 자꾸 들린다.

소리

　내가 사는 이 고장에는 없는 소리가 없다.

　들녘이 지평선 펼쳐놓고 숨 쉬는 소리가 좋고, 들녘 사이로 강물이 출렁거리는 소리가 좋고, 산들이 손과 손을 잡고 기지개를 켜는 소리가 좋고, 서해 바다가 섬을 잠재우는 소리가 좋고, 밤마다 고군산군도 섬들이 옹알이하는 소리가 좋고, 변산 앞바다 주꾸미가 입가에 달라붙는 소리가 좋고, 갯벌 바지락이 바닷물 빨아들였다가 뱉는 소리가 좋고, 춘향이 그네 탈 때 치맛자락 날리는 소리가 좋고, 덕진연못 연꽃 향기가 물 건너가는 소리가 좋고, 가을에는 내장산 단풍이 햇볕에 빨갛게 물드는 소리가 좋고, 겨울에는 무주 구천동 계곡에 눈 내려 쌓이는 소리가 좋고, 갑오년 농민군이 집강소 차리고 치켜든 횃불 타는 소리가 좋고, 진안 인삼밭의 인삼 뿌리 굵어지는 소리가 좋고, 금강 하구에서 숭어가 알 낳는 소리가 좋고, 장수 고랭지에서 사과 익어가는 소리가 좋고, 고추장 숙성되는 소리가 좋고, 콩나물 비빔밥 비비는 소리가 좋고, 막걸리 한 잔 마시고 손으로 입가를 훔치는 소리가 좋고, 한옥마을 김칫독에서 김치 익어가는 소리가 좋고, 판소리 추임새 넣는 소리가 좋고, 때로 추임새 잘못 넣었다고 핀잔하는 소리도 좋다.

　여기는 없는 소리가 없어서 귀가 즐겁다. 귀가 즐거우니 눈도 즐겁고, 덩달아 입도 마음도 즐겁다. '여기' 있는 소리가 '거기'라고 왜 없겠는가. 귀를 막고 싶은 일들이 많을수록 즐거운 소리를 찾아서 듣는, 또 다른 귀를 열어보자.

2.

<u>기억의</u>

발견

산서면

1994년 봄, 나는 전라선 기차를 타고 오수역에 내렸다. 버스를 갈아타고 전북 장수군 산서고등학교를 찾아가기 위해서였다. 해직된 지 4년 반 만의 복직. 산서, 라는 말이 주는 산골짜기의 이미지 때문에 낯섦이 소름처럼 팔뚝에 돋아났다. 면 소재지에 보루대가 있었다. 한국전쟁 전후 빨치산이 지나갔다는 뜻이었다.

학교 근처에 자취방을 얻었다. 연탄으로 난방을 하고 마당 수돗가에서 쌀을 씻고 걸레를 빨아야 하는, 처마가 낮은 집이었다. 이곳에서 몇 년간 푹 썩어야지. 시도 좀 바꾸어야겠어. 그동안 나는 시를 너무 많이 끌고 다녔어. 지긋지긋한 동어반복을 남용했고, 한 편의 시에다 언제나 힘주어 마침표를 찍으려고 욕심을 부렸어. 망원경으로만 세상을 포착하려고 했지. 현미경으로도 세상을 좀 봐야지. 작고 하찮은 것 속에 들어 있는 커다란 걸 찾아야 해. 전교생이 100명 조금 넘는 학교의 국어 교사인 나는 수업이 없는 시간에 학교

공터에 텃밭을 만들었다.

그리고 틈틈이 들과 산을 쏘다녔다.

그러자 이미 낯익은 것들인데도 새롭게 눈에 띄는 것들이 거기 있었다. 자연이 그랬고 사소한 사람살이가 그랬다. 눈에 보이는 것들이 모두 시가 되는 것 같았다. 그렇게 메모하고 쓴 시들이 나중에 시집 《그리운 여우》(창비)가 되었다.

산서는 지금 잘 있을까? 양조장 담벼락에 햇볕은 따뜻할까? 학교 뒤뜰의 모과나무는 꽃을 피웠을까? 그때 가르친 시집간 계집애들도 나처럼 늙어가고 있을까? 비행기재 토끼들은?

하섬

하섬은 전북 부안의 변산반도에 딸린 자그마한 섬이다. 고사포해수욕장에서 1킬로미터쯤 떨어져 있는데 마치 바다 위에 떠 있는 나지막한 나룻배 같다. 이곳은 바닷물이 빠지면 육지와 연결되어 걸어갈 수도 있다. 평소에는 보트를 타고 건너가야 한다. 하섬을 한 바퀴 천천히 걸어서 도는 데 30분 정도가 걸린다. 소나무와 바위가 어울려 있는 바닷가의 오솔길은 숨겨두고 싶은 애인 같은 곳. 하루에도 몇 번을 걷고 싶은 길이다. 어느 해 여름, 서해로 떨어지는 해를 오래 바라보다가 〈연락선〉이란 시 한 편을 얻은 적도 있다.

네가 떠난 뒤에 바다는 눈이 퉁퉁 부어올랐다
해변의 나리꽃도 덩달아 눈자위가 붉어졌다
너를 잊으려고 나는 너의 사진을 자꾸 들여다보았다

하섬의 '하'는 새우처럼 생겼다고 해서 새우 '하(鰕)' 자를 쓰기도 하고 원불교에서는 연꽃을 뜻하는 '하(荷)' 자를 쓰기도 한다. 원불교 창시자인 대종사와 2대 교주인 정산종사가 연꽃 모양처럼 바다 위에 떠 있는 섬이라고 부른 데서 비롯되었다. 하섬은 지금 원불교에서 성지로 지정하고 해상훈련원으로 관리하고 있다. 해방 후에 범산 이공전 선생의 주도하에 《원불교교전》을 비롯한 교서를 집필하고 편수한 곳이기 때문이다. 일반인들이 하섬을 들어가려면 원불교와의 인연을 통해야 한다. 여름철에 가는 것보다는 봄이나 가을에 들어가보는 게 좋다. 아름다운 적막을 덤으로 얻을 수 있기 때문이다. 세상에서 다친 마음을 잠시 가라앉히고 싶다면 꼭 한번 하섬을 가보시라.

타인능해

　지리산 반야봉과 노고단에서 내려오는 산줄기를 든든하게 등에 지고 앞으로는 너른 들과 섬진강을 펼쳐놓고 거기에 안온한 둥지처럼 웅크리고 있는 집이 있다. 전남 구례군 토지면 오미리의 운조루다. 누가 봐도 전형적인 배산임수의 명당에 터를 잡은 이 운조루를 가보는 일은 참 설레는 일이다. 전국에 한옥 고택이 적지 않지만 나는 이 운조루만큼 고담한 집을 보지 못했다. 200년이 넘는 이 집의 나이 때문도 아니고, 사대부가 살던 집의 전통적인 양식 때문도 아니다. 운조루보다 나이를 더 잡순 한옥은 얼마든지 있고, 집의 구조가 유난히 특별한 데가 있는 것도 아니다.

　운조루는 조선 영·정조 때 무관을 지낸 류이주가 지었다. 그는 굶주리는 사람들이 쌀을 퍼가서 밥을 지어 먹을 수 있도록 쌀뒤주를 개방했다. 나무로 만든 큰 쌀통에 작은 손잡이를 만들고 거기에 '타인능해(他人能解)'라고 적어두었다. 다른 사람도 누구나 마음대로 열 수 있다는 뜻이다. 보릿고개를 넘기기 힘들었던 이웃들에게 이 집의 뒤주는 단비 같은 것이었다. 주인은 쌀 두 가마 반이 들어가는 이 뒤주가 늘 비는 일이 없도록 했다고 한다. 이 지역은 한국전쟁 전후 지리산을 중심으로 좌우익의 대립이 극심했던 곳이었다. 그 와중에 운조루가 화를 면할 수 있었던 것은 그 나눔의 정신을 존중했기 때문일 것이다.

운조루 때문에 뒤주가 아름다운 게 아니라 뒤주 때문에 운조루가 빛난다. 내 지갑을 열어서 나를 빛낼 수 있는 방법은 얼마든지 있다.

동정부부

전주 시내를 벗어나 남원 방향으로 막 접어들면 왼쪽에 가파르게 솟은 산이 하나 있다. 그 산을 중바위산, 혹은 승암산으로 부른다. 근래 들어 다시 이름이 하나 생겼는데 치명자산이다. '치명자'는 순교자의 옛말이다. 천주교에서는 이곳을 성지로 지정해 관리하고 있다. 이 성지는 세계에서 유일한 동정부부인 요한 유중철과 루갈다 이순이, 그리고 그들의 가족이 묻혀 있는 곳이다.

18세기 말 천주교가 조정으로부터 박해를 받던 시절, 유중철과 이순이는 혼인을 한 부부임에도 부모 앞에서 남매처럼 살기로 하고 동정을 지키기로 맹세했다. 이들의 결혼은 박해를 피하기 위한 형식적인 조치에 불과했다. 제사를 모시지 않거나 결혼을 하지 않으면 천주교도라는 걸 인정하는 꼴이 되었고, 그것은 곧 죽음을 의미했다. 두 청춘 남녀가 한방에 살면서 인간으로서 본능의 유혹도 있었다. 4년을 그렇게 지냈으니 신앙인으로서의 약속을 팽개치고 싶을 때도 있었다.

1801년 신유박해 때 결국 유중철과 이순이는 관헌에게 체포되었다. 옥중에서 이순이는 유중철이 먼저 교수형에 처해졌다는 소식을 들었다. 《이순이 루갈다 남매 옥중편지》(디자인흐름)는 당시 이순이가 친정에 보낸 편지를 묶은 책이다. 그는 자신도 곧 순교할 것을 예상하면서 순교를 '결실'이며 '은혜'로 담담하게 받아들였다. "제가 죽은 것을 살아 있는 것으로 여기시고, 살아 있는 것을 죽은 것으로 여기셔요"라는 편지는 지금 읽어도 절절하다. 그는 전주 숲정이에서 참수형에 처해져 생을 마감했다.

토끼비리

중국 윈난(운남)성의 '차마고도(茶馬古道)'는 텔레비전으로 소개된 이후 우리에게 익숙해졌다. 길도 길이지만 그 길을 오가는 이들의 삶의 역정이 각별한 감동을 주었던 것.

중국에만 옛길이 있는 것이 아니다. 경북 문경시 마성면 신현리에 나 있는 '토끼비리'는 우리의 대표적인 옛길 중 하나다. 이 길은 조선시대 경상도 사람들이 서울로 갈 때 이용하던 영남대로의 일부다. 문경 석현성 진남문에서 영강 쪽으로 내려가는 험준한 낭떠러지에 길이 나 있다.

고려 때 왕건이 군사를 끌고 남쪽으로 내려가다가 산세가 험한 이곳에서 길을 잃어버렸다. 그때 토끼 한 마리가 벼랑 쪽으로 달아나는 걸 보고 왕건은 아찔한 벼랑을 깎아 길을 내게 했다. 그리하여 겨우 한 사람이 지나갈 수 있을 만큼의 바윗길이 생겼다. 토끼가 달아난 길이라 해서 '토천(兎遷)'으로도 부른다. '비리'는 강가나 바닷가에 높이 솟은 벼랑을 가리키는 '벼루'의 이 지방 방언.

토끼비리의 석회암은 이 길을 오간 수많은 사람들의 발길로 닳아 유리 표면처럼 반질반질해졌다. 짚신도 가죽신도 맨발도 지나갔을 것이고 말과 소도 지나갔을 것이다. 과거를 보러 가는 선비도 등짐 진 방물장수도 시집에서 구박받던 며느리도 발걸음을 옮겼을 것이다. 그들의 발소리가 쌓여 발자국이 되었을 것이다. 발자국 위에 발자국이 또 쌓이고 쌓여 조붓한 길이 되었을 것이다. 가을이면 단풍이 붉은 입술을 삐죽거렸을 것이고, 겨울이면 눈발이 벼랑 끝에 서서 울었을 것이다.

내성천

내성천은 경북 봉화에서 발원하는 낙동강의 지류다. 영주와 예천을 거쳐 106.29킬로미터를 흐른 뒤 삼강에서 낙동강과 합류한다. 우리나라에서 최고 넓은 모래하천 내성천이 죽어가고 있다. 상류에 4대강 공사의 하나로 영주댐이 건설되고 있는 것. 나는 환경 전문가가 아니지만 인위적으로 설치한 댐이나 보가 하천의 환경에 얼마나 해가 되는지는 안다. 영주댐은 소백산 계곡에서부터 생산되는 토사들을 가로막아 댐 밑바닥을 온통 진흙으로 바꿀 것이다.

나는 내성천이 내려다보이는 마을에서 태어났다. 예천군 호명면 황지리. 스무 살 때 쓴 시 〈낙동강〉은 사실 내성천의 이미지를 빌려온 것이다. 어릴 적에 맨발로 내성천까지 걸어갔다. 가는 길에 목화밭과 고욤나무가 있었다. 고향 사람들은 강변을 '갱빈'이라고 불렀다. 금모래 속에 몸을 묻고 놀다가 지치면 모래무지가 보이는 물속에 뛰어들었다. 여름 홍수 때를 제외하고 강물은 늘 내 허벅지 높이만큼 흘렀다. 아무리 가뭄이 들어도 마르는 법이 없었다. 할머니를 따라 내성천을 건너 예천장까지 걸어가는 날도 있었다. 큰물이 질 때는 멍석말이하는 것처럼 붉은 물결이 밀려왔다는 말, 아버지가 장에 내다 팔 땔감을 지고 건너기도 했다는 말, 여기서 잡은 '가을 고기'는 맛도 좋다는 말……. 다시 만난 내성천은 울상이었다. 모래가 반짝이고 있어야 할 백사장에 이미 퇴적물이 쌓여 듬성듬성 갈대밭을 이루고 있었다. 몹쓸 인간들아, 영주댐 공사를 당장 중단해라.

비양도

　제주에서 가장 늦게 바다 한가운데서 솟아올랐다는 화산 섬이 비양도다. '올레길을 만든 여자' 서명숙이 친구 허영선 시인과 함께 가서 울었다는 섬. 한림항에서 하루에 세 번 배가 오가는데, 시간은 15분쯤 걸린다. 포구 앞 '호돌이식당'에 보말죽을 예약해놓고 가족들과 해변을 따라 걸었다. 아무 데나 앉아 햇볕에 발등을 쬐어도 좋을 것 같았다. 서쪽 해변에는 해녀들이 물질을 하고 있었고, 가마우지들이 기이하게 생긴 바위에 올라 사냥을 준비하고 있었다.

　구수한 보말죽을 한 그릇 뚝딱 비우고 포구로 나갔다. 어떤 남자아이가 혼자 낚시를 하고 있었다. 짤막한 대나무에 실을 묶은 낚싯대다. 너 몇 살이니? 이름은? 아이의 등에 대고 물었더니 단호하게, 개인 정보는 말할 수 없어요, 한다. 이런 맹랑한 녀석을 봤나. 머쓱해진 나는 한참 기다렸다가 또 물었다. 미끼는 뭘 쓰지? 대답은 두 글자였다. 새우. 나는 용기를 내어 다시 물었다. 여기선 어떤 물고기가 주로 잡혀? 너도 큰 거 잡아본 적 있어? 내 불찰이었다. 아이참, 자꾸 귀찮게 말 시키지 말아요. 그냥 보고만 있어요! 이러던 녀석이 친절해진 건 함께 간 아들 덕분이었다. 공을 같이 차자고 제안했던 것. 전교생이 모두 5명인 비양도초등학교 운동장에서 대학생인 아들과 축구공을 뻥뻥 차올리던 녀석의 이름은 건우였다. 팔뚝만 한 숭어도 잡아본 적 있는, 엄마와 떨어져 사는, 흰 강아지를 안고 나와 보여주던, 떠날 때 손을 흔들던 4학년 꼬마.

곶자왈

2003년 노무현 대통령은 국가권력에 의해 양민이 희생된 제주 4·3사건에 대해 사과했다. 그로부터 10년이 지났지만 4·3은 아직도 완전한 상생과 화해에 이르지 못하고 있다. 특정한 지역에서 일어난, 외면해야 할 사건으로 기억하기에는 그 아픔이 아물지 않았다. 뭍에 사는 사람들은 아직도 제주를 하나의 객체로 바라보거나 괜찮은 관광지쯤으로 인식하는 경우가 많은 것이다. 제주를 찾는 일이 그래서 늘 쾌청하지는 않다.

곶자왈을 걷고 오지 않았다면 이번에도 마음이 무거웠을 것이다. 곶자왈은 화산이 분출할 때 바위가 크고 작게 갈라지면서 높낮이가 일정하지 않은 울퉁불퉁한 지형을 이룬 곳이다. 이 지형은 빗물을 받아 지하수를 품고 있기에 적합하고, 따뜻하고 습도가 높기 때문에 고사리와 이끼류가 성장하는 데 좋은 환경을 갖추고 있다. 북방한계 식물과 남방한계 식물이 같이 어울려 사는 곳이어서 세계적으로 희귀

한 지형이라고 한다. 제주시에서 도립공원으로 지정한 대정 곶자왈을 2시간쯤 걸었다. 아직 관광객이 많이 찾지는 않아서 원시 그대로의 숲을 만난 것 같았다. 육지의 숲에서 쉽게 보지 못하는 나무들이 반가웠다. 참나무과의 종가시나무, 녹나무과의 잎이 반질반질하고 푸른 식물들, 그리고 폭낭(팽나무), 동백나무……. 예전에 소와 말이 다니던 길에 돌담을 낮게 쌓아둔 곳도 있었다. 새소리는 어찌 그리 청청하던지. 아니, 그 새소리는 우리 일행을 숲의 침략자로 여기고 경계하는 울음이었을까?

5 · 16도로

5 · 16도로는 한라산을 가로질러 제주시와 서귀포시를 잇는 아름다운 도로다. 1930년대에 일제가 산림 수탈을 목적으로 만든 임도를 다시 넓히고 정비해 비포장 상태로 1963년 10월에 개통했다. 기공식 이후 1년 7개월이 걸렸다. 이 도로가 뚫리면서 제주에서 서귀포까지 5시간 30분이나 걸리던 시간이 1시간 30분으로 대폭 단축되었고, 한라산을 중심으로 제주는 본격적인 관광도시로 성장하게 되었다. 관광버스를 타고 한라산의 속살을 들여다볼 수 있는 코스가 된 것이다. 해발 600미터 부근의 숲 터널은 지금도 원시의 모습을 엿볼 수 있어 경이롭고, 가끔 노루와 같은 야생동물도 만나게 되는 길이다. 백록담에 오르기 위해 들르는 성판악휴게소도 이 도로의 정점에 있다.

원래 이름인 '한라산 횡단도로' 대신에 '5 · 16도로'로 굳어진 것은 5 · 16 쿠데타를 정당화하기 위한 속셈이 깔려 있다. 제주도민 사이에 도로 건설 여부를 두고 찬반 논란이

있었지만 박정희는 국가 재건이라는 미명하에 사업을 밀어
붙인 것이다. 당시 정부는 불량배, 노숙인, 주소지가 불분
명한 사람들, 병역을 기피한 사람들을 전격 검거해 이 도로
건설에 강제로 투입했다. 이 과정에서 노역에 동원된 수많
은 사람들이 다치고 목숨을 잃었다는 사실을 잊어서는 안
된다. 국가주의로 무장한 군부세력의 폭력 앞에 이들은 속
수무책 당할 수밖에 없었다. '인권'이라고는 입에서 꺼내지
도 못했다. 아름다운 꽃에게도 소스라칠 만한 어두운 그림
자가 있다.

숨비소리

세계적으로 해녀는 제주도와 일본에만 유일하게 남아 있다. 우리나라 연안 곳곳에 정착해 살고 있는 해녀 역시 거의 다 제주에서 이주한 사람들이다. 1965년 통계자료에 따르면 제주 해녀는 제주 인구의 약 9퍼센트를 차지해 2만 3000여 명에 이르렀다고 한다. 현재는 4500명 정도이며 대부분 예순 살 이상의 고령이다. 앞으로 20여 년 후면 더 이상 해녀가 존재하지 않을 수도 있다. 제주도에서는 인류무형유산 등재를 위해 '해녀'를 공식 용어로 채택했다고 밝혔다. 전통적으로 우리는 해조류와 전복, 소라 등을 채취하는 사람을 '잠녀(潛女)'라고 부른 반면 일본에서는 '해녀'라는 용어를 사용하였다. 제주 해녀와 일본의 '아마[海女]'는 겉은 비슷해 보이지만 속은 다르다. 일본의 아마는 몸에 줄을 묶고 5미터 정도의 얕은 바다에서 일하는 반면 제주 해녀는 줄 없이 20미터 이상을 수중 잠수하고, 또 고유의 공동체 문화를 갖고 있다. 한마디로 물질의 수준이 다르다.

바닷속 깊은 곳까지 잠수한 뒤 물 위로 떠올라 참았던 숨을 힘껏 내쉬는 소리, 바로 숨비소리다. 호오이……. 제주 해변을 지나가다 보면 누군가 휘파람을 부는 것 같은 이 소리를 들을 때가 있다. 이 소리는 멀리서도 또렷하게 들린다. 아무런 산소호흡 장치 없이 수심 20여 미터를 내려가 턱까지 차오르는 숨을 참은 뒤에 비로소 내쉬는 해녀들의 숨비소리. 숨비소리는 나 여기 이렇게 끄떡없이 살아 있다고 세상에 보내는 신호다. 숨비소리를 듣고 싶다.

제주공항

제주국제공항은 예전에 정뜨르비행장이라 불렀다. 일본이 1941년 태평양전쟁을 일으키면서 중국 본토를 겨냥해 건설한 공항이었다. 남쪽의 송악산 부근에는 알뜨르비행장이 있었는데 일제 당시의 격납고들이 지금 그대로 남아 있기도 하다. '뜨르'는 제주 방언으로 넓은 뜰이라는 뜻. 제주공항 지역은 4·3 최대의 학살지로 꼽힌다.

다행히 몇 해 전 '제주공항 4·3 집단학살지 유해발굴' 작업이 남쪽 활주로 인근에서 이뤄져 259구의 유해를 찾아냈다. 그동안 두 차례의 대규모 제주공항 공사로 땅을 파헤칠 때 유해가 뒤섞여 훼손된 사실도 확인되었다.

이와 함께 탄피, 수저, 단추, 허리띠와 같은 유류품 1000여 점을 수습했다고 한다. 한국전쟁 전후 공권력에 의해 부당하게 총살되어 암매장된 유해들은 일부 세상 밖으로 나왔지만 아직도 발굴되지 않은 주검들이 활주로 밑에는 더 있을지 모른다.

제주의 시인 김수열은 〈정뜨르비행장〉이라는 시에서 하
루에도 수백 차례 비행기가 이착륙할 때마다

　　활주로 밑 어둠에 갇혀
　　몸 뒤척일 때마다 뼈들의 아우성이 들린다

고 절규한 바 있다. 시인은 뭍으로 나가는 비행기를 이용
할 때

　　내가 할 수 있는 일이란 고작
　　잠시 두 발 들어올리는 것
　　눈감고 창밖을 외면하는 것

이라며 역사가 남겨놓은 아픔을 삭인다. 천혜의 관광
지 제주에 여행을 갈 때는 공항에 내리면서 한번쯤 옷깃을

여밀 일이다. 아직도 아물지 않은 상처에 대한 최소한의 예의다.

보리밟기

얼음이 녹는다는 우수가 지났다. 황량한 들판에 봄을 제일 먼저 끌고 오는 것은 보리밭이다. 이것 좀 보라고, 보리밭은 땅속에 숨겨두었던 새싹들을 펼쳐 보인다. 멀리서 봐도 힘찬 기운이 느껴진다. 허공을 꽁꽁 동여매고 있던 추위를 파릇한 싹으로 찔러 녹이고, 허공의 주인이 되기 위해 보리는 키를 돋아 세운다. 보이지 않는 땅속의 뿌리들이 꿈지락거리고 있기 때문에 보리밭 전체가 꿈틀거리는 것처럼 보인다. 그런데 성급하게 고개를 내민 보리 싹은 밟아주어야 한다. 날이 풀리면 얼었던 흙이 들뜨게 되고 보리 싹이 뿌리를 제대로 내리지 못하기 때문이다.

1970년대를 통과한 이들은 보리밭 꽤나 밟아보았을 것이다. 보리 증산을 위해 당시 정부는 보리밟기 운동을 적극 장려하고 나섰다. 공무원과 일반 시민들이 일손을 놓고 보리밭으로 나섰다. 군인과 학생들도 수백 명씩 보리밭으로 동원되었다. 한 줄로 줄을 맞추고 어깨를 끼고 꼭꼭 눌러

밟았다. 넓은 들이라고 해서 함부로 뛰어놀다가는 선생님
께 한 대 쥐어박혔고.

봄에 파릇파릇한 풀을 밟으며 걷는 것을 '답청(踏靑)'이라
한다.

풀을 밟아라
들녘엔 매 맞은 풀
맞을수록 시퍼런
봄이 온다
봄이 와도 우리가 이룰 수 없어
봄은 스스로 풀밭을 이루었다
이 나라의 어두운 아희들아
풀을 밟아라
밟으면 밟을수록 푸른
풀을 밟아라

정희성 시인이 1974년에 낸 시집 《답청》에는 어두운 시대를 인내하던 선비의 목소리가 배어 있었다. 봄이 와도 세상은 어둡다.

시비

대구 달성공원에는 이상화의 시비가 있다. 1948년 우리 나라 최초로 세워진 한글 시비다. 내가 제일 처음 본 시비였다. 서울 도봉산 초입에 세워진 김수영 시비는 동판으로 돋을새김한 깡마른 얼굴이 김수영답고, 경남 통영의 남망산공원 안에 있는 유치환 시비도 인상적이었다. 직접 가서 보지는 못했지만 주위의 자연과 잘 어울리는 시비는 충북 단양읍의 소금정공원에 있는 신동문 시비 같다. 받침돌 없는 빗돌은 나지막해서 욕심이 없어 보인다.

김수영 시비의 동판은 고물장수가 몰래 떼어가는 수난을 겪었고, 전북 고창 선운사 입구의 서정주 시비는 1980년대에 '미당(未堂)'이 '말당(末堂)'으로 바뀌는 수모를 겪었다. 그의 친일 전력 때문이었다. 시비 걸고 싶은 시비도 있다. 살아 있는 시인을 성급하게 칭송하기 위해 세운 시비, 사람의 키보다 훨씬 높아 우러러봐야 하는 시비, 고인의 문학적 유산에 비해 빗돌만 크고 우람한 시비, 미적 감각이 전혀 없는 시비……. 내 뜻과 상관없이 곳곳에 내 시를 돌에 새 겨놓았다는 말을 전해 들을 때마다 얼굴이 뜨거워진다. 다 만 경북 예천읍 흑응산 정상에 있는 시비와 울진군 금강송 군락지 입구의 시비는 예외다. 시비를 위해 의도적으로 쓴 시들이기 때문.

나의 무덤 앞에는 그 차가운 비(碑)ㅅ돌을 세우지 말라.
나의 무덤 주위에는 그 노오란 해바라기를 심어 달라.

내가 하고 싶은 말을 80여 년 전에 시인 함형수가 먼저 했다. 〈해바라기의 비명(碑銘)〉이라는 시에서.

과일군

　북한의 황해남도에는 서해에 접해 있는 과일군이 있다. 1967년 송화군에서 떨어져 나온 과일군은 연평균 기온이 섭씨 10도 안팎이며 강수량이 적고 일조량이 많다. 군 전체를 거대한 과수단지로 개발한 결과 농경지의 63퍼센트가 과수밭이라고 한다. 사과, 배, 복숭아, 감, 포도, 살구 등의 과일 생산량이 북한에서 가장 많으며, 과수원의 길이는 40킬로미터에 달한다. 그래서 '백리 청춘 과원'이라는 낭만적인 이름이 붙었다는 것. 과일통조림 공장을 비롯해 과일을 가공하는 공장이 즐비한 과일군은 과일을 빼면 아무것도 남는 게 없다. 과일읍에 군청이 있는 과일군은 온통 과일이다. 초등학교는 과일인민학교, 중학교는 과일중학교, 고등학교는 과일남자고등중학교, 전문대학은 과일기능대학, 대학은 과일대학이다. 병원은 과일군인민병원이다. 과일과 별로 상관없는 것들에도 과일군에서는 과일이 주렁주렁 열려 있을 것 같다.

평양시 역포(력포) 구역 능금동에는 평양과수농장이 있다. 이름 그대로 사과나무밭이 많은 곳이다. 1952년 한국전쟁 중에 김일성이 전선을 시찰하고 돌아오면서 평양의 과일 공급 기지로 만들라고 교시했다는 곳이다. 한겨레통일문화재단에서 통일부의 허가를 받아 2009년에 심어놓은 1만주의 사과나무가 올봄(2014년)에도 꽃을 피울까. 나중에 제가 이 사과나무밭을 지키는 관리인으로 일할 것이니 아무도 이 자리를 노리지 말라고 하세요. 평양의 나이 드신 농업 기술자에게 호언장담해놓고 왔는데, 거길 가보지 못한 게 벌써 5년째다.

코스타리카

군대가 없는데 행복과 평화가 유지되는 나라가 있을까? 있다. 중앙아메리카의 코스타리카다. 이 나라는 1948년 세계 최초로 헌법에 의해 군대를 폐지했다. 막대한 국방비를 쓰지 않으니 그 예산은 국민의 삶의 질을 높이고 천혜의 자연환경을 보존하는 데 투자된다. 총칼 대신에 평화를 선택한 코스타리카를 우리는 부러워할 수밖에 없다. 코스타리카는 전 국토의 12퍼센트를 국립공원으로 지정해놓을 정도로 자연 생태 보존에 심혈을 쏟고 있다. 개발주의자들이 발 디딜 수 없게 법으로 미리 차단 장치를 마련해둔 것. 원색의 화려한 깃털을 가진 새들과 잠자리보다 작은 벌새, 그리고 바다거북이 알을 낳는 모래 해변 등은 이 나라의 큰 자산들이다. 국토의 서쪽으로는 태평양을, 동쪽으로는 카리브해를 끼고 있는 코스타리카.

열대우림이 원시 그대로 숨 쉬는 곳 중 하나가 국립공원 몬테베르데다. 이곳은 수도 산호세에서 북쪽으로 100킬로

미터 떨어진 곳. 여기에 가려면 2시간 이상 구불구불한 비
포장도로와 벼랑길을 통과해야 한다. 마을에도 아스팔트
포장도로 따위는 없다. 질척질척한 길을 걸어 다니려면 우
기에 장화를 반드시 준비해야 한다. 생태주의가 미래를 위
한 구호가 아니라 당연한 현실로 진행되는 곳.

　몬테베르데의 시인들과 며칠 보낸 적 있다. 시 낭송회 때
'몬테베르데가 지구의 자궁'이라는 시를 써서 읽었다. 주민
들의 기립 박수를 받기도 했지만, 심히 부끄러웠다. 나는 개
발 독재와 휴전과 철조망의 나라에서 온 시인이었으니까.

무장기포

1894년 초 전봉준은 고부군수 조병갑을 쫓아내는 데 실패했다. 안핵사 이용태에 의해 오히려 동학교도에 대한 탄압과 살육이 진행되자 전봉준은 3월에 손화중을 찾아가 농민군 봉기를 제안했다. 농민군을 편성해 죽창 등으로 무기를 준비하고 군량미를 확보했다.

음력 3월 20일, 두 사람이 이끄는 4000여 명의 농민군은 고창 무장현 구시내 들판에서 창의문을 발표하고 일제히 혁명에 나설 것을 결의했다. 일개 지역 군수를 상대로 한 싸움이 아니라 무능하고 썩어빠진 조정 및 외세와의 대대적인 전투를 선포한 것. 이것이 동학농민혁명이 본격적으로 시작되는 무장기포였다. 오죽하면 농민들이 한창 농사를 준비해야 하는 시기에 생업에 쓰던 농기구들을 무기로 거머쥐었을까. 무장에서 일어난 농민군은 곧바로 고부를 점령했다 김개남이 이끄는 농민군이 합류하자, 음력 3월 25일 백산에 모두 집결, 총궐기를 호소하는 격문을 전국으로 띄웠다. 농민군은 막강한 연합군을 완성한 것이다. "우리가 정의를 위하여 여기에 이른 것은 그 본뜻이 결코 다른 데 있지 아니하고 백성을 도탄 속에서 건지고 국가를 반석 위에다 두고자 함이다. 안으로는 악질 관리의 목을 베고, 밖으로는 황포한 강적의 무리들을 물리치고자 함이다……" 이렇게 궐기한 농민군들은 파죽지세로 한 달 만에 전주성에 입성한다. 동학농민혁명 120주년을 맞아 전북 고창에서는 무장기포일인 양력 4월 25일을 전후해 각종 기념행사가 열렸다.

집강소

1894년 동학농민혁명의 절정은 4월 27일 농민군의 전주
성 점령이다. 그다음 날 서울에서 전주성을 탈환하기 위해
내려온 정부군은 농민군과 두 차례 치열한 전투를 치르고
나서 전봉준이 제안한 폐정개혁안을 받아들인다. 이로써
농민군은 전주성을 내주고 해산하게 되는데, 이때 전라관
찰사 김학진과 녹두장군 전봉준의 전격적인 합의로 '집강
소'가 설치된다.

집강소는 우리 역사상 최초로 만들어진 민관 합동 자치
기구이다. 전라감영 관할 대부분의 군, 현, 면, 리에 집강소
가 세워졌고, 치안 관리, 탐관오리 징벌 등 실질적인 개혁
을 집행하게 된다. 민초들이 직접 행정, 경찰, 군사력을 행
사했으니 그 권한은 실로 막강했다. 전라관찰사 김학진은
자신의 집무실인 선화당을 전봉준에게 내주고 자신은 징청
각이라는 조그마한 사무실에서 일을 할 정도였다. 7월 초부
터 10월 농민군이 삼례에서 2차 봉기를 할 때까지 집강소

는 매우 민주적인 방식으로 정책을 결정하고 집행했다. 비록 한시적이지만 개혁을 요구하는 백성들의 뜻과 정부의 이해관계가 보기 드물게 찰떡궁합을 이뤘던 것이다.

옛 전북도청 자리가 바로 전라감영이 있던 곳이다. 전라감영 복원과 함께 집강소의 역사적인 의미를 묻고 기려야 한다는 목소리들이 점점 높아지고 있다. 〈우리나라 최초의 농민자치기구, 집강소를 가다〉라는 주제로 2013년에 열렸던 동학농민혁명기념재단의 기획전도 그중 하나였다.

삼례 봉기

1894년 전주감영을 접수하고 집강소를 설치한 동학농민군은 고향으로 돌아가 농사를 짓고 있었다. 이때 청일전쟁에서 승리한 일본은 호시탐탐 조선을 노리고 있었다. 나라의 정세가 심상치 않게 돌아가자 전봉준은 직속 부대 4000명을 이끌고 전북 완주의 삼례로 갔다. 일본과의 일전을 치르기 위해서였다.

동학농민혁명이 외세와 싸우는 전쟁의 성격을 갖기 시작한 것이 바로 삼례 2차 봉기다. 삼례는 전주 북쪽의 만경강을 끼고 있는 마을이었는데, 서울로 가는 교통의 중심지였다. 전봉준은 전주성에서 총 251자루, 탄환 9700발, 화포 74문을 조달했다. 지방 관리들은 못 이긴 척 무기고의 열쇠를 내주었다. 늦가을에 삼례에 모인 농민군의 수는 10만 명을 웃돌았다. 그 기세가 강물도 출렁이게 만들었다.

내가 일하는 학교가 삼례에 있다. 삼례터미널 앞길은 '동학농민길'이라는 표시가 되어 있다. 옛날 1번 국도가 지나는 길이다. 나는 이 길을 걸을 때마다 농민군의 발자취를 생각해본다. 120년 전 전국 곳곳에서 짚신을 신고 모여들었을 사람들의 눈빛과 이 작은 고장에 감돌았을 혁명의 기운을 상상한다. 그이들은 어떤 국밥집에서 밥을 먹었을까, 버선 대신 헝겊을 감아 감발을 했다는데 발은 시리지 않았을까. 농민군들은 삼례에 집결했으나 곧바로 서울로 진격하지 못했다. 최시형, 손병희가 이끄는 북접이 주저하고 있었기 때문이다. 한 달 동안 농민군은 매운 강바람을 견디며 삼례에서 기다려야 했다.

안중근 유묵

　안중근 의사는 뤼순(여순) 감옥에서 순국하기 직전 수많은 유묵(遺墨)을 남겼다. 하루라도 책을 읽지 않으면 입안에 가시가 돋는다는 뜻의 '일일부독서구중생형극(一日不讀書口中生荊棘)'은 너무나 유명하다. 안중근 의사 유묵은 하얼빈역에서 이토 히로부미를 저격하고 체포된 뒤 일본인 간수들에게 써준 게 대부분이다. 1910년 2월부터 3월 26일 사이 그렇게 옥중에서 쓴 글씨가 한·일 두 나라에서 확인된 것만 60여 점에 이른다. 우리나라에서는 국내에 들어온 30여 점을 일괄적으로 보물로 지정했다.

　이 중에서 보물 제569-4호가 문제다. 안 의사 유묵 중 유일하게 증발된 글씨이기 때문이다. 현재 문화재청 누리집에는 도난 문화재로 분류하고 있는데, 관리자를 '청와대'로 기재해놓고 있다. 이런 모순이 어디 있나? 원래 이 유묵은 1976년 당시 홍익대 이도영 이사장이 국내로 들여와 박정희 대통령에게 기증하면서 3월 17일 청와대로 소유자가 변경된다. 1993년부터 2010년까지 안중근의사숭모회 등에서 발간한 각종 도록과 학술 논문에는 소장자 '박근혜'라는 기록이 번번이 나타난다. 그러나 박근혜 대통령은 "소장하지도 않았고, 이를 본 적이 없다"는 해명을 했다 한다.

궂은 옷과 궂은 밥을 부끄러워하는 자는 더불어 의논할 수 없다는 '치악의악식자부족여의(恥惡衣惡食者不足與議)', 가난에 굴하지 않겠다는 안 의사의 결기가 넘쳐나는 이 보물, 어디로 사라졌을까?

공포의 추억

1937년 중일전쟁을 일으킨 일제는 조선인들에게 '황국신민서사'를 외우도록 강요했다. 이른바 내선일체를 세뇌시키기 위한 수단이었다. 성인용과 아동용으로 나누어 만든 이 맹세의 아동용은 이렇다. "①우리들은 대일본 제국의 신민입니다. ②우리들은 마음을 합하여 천황 폐하에게 충의를 다합니다. ③우리들은 인고단련하고 훌륭하고 강한 국민이 되겠습니다."

제1공화국 이승만 정부는 1949년 7월 '우리의 맹세'를 제정했다. 모든 교과서와 책 뒤에 의무적으로 싣게 했고, 학생들은 이를 빠짐없이 외워야 했다. "첫째, 우리는 대한민국의 아들딸, 죽음으로써 나라를 지키자. 둘째, 우리는 강철같이 단결하여 공산침략자를 쳐부수자. 셋째, 우리는 백두산 영봉에 태극기 휘날리고 남북통일을 완수하자." 이때의 통일 정책은 평화통일이 아니었다. 반공정신으로 무장해 무력으로 북진통일을 이루자는 것이었다.

박정희 정부는 1968년 12월 5일 '국민교육헌장'을 선포
했다. 나는 그때 초등학교 1학년이었다. 일본 왕에 대한 복
종과 충성을 다하라는 일본의 '교육칙어'를 그대로 본뜬 것
이라는 지식인들의 비판을 나는 어려서 알지 못했다. 2학년
이 되었을 때 나는 교실 앞 벽에 붙일 국민교육헌장을 매직
으로 썼다. "우리는 민족중흥의 역사적 사명을 띠고" 이렇
게 시작하는 국민교육헌장은 '대통령 박정희'까지 한 글자
도 틀리지 않고 외워야 했다. 1993년까지 무려 25년간이나
우리의 머리를 지배하던, 그 무시무시한.

유신양복점

1972년 10월 17일 전국에 비상계엄이 선포되었다. '10·17 비상조치'가 그것. 국회는 해산됐고 모든 정당 활동이 금지됐다. '유신헌법'으로 대통령 직선제를 없애면서 박정희 영구 집권의 기틀을 마련한 것이다. 교사와 공무원까지 유신을 홍보하는 대열에 동원되었다.

그 무렵 우리 집은 경북 안동 풍산면에서 가게를 열고 있었다. 어느 날 옆집에 면 소재지에서 가장 큰 양복점이 들어섰다. 간판부터 남달랐다. 양복점 진열장보다 큰 크기, 페인트로 쓴 조악한 붓글씨가 아니라 굵직굵직한 인쇄체. 그것도 최신식 볼록 돋움으로 처리했으니 다른 가게들은 기가 죽을 정도였다. '유신'을 내세우면 되지 않을 일도 척척 잘될 때였으므로 상호는 유신양복점! 양복점 아저씨는 눈치 빨랐고 대범했다. 하지만 그 대범함은 오래가지 못했다. 개업식을 한 그날 저녁에 아저씨는 경찰에 불려갔다. 구국의 결단인 유신을 한낱 양복점의 상호로 사용한 게 문제가 된 것. 당장 간판을 철거하고 상호를 바꾸라는 불호령이 떨어졌다. 하루아침에 간판을 내려야 할 처지에 놓이게 된 아저씨는 밤새 궁리를 거듭한 끝에 기발한 생각을 해냈다. 간판을 철거하지 않고 상호를 바꿀 수 있는 방법은 오직 하나밖에 없었다.

그 이튿날 학교에서 돌아온 나는 보았다. 양복점 아저씨가 직접 사다리를 타고 올라가 간판에다 몇 겹씩 테이프를 잘라 갖다 붙이는 것을. 잠시 후 간판은 초라하게 이렇게 바뀌었다. 유선양복점.

단체 영화

　입장료 반값 정도를 내고 단체 영화를 관람하는 날은 사뭇 들떴다. 비록 영화를 선택할 자유가 우리에게는 없었지만 학교라는 울타리를 벗어날 수 있는 시간이어서 손꼽아 그날을 기다렸다. 영화관 가는 길에서는 줄을 잘 맞춰야 했다. 모자도 반듯하게 쓰고. 담배 냄새와 화장실의 지린내가 엉킨 영화관 특유의 냄새가 우리를 기다리고 있었다. 그래도 그게 어딘가. 영화를 보러 몰래 들어갔다가 귀를 잡힌 채 끌려 나올 일은 없었으니까.

　단체로 관람하는 영화는 대부분 반공영화였다. 선과 악이 확실하게 구별되어 있었다. 인민군은 기세 좋게 영화의 전반부를 장식하지만 끝내 용맹한 국군에 의해 섬멸된다. 난관을 헤치고 국군이 승리를 거둘 때, 영화관 안은 박수 소리가 터진다. 이미 예상하고 있었던, 다 아는 절정을 공유하면서도 우리는 짜릿함을 느끼려고 노력했다. 혹시라도 열렬히 환호하는 감동의 공유자가 되지 않고 심드렁하게 앉아 있었다가는 어떻게 될까? 너 왜 그래? 어디 아파? 당장 이상한 아이로 취급받는다는 걸 우리는 알고 있었다.

반공영화를 통해 지배 이데올로기를 확산하는 전략은 80년대 후반까지 이어졌다. 나는 교사였고, 몇 번 학생들을 인솔해 영화관을 간 적이 있다. 마지막으로 본 단체 영화는 〈킬링 필드〉였을 것이다. 영화가 끝나고 학생들을 귀가시킨 뒤에는 어김없이 교사들의 회식 자리가 마련된다. 누군가 자조 섞인 말을 내뱉는다. 코 묻은 돈으로 이걸 꼭 사 먹어야 해?

고등학생

열일곱 살, 혹은 열여덟 살쯤 되면 남자애들은 코밑에 수염이 거뭇거뭇해지고, 여자애들은 머릿결의 윤기가 더욱 빛난다. 그 나이 때는 허공으로 축구공을 차올리면 하늘에 닿고, 발걸음을 내디디면 한걸음에 1000리도 갈 수 있다. 함성을 지르면 강물이 출렁이고, 그들이 설레는 눈으로 바라보는 세상의 모든 것은 늘 광채가 나서 눈부시다. 풀잎이 바람에 누웠다가 일어나도 까르르 웃음이 터지는 나이, 고등학생 때.

1960년 3월, 마산 중앙부두 앞바다에 얼굴에 최루탄이 박힌 채 발견된 시신이 있었다. 이승만의 3·15부정선거 항의 시위에 참여했던 마산상고 학생 김주열이었다. 이 사건은 곧바로 4·19혁명의 도화선이 되었다. 최인호는 서울고를 다닐 때 〈한국일보〉 신춘문예에 단편소설이 가작 입선해 소설가로 데뷔했고, 황석영은 경복고를 자퇴하고 〈사상계〉 신인문학상에 〈입석부근〉이 당선되어 등단했다. 세상

을 바꾸는 일은 그렇게 그들이 고등학교를 다니던 시절부
터 시작되었다.

　이마가 푸르게 빛나고 심장이 붉게 뛰는 고등학생들을
우리는 언제부터인가 교실에 가둬두었다. 아직은 어려서
어른들의 보호를 받아야 한다고, 열심히 미래를 준비해야
할 나이라고, 순응과 복종이 미덕이라고 그럴듯하게 꼬드
겨서 말이다. 그리고 어른들은 돌아앉아 세상을 망치는 일
에 골몰하였다. 교실에 아이들을 가둬두는 것도 모자라 깊
고 차가운 바닷속에 아이들을 가둬놓고 우리는 무엇을 하
고 있는가. 어린 하느님들을 다 수장시켜놓고.

고래

울산의 반구대 바위 속에는 고래들이 헤엄치고 있다. 한 연구에 따르면 반구대 암각화에 새겨진 고래의 종류가 북방긴수염고래, 귀신고래, 대왕고래, 혹등고래 등 11종에 이른다고 한다. 우리나라 동해에 그만큼 다양한 고래들이 서식했다는 뜻이다. 포유류인 고래의 배 속에 아기 고래가 새겨져 있는 암각화가 있다. 그걸 볼 때마다 선사시대 사람들의 상상력 앞에 왠지 가슴이 먹먹해진다.

"술 마시고 노래하고 춤을 춰봐도 가슴에는 하나 가득 슬픔뿐이네 (…) 자, 떠나자, 동해 바다로 신화처럼 숨을 쉬는 고래 잡으러" 송창식의 노래 〈고래사냥〉은 고래를 잡으러 떠나자고 하지만 1986년 이후 상업용 고래 포획은 국제적으로 금지되어 있다. 송창식이 1970년대 말에 노래 부르던 고래의 상징은 당연히 희망이거나 미래였다. 정치적으로 암흑의 시기에 희망을 찾고 싶었던 사람들이 그래서 이 노래를 목청껏 불렀던 것.

여객선 '세월호'가 침몰된 모습은 마치 거대한 고래 한 마리를 보는 것 같았다. 나는 그 광경을 침몰이 아니라 마악 물을 차고 수면 위로 떠오르는 고래의 항진으로 바꾸어 보고 싶었다. 살아 펄떡거리는 고래의 심장을 보고 싶었다. 희망을 보고 싶었다. 고래의 배 속에서 숨을 쉬는 아기 고래들이 아직도 우리를 기다리고 있다. 포기하지 말자. 꼬리지느러미로 바다를 치는 고래여, 제발 눈 감지 말고 오래 숨을 쉬고 있어다오. 사랑해야 할 시간이 너무 많다. 고래여, 고래여, 제발 신화처럼 돌아와다오.

봉황 문양

조지훈 시인의 〈봉황수(鳳凰愁)〉는 패망한 왕조의 궁궐에서 느끼는 슬픔을 노래한 시다. "큰 나라 섬기다 거미줄 친 옥좌(玉座) 위엔 여의주(如意珠) 희롱하는 쌍룡(雙龍) 대신에 두 마리 봉황새를 틀어 올렸다"는 표현이 있다. 주체성 없이 사대주의를 따르다가 나라를 망하게 한 것을 비꼬는 것이다. 예부터 중국 황제의 상징은 여의주를 물고 있는 황룡이었고, 황후의 상징이 봉황이었다고 한다. 조선시대 왕들은 중국의 비위를 맞추기 위해 용 대신에 봉황을 상징물로 택했다고 알려진다. 물론 전설에 등장하는 봉황도 훌륭한 상징물이다. 봉황은 1000년에 한 번 열리는 대나무의 열매를 먹고살 정도로 고결하며, 나라가 태평성대일 때 그 모습을 드러낸다고 한다.

대한민국 정부가 수립된 뒤에 봉황 문양이 대통령의 상징으로 등장했다. 황금빛 봉황 문양은 대통령의 이름으로 나가는 상장과 표창장, 기념품 등에 빠짐없이 등장한다. 대통령의 휘장, 집무실, 항공기, 차량도 항상 봉황으로 장식을 한다. 그리하여 이 나라에서 봉황은 이제 최고 권위의 상징물로 자리를 잡았다. 상서로운 봉황이 권위주의의 표상처럼 된 것이다. 다만 봉황 문양에 대한 반성적 성찰이 없이 관례를 그대로 따르고 있다는 게 문제다. 진정한 반성은 희망 없는 오늘을 새로운 내일로 데려가는 강력한 힘이 된다. 이제라도 대통령과 청와대 주변의 봉황 문양을 내리는 일을 심사숙고할 때다. 어린 초등학생도 가방에 봉황 문양 좀 붙이고 다니면 안 되나?

기록

조선시대에 사관이 왕의 주요 회의에 참여해 보고 들은 내용을 기록한 것을 '사초'라 했다. 왕조차 함부로 들여다볼 수 없었을 만큼 공정성과 객관성에 만전을 기했다. 그리하여 《조선왕조실록》과 《조선의궤》는 후세에 위대한 문화유산으로 남겨졌고, 유네스코 세계기록유산에까지 등재됐다. 유네스코는 "세계적으로 유례를 찾기 힘들 정도의 방대하고 치밀하면서도 놀라운 기록"이라는 찬사를 보냈다.

조선의 화려한 기록문화 전통은 오히려 현대에 들어와 후퇴했다. 이승만 정권에서 김영삼 정권에 이르기까지 청와대는 자체 기록을 거의 안 남겼다. 폐기에 더 급급했다. 김대중 정부가 들어서기 직전, 그러니까 1990년대 후반 청와대 안에는 연기가 자욱했다는 말이 떠돌았다. '절대권력'의 은밀하고 부끄러운 치부를 전부 태우느라 그랬다는 것. 송찬호 시인의 〈만년필〉이라는 시처럼 펜이 "근엄한 장군의 수염을 그리거나 부유한 앵무새의 혓바닥 노릇"만 했으니까.

　노무현 대통령은 달랐다. 그가 남긴 기록물은 역대 대통령 기록물을 합친 것보다 훨씬 많았다. 그 기록들을 트집 잡아 사후에도 정치적으로 이용한 후안무치한 무리들도 있었다. 노 대통령은 재임 중 '사관'을 한 명 두고 모든 회의에 배석케 했다. 바로 윤태영 전 청와대 비서관이다. 고인의 서거 5주기를 맞아 나온 《기록》(책담)이란 책은 그래서 귀하다. 이 책 덕분에 숨기거나 보태지 않은, 날것 그대로의 노무현을 읽을 수 있었다. 기록된 것만이 역사다.

달력

1년 열두 달을 달랑 스케치북 크기만 한 종이 한 장에 인쇄한 달력이 있었다. 지역의 국회의원이 자신의 사진을 중앙에 떡하니 배치하고 이름을 알리기 위해 배포한 것이었다. 배포 책임자는 주로 마을의 이장이거나 통장이었다. 1970년대 농촌에는 집집마다 그런 달력이 붙어 있었다. 그 달력 속 인물의 얼굴과 넥타이는 저절로 머리에 각인이 될 수밖에 없었다. 시각적인 상업용 광고나 영상물이 많지 않던 시절에 우리는 눈만 뜨면 그를 바라봐야 했으니까. 아니, 달력 속의 정치인이 우리 일상의 일거수일투족을 감시하고 있었으니까.

80년대가 되자 소주나 맥주를 파는 회사에서 제작한 달력에는 어김없이 비키니 차림의 미인이 등장했다. 포르노그래피를 활용한 마케팅 전략에 눈이 휘둥그레진 사내들 꽤 많았을 것이다. 해안 지역의 수협에서 만든 달력을 본 적 있다. 어민들의 생업에 필요한 바다의 물때를 표시해놓고 있어서 놀라웠다. 하루에 한 장씩 찢어 넘기던 일력은 농촌에서 귀한 대접을 받았다. 화장지가 없던 시절에 이보다 더 부드러운 종이는 없었다. 일력의 얇은 미농지는 붓글씨 연습을 하기에도 좋았고, 어른들은 이 종이로 담뱃잎을 말아 피웠다.

요 몇 년 사이 달력이 부쩍 귀해졌다. 우리 어머니가 좋아하시는, 날짜만 큼직하게 박힌 달력을 올해는 얻지 못했다. 거기에는 이사하기 좋은 '손 없는 날'도 적혀 있었는데 말이다. 달력이란 무엇인가? 다달이 다가오게 될 역사를 먼저 보여주는 선지자 아니었던가?

장날 아침

　장날 아침을 생각하면 가슴이 뛴다. 옷장수는 월남치마며 '고리땡' 바지며 두툼한 '돕바'를 보기 좋게 내다 걸고, 약장수는 사람들 왕래가 잦은 길목에 차력사를 데려와 터를 잡고, 튀밥장수는 기계 밑으로 장작을 막 지피기 시작하고, 씨앗장수는 자루 주둥이를 벌려 이름을 알 수 없는 채소며 약초 씨앗들을 꺼내놓고, 어물전에는 물이 번득거리는 생선들이 싱싱한 비린내를 풍기고, 대장간의 근육질의 어깨에는 땀이 맺히고, 옹기전에는 옹기들이 말갛게 얼굴을 씻고 나란히 앉아 있고, 강아지를 팔러 나온 사람은 갑자기 도망가는 강아지를 쫓아 이리 뛰고 저리 뛰기도 하며, 소전에는 검은 '오우버' 깊숙이 손을 찔러 넣고 어디선가 컴컴한 낯빛으로 소장수들이 꾸역꾸역 몰려들었으며, 장터 한쪽에 임시로 차린 국밥집의 가마솥에서는 돼지머리가 둥둥 뜬 국이 김을 뿜으며 부글부글 끓었다.

　장날만 되면 이 세상이 거기 다 있었다. 아쉽고 부족한 것은 거기 다 있었으며, 넘치고 풍족한 것도 거기 다 있었으며, 반질반질한 것도 투박한 것도, 불쌍하고 가엾은 것도, 잘나고 못난 것도, 큰 것도 작은 것도, 없는 것을 빼고 있는 것은 거기 다 있었다.

　1970년대 초반 박정희 정부는 오일장을 없애거나 축소시키려고 무모한 시도를 한 적이 있다. 새마을운동에 저해가 된다는 게 그 이유였다. 정부는 오일장의 문제점으로 불공정거래 성행, 지나친 소비 조장, 농민들의 시간 낭비를 꼽았다. 소가 웃을 농촌 정책이었다.

야생 버섯

　외갓집 뒷산은 참나무가 우거져 있었다. 비가 내리고 나면 늙은 참나무 둥치와 그 주변에 각양각색의 버섯이 비밀을 발설하는 것처럼 돋아났다. 외할머니를 따라 버섯을 따러 뒷산에 자주 올라갔다. 외갓집에서는 칼국수를 끓일 때 버섯을 넣었다. 나는 애호박, 부추와 함께 밀가루를 풀어 넣은 걸쭉한 버섯국을 특히 좋아했다. 그 숲에는 사람이 먹을 수 있는 버섯과 먹을 수 없는 독버섯이 있었다. 이웃 마을의 어떤 노인이 버섯을 잘못 먹고 돌아가셨다는 소식이 들려올 때도 있었다. 버섯은 무서운 거라고 했다.

　싸리버섯이나 애기꾀꼬리버섯을 독버섯과 구별하는 일은 크게 어렵지 않았다. 식용 중에는 회색 삿갓을 쓰고 하얀 자루가 훤칠한 버섯도 있었다. 이것과 비슷한 버섯을 자칫 잘못 알고 바구니에 담았다가는 외할머니의 가르침을 받아야 했다. 삿갓 안쪽에 붉은빛이 돌거나 버섯을 찢었을 때 뜨물 같은 진물이 나는 것은 모두 버려야 한다고. 외할머니는 버섯을 삶아서 늘 차가운 물에 하루쯤 담가두셨다. 혹시 남아 있을지도 모르는 야생 버섯의 나쁜 독을 그렇게 해서 우려내려고 했던 것일까?

식물생리학을 전공한 서남대 김성호 교수는 내가 좋아하는 분이다. 그이의 책 《나의 생명 수업》(웅진지식하우스)에 나오는 이런 문장은 얼마나 멋진가. "버섯의 벗이 되려면 버섯보다 많이 큰 내가 먼저 버섯의 높이로 땅에 엎드리면 된다는 것". 나는 야생 버섯의 맛과 추억에 취하기만 했지 엎드려보지 못했다.

놋숟가락

놋그릇이나 놋숟가락이 귀한 시절이 있었다. 값싼 양은이나 스테인리스가 등장하기 전까지만 해도 유기(鍮器) 제품은 집안에서 특별한 대접을 받았다. 손으로 일일이 두드려 만든 유기는 방짜 유기라고 해서 지금도 높은 가격에 거래된다. 우리 밥상에는 방짜 유기가 제격이다. 놋그릇은 깨진 기왓장을 잘게 빻은 가루를 묻혀 짚수세미로 쓱쓱 닦았다. 잔치나 제사를 앞두고는 놋그릇을 닦는 일에 온 집안사람들이 달라붙었다. 하얀 광목천으로 마른행주질을 하면 놋그릇의 표면에 거무튀튀한 이끼처럼 끼었던 녹이 어디로 가버리고 햇살 아래 찬연한 광채가 빛나곤 했다. 그럴 때면 햇살이 놋숟가락에서 튕겨 나와 내 눈썹 사이를 만지작거리는 것 같았다. 놋숟가락은 나 같은 어린아이들이 가지고 놀 수 없었다. 동그란 숟가락에 얼굴을 비춰보는 것으로 우리는 만족해야 했다.

그런데 그 귀한 놋숟가락이 어떤 사연으로 누룽지를 긁

는 데 사용하는 허드레 물건이 되었는지는 잘 모르겠다. 윗대로부터 대대로 써내려오다가 숟가락으로 더 이상 역할을 하지 못할 정도로 망가질 즈음에 가마솥 바닥의 누룽지를 득득 긁는 데 사용되었을 것이다. 무나 감자 껍질을 벗길 때에도 한 귀퉁이가 닳은 놋숟가락만 한 게 없었다. 붕어 같은 물고기 배를 딸 때도 요긴하게 쓰였다. 게다가 놋숟가락은 살균 효과가 탁월하고 독성 있는 음식에 닿으면 까맣게 변해버린다고 한다. 이 총명하고 아름다운 놋숟가락을 본 지 오래되었다. 그것은 손잡이가 달린 예쁜 반달이었다.

마당밥

긴긴 여름 해가 노루꼬리 반만큼이나 남았을 때, 저녁밥을 마당이나 마루에서 먹던 시절이 있었다. 시골 마을에 전기가 들어왔는데도 어른들은 좀체 전등을 켜지 않았다. 그런 풍경이 오규원의 동시 〈여름에는 저녁을〉에 나온다.

여름에는 저녁을
마당에서 먹는다
초저녁에도
환한 달빛

마당 위에는
멍석
멍석 위에는
환한 달빛
달빛을 깔고

저녁을 먹는다

멍석이나 평상 위에서 마당밥 먹던 사람들은 어둑어둑한 시간까지 함께 먹었다. 두세두세(두런두런) 말소리까지 비벼 먹었다.

요즘은 전력난과 전기 요금을 걱정하면서 아무도 전등을 끄지 않는다. 불편하면 마음이 먼저 불안해지는 것이다. 그래서 이문재 시인이 〈도보순례〉라는 시에서 선언했다.

나 돌아갈 것이다
도처의 전원을 끊고
덜컹거리는 마음의 안달을
마음껏 등질 것이다

마당도 멍석도 평상도 이제는 없지만 그렇다고 아예 방

법이 없는 건 아니다. 저녁 어스름이 찾아오면 불을 켜지 말고 가만히 앉아 있어보는 것이다. 단 1시간이라도 의도적인 정전 속에 나를 앉혀놓는 것! 전등 스위치에 조급하게 손을 갖다 대는 못된 버릇을 단 한 번이라도 고쳐볼 일이다. 이 우주에 어떤 속도로 어둠이 찾아오는지, 그 어둠이 어떻게 내 몸속으로 들어오는지 느껴보지 못하고 살지 않았나? 빛이 우리를 평화롭게 하지 않으며, 빛이 우리를 감싸지 않는다. 어둠이 우리를 불안에서 벗어나게 하고, 어둠이 우리를 감쌀 때가 있다는 걸 기억하자.

마당

농경 사회에서 마당은 화초를 심는 정원이 아니었다. 곡식이나 고추 같은 열매를 말리는 건조장이었고, 이삭을 털어 알곡을 거두는 마당질의 장소였다. 마당에서 펌프로 길어 올린 물로 쌀을 씻고 세수를 하고 걸레를 빨았다. 여름 저녁에는 별들이 머리 위에서 밥 먹는 식구들을 내려다볼 수 있도록 마당에 멍석을 깔고 앉아 밥을 먹었다.

마당 한쪽에 쌓여 있던 거름 더미는 땅을 기름지게 하는 천연비료 공장이었고, 흙의 유기물을 증가시키는 지렁이들의 안온한 일터였다. 거름 더미는 모깃불을 피우는 데 안성맞춤이었다. 타고 남은 재는 또 훌륭한 거름이 되었고, 삶의 시작과 끝이 모두 마당에서 이뤄졌다. 마당은 신랑 신부가 초례를 치르는 결혼식장이었고 회갑연이 열리던 잔치의 장소였으며 장례 의식을 치르던 예식장이었다. 사전을 펼쳐보니 별스럽게 '마당과부'라는 말도 있다. 마당에서 초례를 올리고 이내 남편을 잃은 사람을 가리키는 말이란다.

아이들에게 마당은 땅따먹기와 줄넘기 놀이를 하던 둘도 없는 놀이터였다. 어릴 적에 처마 끝에서 떨어지는 빗물이 작은 고랑을 내며 마당을 가로질러가는 것을 유심히 바라보고는 했다. 마당을 빠져나간 빗물이 도랑이 되고 개울이 되고 시내가 되고 강이 되어 바다까지 닿는 걸 생각하면서 키가 자랐고 마음이 살쪘다. 마당에서부터 시작하는 상상은 끝이 없었다. 마당하고 접촉해본 경험이 없는 요즘 아이들은 나중에 아파트 거실을 마당으로 여길까? 마당을 밟고 하늘을 바라보고 싶은 가을이다.

모퉁이

　구부러지거나 꺾어져 돌아간 자리를 모퉁이라고 한다.
길에 모퉁이가 없다면, 집에 모퉁이가 없다면 어떻게 될
까? 도대체 그리워할 일이 없을 것이다. 보이지 않는 모퉁
이 저쪽을 상상할 일도 없고, 비행기 활주로나 고속도로처
럼 인생은 황막해졌을 것이다. 그리움이 모퉁이를 만들었
다. 모퉁이가 없다면 숨바꼭질을 어떻게 하며, 계집애들의
고무줄을 끊고 어디로 달아나 숨을 데도 없었을 것이다. 빨
간 사과처럼 팔딱이는 심장을 쓸어내릴 일도 없었을 테고,
맘에 담아둔 여자애의 집 앞 골목을 지나갈 때 설레는 일
도 생기지 않았을 것이다. 모퉁이가 없다는 것은 곡선이 없
다는 것. 막막하고 뻣뻣한 직선이 세상을 지배했을 것이다.
삿대질과 공격적인 전투와 전진만이 우대받고 모든 여성
적인 것은 뒤로 밀려났을 것이다. 모퉁이가 없다면 골목길
에서 자전거 핸들을 멋지게 꺾을 일도 없었을 것이고, 연인
들이 담벼락에 붙어 서서 키스할 일도 없었을 것이다. 이별

후에 돌아서서 숨죽여 흐느낄 일도 없었을 것이다. 모퉁이가 없다면 예비군 훈련 가서 키득거리며 한쪽에서 오줌을 내갈길 일도 없었을 것이다. 결핍이 모퉁이를 만들었다. 그리고 모퉁이는 아쉽고 그리운 것들을 낳았다.

개발이라는 이름의 굴착기는 모퉁이를 지우는 일에 열심이다. 산모퉁이는 깎아내고 길모퉁이는 반듯하게 바로잡는다. 편리성과 합리를 앞세워 현대적인 것을 추구한다. 현대적인 것은 모퉁이가 없다. 모든 현대적인 것은 그래서 그리움을 용도 폐기했다.

골목

　집과 집 사이 골목이 있었다. 사람과 사람 사이 적당한 간격을 골목이라 부르던 때가 있었다. 저물 무렵 요령 소리를 앞세워 오던 두부장수가 있었고, 맹감 잎에 싼 찹쌀떡을 팔러 오던 사람이 있었다. 가로등 아래 떨리던 '날카로운 첫 키스의 추억'이 있었다. 노상방뇨의 빗소리도 있었다. 골목은 어느 집에서 고기를 굽는지 알려주었고, 어느 집에서 악다구니 끝에 울음이 새어 나오는지, 밥상 던지는 소리가 나는지 기별해주었다.

　혹시라도 낯선 이가 들어서면 그의 눈에 풍경이 익숙해질 때까지 가만히 엎드려 있던 골목. 누구에게나 공평하고 친절하던 골목. 젊은 시인 백상웅은 시장 골목에 좌판을 펴고 앉은 이들을 비유한 시 〈무릎〉에서 "저 골목은 무릎을 펴본 적이 없다"고 했다. 그 늙은 무릎들이 골목 안쪽에 가지런히 내놓은 화분에는 파, 쑥갓, 상추, 부추가 오종종 꽃밭을 이루었다. 골목으로 턱 하니 불알 내놓은 세발자전거의 주인이 나타나시면 다들 그분을 경배하였다. 그분은 머지않아 골목대장이 되실 분이기 때문이었다.

골목은 집과 집을 이어주는 끈이었다. 아파트가 생기면서 골목이 사라졌다. 끈이 사라졌다. 근대 이전의 골목길은 그나마 끈을 이으려는 노력들이 있다. 안동 하회마을과 담양 창평면 삼지내마을 골목길이 대표적이다. 팽나무와 어깨 낮은 돌담집들이 잘 어우러진 제주 해안마을의 골목길도 일품이다. 중국 베이징 동쪽의 후퉁 거리도 삼삼하다. 근대 이후의 골목은 어디서 찾아야지?

소금길

얼마 전부터 길에 대한 관심이 매우 높아졌다. 이 땅 곳
곳 옛길을 찾아 걷는 사람들도 늘어났다. 지방자치단체들
도 덩달아 길에 이름을 붙이고 가꾸어 사람을 불러 모은
다. 무엇보다 제주 올레길과 지리산 둘레길이 몰고 온 느림
의 미학에 공감했기 때문일 것이다. 야곱의 순례길인 스페
인의 산티아고 길과 일본의 구마노 옛길은 세계문화유산에
올라 있기도 하다.

우리나라에도 역사적인 길이 있었다. 영남대로, 삼남대
로, 관동대로와 같이 한양을 중심으로 팔도로 뻗어 있는 길
이 그것이다. 경북 문경의 옛길박물관 도록에서 옛길의 노
선과 거리를 알려주는 '도리표(道里表)'와 '정리표(程里表)'
를 본 적이 있다. 목적지까지의 거리가 상세하게 기록되어
있는 이 도표들은 오늘날의 내비게이션이라고 할 수 있다.
옛사람들은 괴나리봇짐에 이 내비게이션 한 권씩을 넣고
다녔다고 한다.

옛길은 소금을 나르는 소금길이었다. 소금의 운송은 주로 강을 이용했다. 강물의 많고 적음에 따라 소금배가 닿는 곳이 달랐다. 바다와 멀리 떨어져 있는 경북 북부 산간 지역은 낙동강 수로를 이용해 올라온 남해안의 소금과 한강 수로로 올라온 서해안 소금, 동해안의 소금이 교차하는 곳이었다. 동해안 영덕에서 출발하는 안동의 간고등어길이나 울진의 십이령, 영양의 외씨버선길은 예부터 소금의 육지 이동로였다. 옛길을 걷는다는 것은 먼 조상들의 생명을 이어주던 소금의 흔적을 따라 걷는다는 뜻이다.

산공부

옛적부터 이름난 소리꾼들은 여름에 깊은 산속을 찾아가 판소리를 집중적으로 가르치고 배웠다. 이를 '산공부'라고 한다. 그것은 득음을 위한 독공(獨功)의 시간이었고, 선생과 제자가 함께 먹고 자며 훈련하는 혹독한 '여름 캠프'였다. 길게는 여름 한철 100일을 꼬박 산에서 보내기도 했다. '신창(神唱)'으로 부르는 명창 권삼득과 완주의 위봉폭포, 이중선과 부안의 직소폭포, 정정렬과 익산 심곡사 등이 산공부의 일화로 유명하다. 주위를 의식하지 않고 소리를 내지르려면 외따로 떨어진 암자나 움막집만큼 적당한 곳이 없다. 폭포를 끼고 있는 계곡이 있다면 더할 나위 없이 안성맞춤. 만물의 생기와 활력이 충만한 여름에 산속에서 연습을 하다 보면 밖으로 내지른 만큼 안으로 빨아들이는 것이 있을 터. 그리하여 산공부는 자신과의 싸움이면서 크게는 우주와 대결을 벌이는 것.

하루 세끼 밥 먹는 시간을 제외하고는 오로지 선생의 입과 표정과 몸을 바라보며 공부에 매진해야 한다. 선생의 호통과 매를 견뎌야 할 때도 있다. 이 과정에서 제자들은 선생의 소리만 배우는 게 아니다. 선생의 숨소리, 몸짓, 버릇, 취향을 모두 빨아들이는 것. 몸이 무기인 소리꾼들은 산공부를 통해 선생의 전부를 배우는 것이다.

소리꾼들의 이러한 집중과 몰두를 나는 다른 예술 장르에서 보지 못했다. 비록 산중은 아니었지만 국악과 개인 연습실에서 이뤄지는 소리꾼들의 산공부를 잠깐 엿본 적 있다. 소름이 돋았다.

백석 시어

백석의 시를 눈치 보지 않고 읽을 수 있게 된 것은 1987년이었다. 영남대 이동순 교수가 《백석시전집》(창비)을 엮어낸 것이다. 이 시집은 독자들의 큰 반향을 불러일으켰다. 1988년 공식적인 해금 조처를 발표하기 1년 전이었기에 더욱 그랬다. 우리는 평안도 방언을 주축으로 하는 낯선 북방 언어와 대면하게 되었다. 그 이후에도 추가로 발굴된 백석의 시와 산문들이 여럿 출간되었다. 원광대 김재용 교수가 엮은 《백석 전집》(실천문학사)은 수필 · 평론 · 소설뿐만 아니라 해방 후 백석이 북한에서 발표한 작품들을 총망라하고 있다. 백석 시의 원본과 함께 정본을 수록한 책은 고려대 고형진 교수의 《정본 백석 시집》(문학동네)이다. 여기서 정본이란 방언을 살리면서 오자와 탈자를 고쳐 읽기 편하게 표기를 바로잡은 것.

백석 시집에는 시어에 대한 설명이 각주로 붙어 있는 경우가 많다. 친절한 것까지는 좋은데 오류도 몇몇 눈에 띈다. 평북 방언의 해석이 빗나간 것이다. 〈주막〉이라는 시에 나오는 "호박닢에 싸오는 붕어곰"은 붕어를 오래 곤 국이 아니다. 북한에서는 '찜'을 '곰'이라고 한다. 〈박각시 오는 저녁〉이라는 시에 '바가지꽃'은 박꽃이 맞지만 〈흰 바람벽이 있어〉에 등장하는 '바구지꽃'과 같지 않다. 바구지꽃은 미나리아재비꽃을 말한다. 〈내가 이렇게 외면하고〉에는 '달재 생선'이 나오는데 '달강어'라는 해설이 따라다닌다. 그러면 어물전에서 보기 어렵다. '장대'라고 해야 쉽게 찾는다.

타버린 잔

조용필의 히트곡 중에 〈바람이 전하는 말〉이라는 노래가 있다. "내 영혼이 떠나간 뒤에 행복한 너는 나를 잊어도 어느 순간 홀로인 듯한 쓸쓸함이 찾아올 거야" 죽음과도 같은 이별 뒤에 연인의 가슴속에 찾아오게 될 공허함을 다독이는 노래의 마지막은 이렇다. "착한 당신 속상해도 인생이란 따뜻한 거야" 조용필 특유의 호소력 있는 목소리에 실려 이 노래가 라디오를 통해 흘러나오면 괜히 가슴에 금이 쩡 가곤 했다. 20대 중반쯤이었을 것이다.

하도 많이 들어서 가사를 거의 외우다시피 하였는데 어느 날 심각한 문제가 발생했다. 가사 2절의 한 부분 때문이다. "타버린 그 재 속에 숨어 있는 불씨의 추억" 인터넷으로 검색해보았더니 내가 귀로 들어 익숙한 그 가사가 아니었다. 나는 수십 년간 "타버린 그 잔 속에 숨어 있는 불씨의 추억"으로 알고 있었던 것! 조용필은 노래의 절정 부분에서 강한 된소리를 많이 쓰는 가수다. "타버린 그 재 속에"를 나는 어처구니없이 "타버린 그 잔 속에"로 착각하고 있었던 것이다. 내 듣기 능력의 오류를 눈으로 확인했음에도 마음 한쪽이 못내 찜찜하였다. 연인들이 나누던 술잔이 이별 뒤엔 다시 그럴 일이 없으니 타버린 것과 마찬가지 아닌가? 그게 더 시적이면서 절절하지 않은가? 타버린 재 속에 불씨가 남는다는 건 너무 식상한 표현이 아닌가? 나는 끝내 우기고 싶었다. 나 혼자만의 상상력과 은유는 별것 아닌 사실 앞에 무너지고 거세되고 만 것이다. 상심이 큰 날이었다.

개미 있다

오래전 윤흥길 선생의 소설을 읽다가 '개미 있다'는 말을 만나 멈칫거린 적이 있다. 난생처음 듣는 말이었다. 기어다니는 개미가 대체 어디 있다는 건가? 소설의 맥락으로 보면 음식의 맛을 가리키는 말 같은데 도무지 이해할 수 없었다. 그러다 어느 해 봄에 전북 완주군의 한 시골 마을에서 그 말하고 또 맞닥뜨렸다. 그 무렵 지천으로 노랗게 피어 있는 꽃 이름을 몰라 동네 할아버지에게 여쭈었다. 아, 그거 멜라초라는 거여. 멜라초? 역시 처음 들어보는 말이었다. 저렇게 꽃 피기 전에 연한 잎사귀를 데쳐서 무쳐 먹으면 좀 씁쓰레하면서도 개미가 있지. 식물도감을 뒤졌더니 그 꽃은 산괴불주머니라는 이름의 들꽃이었다.

출생지가 경상도인 내가 전라도 땅에서 생활한 지 30년을 훨씬 넘겼다. 이 지역의 사투리를 하나씩 발견하고 알아가는 일은 내게 매우 반갑고 짭짤한 소득이다. 길을 가다가 금반지를 하나씩 줍는 횡재 같기도 하다. '개미 있다'의 뜻을 이제는 안다. 맛이 넘치거나 모자라지 않고 감칠맛이 나면서 깔끔하다는 뜻이라는 걸.

하지만 그 어원이 무엇인지 몰라 갑갑증이 났다. 그 말을 처음 각인시킨 윤흥길 선생께 전화를 드렸다. '가미'를 사전에서 찾아보면 양념을 더 넣어 맛을 더한다는 뜻과 입에 맞는 좋은 맛이라는 두 가지 뜻이 있지. '개미 있다'는 후자와 관련이 있을 거야. '아기'를 '애기'라고 하는 것처럼 말이야. 명쾌한 설명이었다. 그런데 이놈의 세상에는 왜 이렇게 개미 있는 일이 없는 거냐?

당꼬바지

허벅지 쪽은 헐렁한데 발목 부분의 밑단이 좁은 바지가 당꼬바지다. 당꼬바지라고 하면 승마를 하는 사람들이나 독일군의 전투복, 혹은 일제강점기 순사를 떠올리게 된다. 탄광을 일본말로 '당꼬'라고 하는데 탄광노동자들이 입던 바지를 말한다. 당꼬바지라는 말이 '탱고바지'에서 왔다는 말도 있지만 설득력은 별로 없어 보인다. 거친 운동이나 노동을 할 때 바지 밑단이 넓으면 거치적거려 불편하다. 되도록 일을 편리하게 하고 활동성이 좋은 옷을 찾다 보니 발목에 밀착시킨 바지가 필요했을 것이다. 한복바지를 흘러내리지 않도록 하는 대님이나 군복에 착용하던 각반이 바로 그 용도로 만들어진 것.

요즘 젊은 청년들 사이에 당꼬바지가 하나의 패션으로 자리잡은 듯하다. 아예 허벅지까지 착 달라붙은 바지에다 발목이 앙상하게 드러나도록 짤막하다. 밑단이 넓은 바지를 입으면 아저씨 취급을 받는다.

70년대 중반 중학교 시절이 따라 올라온다. 그때도 당꼬바지가 대유행이었다. 남들에게 불량기를 과시하고 싶은 '노는 애들'은 누구나 이 바지를 입었다. 세탁소에 맡겨 줄였을 것이었다. 당꼬바지들은 교모를 삐뚜름하게 쓰고 바지 주머니에 손을 푹 찌르고 건들건들 다리를 좀 흔들어야 제격이었다. 껌을 짝짝 씹으며 윗니 사이로 침을 찍 갈겨대는 녀석도 있었다. 당꼬바지들 옆에는 늘 나팔바지 여자애들이 있었다. 일본말에서 온 당꼬바지보다 국어순화 차원에서 '홀쭉이 바지'로 부르자는 제안이 있다. 왠지 어색하고 낯설다.

아까징끼

　말은 시대에 따라 변한다. 1970년대만 해도 머리로 공을 받는 헤딩은 '헤띵'이었고, 버스는 '뻐스'였고, 자동차의 후진은 '뒤빠꾸'였고, 양동이는 '바께스'였고, 팬티는 '빤쓰'였다. 외국어나 외래어는 우리말에 흔치 않은 된소리로 발음해야만 직성이 풀렸던 것일까. 어떤 말에 대한 기억은 그 말을 사용했던 시대를 생생하게 불러오는 효과가 있다. '새마을운동'이라는 말도 그렇다. 이를 찬양하고 싶은 사람은 생활에 일대 변화를 불러온 혁신 운동으로 인식하고 있을 것이다. 그렇지만 나에게는 군대식 줄서기 운동이고, 당시 고등학교를 다니던 내 동생에게는 고역스런 퇴비증산 운동일 뿐이다.

　시 쓰다가
　날선 흰 종이에 손 벤 날
　뒤져봐도

아까징끼 보이지 않는 날

내가 쓴 〈외로움〉이라는 시의 전문이다. 독자 한 분이 전화로 항의를 해왔다. 말을 다루는 알 만한 사람이 일본말의 잔재인 '아까징끼'를 함부로 쓰는 게 못마땅하다는 거였다. 어렸을 적에 손을 베거나 넘어져 무릎에 상처가 났을 때 어머니는 아까징끼를 발라주셨다. "어머니가 머큐로크롬을 발라주셨다"는 문장을 나는 쓸 수 없는 것이다. 지금 3, 40대에게는 '옥도정기'나 '빨간약'이라는 용어가 더 친근할지 모른다. 하지만 50대 이상에게는 '아까징끼' 이외에 달리 더 적확한 용어가 없다. 표준과 규칙에 맞는 말이라고 해서 늘 다 옳은 것은 아니다. 지금 아까징끼는 약국에 없다. 수은을 함유하고 있다고 해서 시판하지 않고 있다.

추억

'추억'이라는 말은 죽은 말이다. 사전에 등재되어 있지만 언어로서 숨이 끊겨버려 내다 버릴 곳도 없다. 천박하고 저속한 모조품이나 대량 생산된 싸구려 상품을 '키치'라고 하는데 '추억'이야말로 키치 문화의 대표적 언어다. 시골 이발관 벽에 걸린 그림처럼 말이다. 그럼에도 실제 생활에 별 생각 없이 사용하는 때가 있다. 여행을 떠나는 버스 안에서 낯선 사람들에게 자기를 소개할 때 곧잘 이 말을 듣게 된다. "좋은 추억 만들어 가고 싶어요." 나는 이따위의 예쁜 척하는 말로 인사하는 사람을 좋아하지 않는다. 도대체 추억을 어떻게 만든다는 건가. 여행지가 추억을 생산하는 공장이라도 되나?

추억이란 아련하고 어렴풋해서 불투명 유리 같은 성질을 가지고 있다. 그 뚜껑을 자세히 열어보면 온갖 구질구질한 시간의 잔해, 치욕과 모욕의 언사, 가난과 결핍의 부유물들이 떠돌고 있다. 지나간 과거를 감추거나 잊고 싶어 하는 사람들에게 추억은 좋은 핑계거리가 된다. 위장막이 되어 주는 것이다. 과거를 낭만적인 빛깔로 채색해보고 싶은 마음이 이해가 되지 않는 것은 아니다. 너나없이 힘겹게 세월을 버텨왔으니까. 하지만 추억이라는 말로 '사실'은 가릴 수 있지만 '진실'마저 가리려고 해서는 안 된다.

진정한 추억이란, 심장에 금이 갈 준비가 되어 있는 사람의 마음 안쪽에만 아프게 새겨지는 것이다. 아파야 추억인 것이다. 요즘 젊은 친구들은 '추억 돋는다'는 말을 마구 쓴다. 지네들이 얼마나 아파봤다고!

문고판

중학교 다닐 때 내 친구네 형의 방을 처음 들어간 적이 있었다. 방 한쪽 벽이 온통 책이었다. '삼중당문고'와 '을유문고'였다. 그날부터 거기 가지런히 꽂혀 있는 책을 한두 권씩 빌려 읽기 시작했다. 서너 달 동안 내가 주로 본 책은 한국 소설과 수필 들이었다. 내 또래 시인 장정일은 아예 〈삼중당 문고〉라는 제목의 꽤 긴 시를 쓰기도 했다.

150원 했던 삼중당 문고
수업시간에 선생님 몰래, 두터운 교과서 사이에 끼워 읽었던 삼중당 문고
특히 수학시간마다 꺼내 읽은 아슬한 삼중당 문고

열다섯 살 이후 그는 늘 이 문고판 책의 언저리에 있었다. 대학 신입생 때 지도교수가 불러서 가봤더니 '범우문고' 책 목록을 펼쳐 보였다. 세 권을 정해 읽으라는 것이었

다. 조금 가소로웠다. 그 목록 중에 읽고 싶은 책은 고등학교 때 거의 다 읽은 터였다.

　1970년대 이후 출판사들은 판형이 작고 두께가 얇은 문고판을 시리즈로 기획해 독서 시장에 내놓았다. 문고판의 원조는 서양의 '페이퍼백(Paperback)'이다. 이것은 양장본을 출간한 다음에 일정 기간이 지난 후에 대중용 책을 다시 펴내는 것. 장정이나 표지를 화려하게 할 필요가 없었다. 소장의 가치보다는 가방이나 주머니에 넣어두었다가 언제 어느 때라도 꺼내 읽을 수 있는 실용적인 책이 문고판이다. 출판사로서는 종이를 절감할 수 있었고, 독자는 저가의 좋은 책을 입맛에 따라 선택할 수 있었다. 한때 문고판은 인문학적인 교양을 공급하던 우물이었다.

글쓰기

우리 어머니는 글을 읽고 쓸 수 있는 분이다. 그렇지만 군대에 간 외삼촌에게 편지를 쓸 때는 꼭 내게 받아쓰라고 시키셨다. 나는 방바닥에 엎드려 어머니의 입에서 흘러나오는 말들을 편지지에 또박또박 받아 적었다. 그사이 어머니의 눈에는 눈물이 어룽거렸다. 어머니가 볼펜을 들고 편지를 썼다면 아마 목이 메어 두 문장을 쓰기 힘들었을 것이다. 김용택 시인의 어머니는 아들이 감동적인 시를 한창 발표할 때 글을 읽지 못하셨다고 한다. 여든을 훨씬 넘긴 최근에야 문장을 쓰는 법을 제대로 익혔다. 연세 드신 어머니가 쓰는 몇 줄의 글이 아들의 눈에는 전부 놀라운 시로 보인다고 한다.

문맹자가 많던 시절에는 면사무소 부근쯤에 대서소라는 게 있었다. 각종 행정 서식을 대신 써주는 곳이었다. 그 시절에는 기자나 작가처럼 글을 잘 쓰는 명문장가가 따로 있었다. 그런데 세상이 바뀌었다. 누구나 글을 읽고 쓰는 글쓰기의 대중화 시대가 온 것이다. 세상의 지식과 지혜를 하나로 통합하고 갈무리하는 행위가 글쓰기라면 이제는 글쓰기로 인생을 승부할 준비를 해야 한다. 물론 모든 사람이 전문적인 글쓰기 작가가 될 필요는 없다. 글쓰기는 자신의 글로 독자라는 타인을 물들이고 그것을 바탕으로 그들의 삶을 변화시키는 일이다. 문학적인 글이든 실용적인 글이든 마찬가지다. 그걸 잊지 않는 게 중요하다. 당장 휴대폰으로 문자메시지 보내는 일 하나도 허투루 해서는 안 된다. 그것도 소중한 글쓰기의 하나다.

어머니 생각

그 어머니는 열여덟 살에 광주의 방직공장 여공이 되었다. 일제 때였다. 해방 후에 전남 구례의 어느 양반집 후실이로 들어가 서른이 되어서야 아들 하나를 얻었다. 인공 때는 국군이 들어오면 국군에게, 밤사람이 들어오면 밤사람에게 밥해주었다. 소나무 껍질을 벗겨 먹이며 아들을 키웠다.

이시영 시인의 시 〈어머니〉다.

비가 오면 덕석걷이, 타작 때면 홀태앗이
누에철엔 뽕걷이, 풀짐철엔 먼 산 가기
여름 내내 삼삼기, 겨우 내내 무명잣기

젊을 적엔 상일꾼처럼 억세게 일도 잘했다. 남편이 죽고 나서 혼자가 되자 서울 사는 아들이 그 어머니를 모셔갔다. 그때부터 그 어머니는 고층 아파트에 갇힌 새가 되었다. 아들 내외 출근한 뒤에 손녀딸 유치원 바래다주는 일이 하루

일과의 전부였다. 아파트라는 숨 막히는 공간에서 그 어머니는 결국 치매를 앓다 돌아가셨다. 아기처럼 칭얼거리다가 일흔아홉의 나이로. 아들의 심장에 어머니가 박혔다.

이시영 시인의 시 〈어머니 생각〉 전문이다.

어머니 앓아누워 도로 아기 되셨을 때

우리 부부 출근할 때나 외출할 때

문간방 안쪽 문고리에 어머니 손목 묶어두고 나갔네

우리 어머니 빈집에 갇혀 얼마나 외로우셨을까

돌아와 문 앞에서 쓸어내렸던 수많은 가슴들이여

아가 아가 우리 아가 자장자장 우리 아가

나 자장가 불러드리며 손목에 묶인 매듭 풀어드리면

장난감처럼 엎질러진 밥그릇이며 국그릇 앞에서

풀린 손 내밀며 방싯방싯 좋아하시던 어머니

하루종일 이 세상을 혼자 견딘 손목이 빨갛게 부어 있었네

집필실

고도의 집중력이 필요할 때 작가들은 집필실을 찾는다. 이름을 알 만한 작가 중에는 오피스텔을 개인 집필실로 두고 있는 경우도 있다. 자치단체나 문인단체에서 지원하는 공간으로는 강원도 백담사 만해마을과 원주의 토지문화관, 서울의 연희문학창작촌이 대표적이다. 제주의 마라도 창작 스튜디오는 유배 가듯 짐을 싸서 들어가는 곳. 최근에는 과학도를 기르는 카이스트에서도 작가 지원 프로그램을 준비하고 있는 것으로 알려졌다.

글을 쓰기 위해 절을 찾는 작가들이 있었다. 세속의 번잡함으로부터 떨어져 있으면서 자신의 내부를 간섭받지 않고 들여다볼 수 있는 곳이 절이다. 그동안 절에서 잉태해 한국문학에 큰 족적을 남긴 작품들도 적지 않다. 그런데 산사라는 공간이 작가에게 집필 장소만을 제공했을까? 절을 감싸고 있는 산과 그 고요의 능선들이 없다면 작가들은 군이 그곳을 작업 공간으로 택하지 않았을지도 모른다. 이상적인 집필실은 글쓰기라는 노동 이외에 사색과 휴식을 함께 얻을 수 있는 곳이 제격인 듯싶다.

전주 근교의 농가를 구입해 출퇴근하듯이 드나든 적이 있었다. 비 오는 날이면 펜을 놓고 처마 끝에서 떨어지는 낙숫물 소리에 귀를 열어두곤 했다. 방 안에서 빗소리만 듣고도 무슨 비가 내리는지 알아맞힐 수 있었다. 마당에 갑자기 말발굽 소리가 나면 지붕 위로 소나기가 지나가고 있다는 뜻이고, 잊을 만하면 한 번씩 톡톡 처마 끝에서 비가 떨어지면 가랑비가 내리고 있다는 뜻이었으니까.

원고료

1930년대에 신문과 잡지가 우후죽순 생겨날 당시, 글쟁이들에게 원고료라는 게 꽤 짭짤했던 모양이다. 소설가 허준은 원고료 때문에 잡문을 써야 하는 난감한 처지를 어떤 글에서 슬쩍 고백한 적도 있다. 황순원이 잡문 쓰기를 마다한 이유도 그런 것과 관련이 있지 않을까?

1970년대까지만 해도 작가가 잡지사로 직접 가서 원고료를 받는 일이 허다했다. 그날은 동료 문인들이 자주 가는 다방에 죽치고 앉아 있었고, 몇 푼 원고료는 술값으로 날아가기 일쑤였다. 글이란 걸 써서 그 대가로 돈을 받고 그걸 생활비에 보태는 일을 쩨쩨하게 여겼던 것. 다 낭만주의 시대의 일이다. 말년의 미당 서정주는 원고 청탁서와 함께 원고료를 직접 집으로 들고 가야 글을 써줬다는 일화도 전해진다. 말하자면 '현찰 거래'인 셈이다. 어떤 시인은 원고료 받는 일이 신기해서 통장을 따로 만들어두고 가끔 들여다본다고 한다. 글쓰기 노동자로 살아가는 자부심을 스스로 확인하기 위한 일일 것이다.

별다른 수입 없이 오로지 원고료만으로 안정적인 생활을 하는 작가가 몇 명이나 될까? 열 손가락을 넘지 않을 것 같다. 실제로 국내 문예지의 원고료는 박하기 짝이 없다. 가장 많이 지급하는 것으로 알려진 〈창작과비평〉과 〈문학동네〉의 경우 편당 시가 15만 원, 단편소설이 150만 원이다. 아예 원고료를 주지 못하는 문예지가 태반이다. 시인이나 소설가가 하나의 '직업인'으로 당당하게 명함을 내미는 날이 오기나 할까?

〈현대문학〉에게

까까머리 고등학교 시절이었어. 나는 용돈이 생기면 헌 책방에서 너를 한두 권씩 사서 모았지. 우리 문학사를 수놓은 빛나는 시인과 작가들의 이름을 보는 것만으로도 나는 설렜지. 등단을 하고 나서 네가 원고 청탁서를 처음 보내왔을 때 내가 얼마나 공중으로 뛰어올랐는지 너는 아니? 하늘이 그리 높지 않더라고! 매년 1월호에 싣는 문인 주소록에 내 이름이 처음 올랐을 때도 그랬을 거야. 내 이름이 난다 긴다 하는 문단의 대가들과 나란히 박혀 있었거든. 1955년에 태어난 너는 말 그대로 국내 최장수 문예지잖아. 한국문학의 자존심이잖아. 가끔 원고료가 생기면 나는 오래전부터 꼬박꼬박 정기구독비로 냈지. 너에게 최소한의 예의를 갖추고 싶었던 거야.

왜 이렇게 되었니? 서정인 선생님의 소설을 두 차례나 연재하고 나서 왜 세 번째 원고를 싣지 못하겠다고 했니? 소설에 박정희를 묘사하면 안 되는 거니? 이제하 선생님 원고는 왜 첫 회부터 거부했니? 소설에 '박정희 유신'과 '87년 6월 항쟁'이라는 말이 들어가면 안 되는 거니? 이러는 거아니다. 우리 문단에서 가장 존경받는 분들의 글을 이렇게 막무가내 찍어내서 무슨 덕을 보려고? 그리고 정찬 선생님 소설도 연재하기로 해놓고 발행인이 일방적으로 약속을 파기했다고? 정치적 색채 때문이라고? 그래, 2013년 9월호에 수필가 박근혜의 글을 실으며 찬양한 일은 참으로 순수한 의도였구나? 너 정말 이러는 거 아니다. 작가의 영혼을 이렇게 짓뭉개는 게 아니다.

낙선축하주

80년대 대학 시절을 생각하면 고구마 줄기처럼 줄줄이 따라 나오는 기억들이 있다. 아버지가 우체국 소액환으로 보내준 생활비를 술값으로 날려버리고 가게 아줌마한테 외상 달아놓던 일, 아카시아 향이 짙던 5월 어느 날 저녁에 계엄군한테 얻어맞고 아까징끼 발라대던 일, 연탄불에 라면을 끓이다가 심심찮게 폭삭 엎어버리고 말던 일, 1년에 한 번꼴로 이불 보따리에 책 몇 권 싣고 옮겨 다니던 자취집들, 그 시원찮은 빨래들이며 하이타이 냄새……

매년 12월 크리스마스 부근에는 아픔도 없이 머리끝에서부터 발끝까지 아팠다. 신춘문예 때문이었다. 손꼽아 기다리던 당선 통지가 오지 않았던 것. 벽에다 버젓이 당선 소감까지 써서 붙여두었는데 전보를 가지고 와야 할 우편배달부는 대문을 두드리지 않았다. 낙선의 겨울은 쓰라렸고, 하릴없이 내리는 눈발을 향해 삿대질을 해댔다. 게다가 이미 당선 통보를 받은 선배나 친구들이 희희낙락하는 꼴은 어찌해볼 도리가 없었다. 그럼에도 새해 첫날 신문에 실린 당선작들을 보려고 아침마다 신문 가판대를 기웃거리고는 했다.

문학 지망생들의 12월은 열병을 앓는 계절이다. 몇 해 전부터는 코를 빠뜨리고 있는 제자들을 불러 모아 술을 사주는 일이 연례행사가 되었다. 이름하여 낙선축하주. 기다리는 것은 오지 않는다는 걸 알면서도 기다리는 게 삶이지. 끝이 시작이잖아. 운이 없었던 거야. 내년엔 꼭 될 거야. 자, 다들 힘을 내. 어깨를 두드리며 술잔 채워주고 싶은 사람들이 많다.

3.

<u>사람의</u>

<u>발견</u>

전우익

하얗게 센 머리, 이마의 깊은 주름, 맑고 큰 눈, 잘생긴 미소년 같은 웃음……. 전우익 선생을 생각하면 이런 모습들이 떠오른다. 1980년대 중반 경북 안동에서 권정생 선생하고 가끔 만났다. 정기적으로 채플린 영화를 보는 모임에서였다. 정호경 신부, 이현주 목사, 이오덕 선생의 이름들이 뒤풀이 자리에서 자주 오르내렸다.

전우익 선생은 1925년 경북 봉화에서 태어나 경성제대를 입학했으나 중도에 그만두었다. 해방 후 '민청'에서 반제국주의 청년운동에 참여했다가 6년간 감옥살이를 했다. 그러나 출옥 후에도 보호관찰 대상자로 지목되어 수십 년간 고향 바깥으로 여행조차 할 수 없었다. 본명은 우익인데 좌익운동을 한 것이 죄였다. 족쇄가 풀린 뒤에는 전주에도 몇 번 놀러 오셨다.

선생은 농사짓고 나무 가꾸며 고향의 오래된 집에서, 천천히, 살았다. 경북 봉화군 상운면 구천리 댁으로 찾아뵈었을 때, 정리하지 않은 마당의 풀과 살림과 책들이 고집 센 주인을 닮아 있었던 것 같다. 선생은 부엌에 쪼그리고 앉아 밥을 먹고, 그런 자세로 담배를 피웠다. 그 무렵 선생은 소나무에 빠져 있었다. 소나무 토막으로 책상이나 목침을 만들고, 남은 대팻밥은 베갯속으로 쓰고, 톱밥으로는 술을 담갔다. 나무가 사람보다 낫다는 말을 몇 번이나 하셨다. 《혼자만 잘 살믄 무슨 재민겨》(현암사)라는 책을 내시더니 2004년 12월 19일 혼자 하늘로 가셨다. 우리는 이 나쁜 세상을 꾸짖을 '언눔'을 잃었다.

채현국

경남 양산 효암고에 입학한 학생들은 이 학교 이사장이 누구인지 잘 모른다. 사립 학교 이사장이라면 넥타이에 정장을 하고 근엄한 표정으로 교사와 학생들을 굽어봐야 하는데 그런 분이 안 보이기 때문. 저 할배는 뭐 하는 분이지? 허름한 옷차림에 낡은 신발을 신고 모자를 눌러쓴 채 교정 이곳저곳을 걸어 다니는 한 노인에게 교사들이 꾸벅 절을 할 뿐이다. 도대체 격식이라고는 따지지 않지만, 눈매가 범상치 않은 키 작은 할배. 채현국 선생이다.

선생은 입을 열었다 하면 그 총명한 기억들이 숨 가쁘게 줄줄 따라나온다. 처음 만났을 때부터 백낙청, 신경림, 구중서 같은 어르신들의 이름을 수박씨 뱉듯 툭툭 뱉어내셨다. 선생에게 세간의 권위 따위는 검불에 불과하다. 서울대 철학과 졸업 후 끼 많은 청년은 탄광을 하던 부친 채기엽의 사업을 이어받기 위해 현장에 뛰어든다. 언론인 임재경 선생의 회고에 따르면, 기자나 문인과 같은 지식인들에게 술과 밥을 먹이고 심지어 집을 사주는 일도 여러 차례 있었다고 한다. 민주화운동이 한창이던 시기에는 쫓기는 이들을 감싸고 뒤를 돌봐주는 일을 자청했다. 부잣집 아들이어서가 아니라 사람 자체를 좋아했다. 따뜻하면서 파격적인 채현국 이사장이 졸업식에서 하신다는 명언 하나. "상을 받는 아이들은 상을 받지 못하는 아이들 덕분에 상을 받는 거다." 서울대에 낙방한 아이에게는 이런 기막힌 위로를 건넨다. "서울대 다닐 것 없다. 서울대 다닌 놈들이 더 아첨꾼 된다."

이광웅

　군산에서 전주로 가는 직행버스 안에서 오장환 시집《병든 서울》의 필사본이 발견되었다. 버스 안내원의 신고에 의해 경찰은 군산제일고 국어 교사 이광웅이 제자에게 시집을 빌려줬다는 사실을 알아냈다. 이른바 '오송회' 사건의 서막이었다. 1982년 겨울, '고교교사 불온서클 적발'이라는 제목의 기사가 대문짝만 하게 신문 사회면을 채웠다. "용공 사회주의 국가 건설을 기도한" 거대한 간첩단을 '일망타진' 했다는 내용. 이 사건은 2008년 재심에서 고문에 의한 조작 사건으로 판명이 나 모두 무죄를 선고받았다. 26년 만의 일이었다. 주모자로 몰렸던 이광웅 시인은 이미 저세상 사람이었고, 이 사건에 관계된 분들과 가족들의 삶은 피폐해진 뒤였다.

　이광웅 시인이 출옥한 뒤 술자리에서 자주 만났다. 그이의 눈은 맑았고, 웃음은 풀잎 같았으며, 어깨는 낮았다. 누가 뭐래도 어쩔 수 없는 시인이었고, 성실하고 자상한 교사였다. 조금은 게으르고 낭만적인 자유주의자로 보이기도 했다. 그래서 이 세상의 때가 덕지덕지 묻은 사람들에게는 오히려 '불온한' 사람으로 비춰졌는지도 모른다. 나는 시인을 모티프로 〈군산 동무〉라는 시 한 편을 쓰기도 했고, 생전에 시인이 즐겨 부르던 노래들을 술집에서 녹음해두기도 했다. 혹시 군산 금강 하굿둑을 가게 되거든 이광웅 시비를 찾아볼 일이다.

　이 땅에서
　참된 연애를 하려거든
　목숨을 걸고 연애를 해야 한다.

시인의 목소리에 귀를 기울여볼 일이다.

최일남

　자주 뵌 적이 없어도, 삐까번쩍한 명함을 내게 건네지 않
았어도 우러러뵈는 분이 있다. 최일남 선생이다. 소설가,
기자, 논설위원 같은 말보다는 그저 그 함자 뒤에 가만히
'선생'이라는 말을 덧붙여 불러보고 싶은 분이다. 선생은 어
디 얼굴을 드러내거나 완장을 차는 일을 원체 싫어하시는
것으로 알고 있다. 그런데 민족문학작가회의가 한국작가회
의로 이름을 바꾼 뒤에 첫 이사장을 맡으셨을 때 나는 적잖
이 놀랐다. 진보든 보수든 사람이 모이는 곳은 어디든 때가
끼고 소란스럽기 마련인데 조용히 지내던 어른을 저잣거리
에 모신 게 아닌가 싶어 걱정이 되었던 것. 하지만 선생은
소리 없이 임기를 마치고 원래의 자리로 돌아가 세상을 응
시하고 계신다.
　80년대에 소설집 《누님의 겨울》을 읽을 때, 작가가 도시
화의 그늘을 찬찬히 응시하고 있다는 생각을 했다. 선생의
신문 칼럼도 큰소리로 외치거나 주먹을 내지르는 대신에

생각에 생각을 거듭하면서 한 걸음 한 걸음 발걸음을 옮기는 것 같은 문장으로 독자를 사로잡았다. 글쓴이의 숨소리와 발소리가 들리는 문장. 그리하여 독자의 살 속에 다복다복 들어와 박히는 문장. 선생은 우리말 하나하나를 명주 수건으로 닦아 미천한 우리에게 보여주려고 작정하신 분 같다.

언젠가 직접 전화를 주셨는데, 이유인즉 내가 쓴 글에 들어 있는 '완산칠봉'이라는 말을 발견하고 반가워서였다고. 그때는 참 철없는 어린아이 같았다. 서울에 계시지만 고향 전주를 떠나지 못하고 계신.

김진배

최근에 연애편지를 한 통 받았다. "요 몇 달 사이 우리 안도현 시인이 갑자기 보고 싶어지는 건 웬일인지 모르겠군요." 편지를 보낸 이는 10여 년 전 변산반도의 월명암에서 딱 한 번 만났던 분이다. 〈한겨레〉에 연재하던 '발견'을 보고 평생 처음 보고 싶은 사람을 위해 편지를 쓴다고 수줍은 고백이 이어진다. 전주에 내려오는 길에 한번 만나고 싶어 수소문을 했으나 휴대폰이 없어 연락이 안 된다는 말만 들었다고 한다. "그럼 그만인데 왜 이토록 앙탈을 부릴까요. 사실은 제가 귀가 어두워졌어요. 몇 달 사이에 단둘이 마주 보고 이야기하기 전에는 소리는 가물가물 들리는데 말을 못 알아들어요. 한쪽 기능이 마비되니까 눈 욕심이 생겨요. 그 가운데도 내가 보고 싶은 사람은 그쪽 사정과는 관계없이 '사정없이' 보고 싶어요. 요즈음 저는 〈한겨레〉 보는 맛으로 살아요. 이것이 뭘까요. 존경, 사랑, 집착, 아니 그런 게 아니라 신앙, 맹신, 중독 같은……."

전화가 왔다. 학교에 왔으니 어디로 가면 되느냐고 묻기에 연구실을 알려드렸다. 사모님과 함께 무작정 찾아오신 분은 김진배 선생. 1934년생인 이 어른은 〈동아일보〉에서 해직된 후 야당 국회의원을 지냈고, 최근에는 《두 얼굴의 헌법》(폴리티쿠스)이라는 책을 출간했다. 다음에는 내가 존경하는 최일남 선생과 같이 전주에 오신다고 했으니 손꼽아 기다리는 중이다. 맛있는 걸 많이 사드려야지. 연애편지 받고 나서 자랑한다고 너무 시샘하지는 마시라.

김남주

    그는 시인이었지만 스스로 '전사'라고 불러달라 했다. 개인의 문학보다 세상의 혁명에 자신을 바치고자 했던 것이다. '남조선민족해방전선' 활동으로 9년 8개월 동안 감옥의 독방에서 보냈다. 감옥에서는 담배를 싸는 은박지에 시를 써서 밖으로 내보냈다. 시가 세상을 바꾸는 변혁의 무기가 되어야 한다고 강조했다. 자본주의와 미국은 김남주하고 근원적으로 화해할 수 없는 대상이었다. 어떤 사람들은 그를 불온하다고 손가락질했고 아예 가까이하려고 하지 않았다. 그러나 또 어떤 사람들은 '동시대인들의 괴로운 자랑이고 쓰라린 자부심'이라고 찬사를 보냈다.

    김남주를 몇 번 만났다. 잠을 같이 잔 날도 있었다. 아침에 그는 감옥에서 하던 버릇대로 머리를 방바닥에 대고 꼿꼿하게 물구나무를 서곤 하였다. 서울이나 전주에서 술을 몇 번 마셨다. 술자리에서는 유행가를 잘 불렀다. 애창곡은 〈에레나가 된 순이〉였다. 김남주의 육성 시 낭송을 들어본 사람들은 뜨거운 것이 울컥, 하고 심장 속으로 파고드는 것을 느꼈을 것이다. 매우 격렬하지만 음악적이고, 선동적이지만 서정적이고, 전투적이지만 낙관적인 품격을 잃지 않는. 그가 육성으로 읽는 〈조국은 하나다〉는 마치 타오르는 노래 같다.

늦게 얻은 아들의 이름을 그는 '김토일'이라고 지었다. 노동하는 사람들이 금, 토, 일요일 쉬는 날이 많았으면 하는 바람을 이름에 담았다. 토일이는 몇 살이 되었을까? 김남주 시인이 세상을 떠난 지 어느새 20여 년이 지났다.

한준기

　1945년 8월 25일, 소련군은 서울에서 신의주를 운행하는 경의선 철도를 차단했다. 소련군은 금교역과 신막역에 군인을 배치해 38선 아래로 남행하는 열차의 운행을 일시에 막았다. 이어 9월 9일 미군이 서울에 진주한 이후에는 육로가 끊기고, 전기와 전화가 끊기고, 편지의 왕래가 중지되었다.

　일본이 철도부설권을 빼앗아 공사를 강행한 경의선은 1905년 개통되었다. 총길이 486킬로미터. 경의선은 남으로 경부선과 연결되고 북으로는 중국의 장춘(창춘)까지 이어졌다. 시베리아 횡단철도로 갈아타고 파리까지도 달릴 수 있었다. 서울, 신촌, 수색, 능곡, 일산, 금촌, 문산, 장단, 봉동, 개성, 토성, 여현(려현), 계정, 금교, 한포, 평산, 남천, 물개, 신막, 서흥, 흥수, 청계, 마동, 신풍산, 사리원, 계동, 심촌, 황해황주, 흑교, 중화, 역포, 대동강, 평양, 서평양, 서포, 간리, 순안, 석암, 어파, 숙천, 만성, 신안주, 맹중리, 영미, 운전, 고읍, 정주, 곽산, 노하(로하), 선천, 동림, 차련관, 남시,

양책, 비현, 백마, 석하, 신의주……. 이런 이름을 달고 있는 역들은 과거형으로 남아 있다. 현재 경의선 철도를 타고 우리는 서울에서 문산까지 46킬로미터만 갈 수 있다. 북한에서는 평양에서 부산까지 평부선이라는 이름으로 개성까지 운행하고 있고, 평양에서 신의주까지는 평의선으로 부른다. 2년 전 별세한 한준기 선생은 증기 기관차를 몰던 마지막 경의선 기관사였다. 케이티엑스가 빠르다 해도 우리는 증기 기관차의 시절 이전에 멈춰 서 있다.

오영재

2005년 7월 20일, 남쪽의 작가들 100여 명은 인천공항에서 북한의 고려항공에 몸을 실었다. 25일까지 평양에서 열리는 민족작가대회에 참석하기 위해서였다. 북쪽대표로는 조선작가동맹 소속으로 홍명희의 손자인 소설가 홍석중, 경북 안동 출신의 소설가 남대현, 그리고 시인 오영재, 박세욱, 리호근, 장혜명 등이 참석했다.

오영재 시인은 1935년 전남 장성 출생으로 한국전쟁 때 의용군에 입대하면서 월북했다. 북한에서 '김일성상'을 받은 계관시인으로 '노력영웅' 칭호를 받은 적도 있었다. 2000년 8월 15일에는 북측 이산가족 방문단의 일원으로 서울을 방문해 "늙지 마시라. 더 늙지 마시라. 어머니여"라는 내용의 시를 낭송해 이산가족들의 마음을 울리기도 했다. 작가대회 내내 남쪽 작가들과 동행했던 오영재 시인은 이마에 서너 줄 굵은 주름이 패어 있었고, 얼굴이 구릿빛으로 검게 그을려 있었다.

"양강도 삼수군에 현지지도를 다녀왔어요.", "아, 삼수군...... 옛날에 백석 시인도 삼수갑산으로 현지 파견을 나갔었지요?" 그는 대답을 하는 대신에 고개를 끄덕였다. "백석 시인 이야기 좀 해주세요.", "......." 오영재 시인은 머리를 뒤로 쓸어 넘겼다. 그의 머리 위로도 세월이 눈발을 뿌리고 있었다. "백석 시인은 말년에 전원생활을 하다가 돌아가셨습니다." 역시 똑같은 대답이 돌아왔다. 오영재 시인은 고향으로 돌아오지 못하고 2011년 10월 23일 일흔다섯 살을 일기로 세상을 떴다.

권정생

2007년 권정생 선생님이 세상을 뜨시기 전에 몇 번 찾아 뵌 적 있다. 경북 안동시 일직면 조탑동 7번지. 빌뱅이 언덕 아래 외따로 웅크리고 있는 집. 잘못한 것도 없는데 나는 갈 때마다 마음으로 반성문을 써야 했다. 겉보기에 나는 물질적으로 가진 게 너무 많았고, 선생님은 늘 그대로였다. "도현이, 니는 그걸 어예 생각하노?" 예민한 현실 문제일수록 언제나 선생님이 먼저 명쾌한 답을 내놓으셨다. 그때의 말씀 한마디 한마디는 매우 준열했다. 비폭력, 비타협주의자 고집쟁이 할배!

평생 자신은 덜 먹고 덜 입어도 세상이 평화롭기를 염원했다. 선생님은 고스란히 모아둔 12억 원의 원고료와 책의 인세를 어린이들에게 써달라는 유언을 남겼다. 이후 '권정생어린이문화재단'이 만들어졌고, 재단은 북한 어린이 급식 지원, 어린이사과농장 지원, 우유 보내기 등의 사업과 소외지역 공부방 도서 지원 사업 등을 펼치고 있다.

이건 선생님이 모르는 이야기다. 동화 《강아지똥》(길벗 어린이)과 《몽실언니》(창비)가 각각 100만 부를 돌파했다는 것, 해마다 새로 발생하는 인세 1억 2,000만 원을 투명하게 재단에서 잘 관리하고 있다는 것, 안동시에서 일직면 남부 초등학교를 개조해 '권정생동화나라'를 새로 꾸몄다는 것. 죽은 뒤에 다시 태어날 수 있다면 건강한 남자로 태어나고 싶다던 권정생 선생님, 내년 봄에 스물다섯 살 총각으로 돌아와주세요. 두세 살 적은 아가씨와 연애를 하고 싶다고 하셨잖아요.

안촌댁

1928년생 안촌댁은 열여섯 살에 안양의 방직공장에서 3년 동안 쎄빠지게 일했다. 울도 담도 없는 가난한 집으로 열아홉에 시집와서 아들 넷, 딸 둘을 낳았다. 자그마한 몸매였지만 남편 따라 농사 척척 짓고, 길쌈 잘하고, 아래위를 살갑게 챙겼다. 젊을 때부터 동네 사람들이 '양글이'로 불렀다. '양글다'는 말은 똑똑하고 야무지고 경우가 밝다는 뜻의 전라도 사투리. 작은 마을 앞으로 흐르는 강을 날마다 바라보며 엉덩이 붙일 틈 없이 살았다. 부지런한 나무처럼 논으로 밭으로 걸어 다녔다. 안촌댁이 거름 더미에 뜨거운 물을 부을 때 읊조리는 주문이 있었다. 눈 감아라, 눈 감아라. 거름 속에 사는 지렁이들한테 조심하라고 이르는 말이었다. 하찮은 미물도 식구 삼으며 살았다. 내가 아주 가끔 찾아뵐 때마다 감자, 파, 풋고추, 오이, 호박을 바리바리 싸서 손에 들려주던 안촌댁.

몇 년 전부터 안촌댁은 농사를 접었다. 그예 몸이 고장이

난 것이다. 평생 살던 고향 집을 버리고 전주에서 병원 신
세를 지게 되었다. 외로워진 안촌댁의 머릿속은 두고 온 집
걱정으로 가득 찼다. 맏며느리가 한복집에서 버린 비단 조
각을 모아 안촌댁에게 갖다 드렸다. 옛적부터 바느질 솜씨
하나는 끝내주던 시어머니였다. 놀라운 일이 벌어졌다. 안
촌댁의 손끝에서 예술작품 같은 밥상보와 차받침들이 하
나씩 태어나기 시작했다. 아들이 쓴 시도 더듬더듬 몇 줄씩
읽게 되었다.

올해(2014년) 여든일곱. 안촌댁은 김용택 시인의 어머니
다.

김강

10여 년 전, 중국 산시성(山西省)에서 귀한 분을 뵌 적이 있다. 조선의용군 출신 항일 독립운동가 김강 할아버지. 그때 그분은 '학철이' 이야기를 가끔 하셨다. '학철이'는 연변에서 조선족 소설가로 활동하다 작고한 김학철 선생님. 두 분은 친구 사이였다. 할아버지는 그 무렵 자서전을 거의 완성했다고 말했다. 내가 국내에서 출간해보는 게 어떻겠느냐고 물었는데 손을 내두르셨다. 남한에서 책을 출간하는 게 영 내키지 않는다고.

사연은 이렇다. 할아버지는 해방 후 북한 정권이 세워지면서 초기에 문화부 장관급 고위직에 올랐다. 그러다가 북한에 주체사상이 강화되는 시기를 전후해 이 체제를 견디지 못하다가 중국 망명길에 오른다. 중국 정부는 할아버지의 망명을 받아들였고 여러 가지 편의를 국가에서 지속적으로 제공해주었다. 중국 땅에서 독립운동을 했고, 또 북한과 중국은 '혈맹'이었으니까 예우를 해드린 것이다.

문제는 할아버지가 반김일성주의자라는 데 있었다. 남한의 독재정권은 북한과 대치하면서 반공주의 노선을 택했고, 이를 증명할 적임자로서 김강 할아버지 같은 분을 십분 활용했다. 국가기관의 주선으로 김일성과 김정일을 비판하는 자리에 초청하기도 했다. 그러니 할아버지에게는 북한과의 화해와 협력을 모색한 김대중 정부가 그저 못마땅했던 것이다. 그분도 좌우 이데올로기의 대립 과정에서 만들어진 역사의 희생자였다. 작지만 단아하면서도 품격이 느껴지던 김강 할아버지.

제옥례

올해(2014년) 아흔아홉 살 되신 어르신을 만나러 경남 통영을 다녀왔다. 제옥례 할머니는 경성사범을 졸업하고 수녀가 되어 황해도에서 교사 생활을 했다. 건강이 나빠져 귀향한 할머니는 통영에서 '박부잣집'으로 부르는 '하동집' 주인 박희영과 8남매의 새어머니로 결혼한다. 당시 천주교에서도 이를 허락했다. 그 후 둘을 더 낳아 모두 10남매를 잘 키웠다. '하동집'은 당대 최고의 문화예술인들의 사랑방이었다. 유치환, 전혁림, 윤이상, 김춘수 등이 자주 들락거렸다. 박경리의 소설에 나오는 하동집이 바로 이 집이다. 늘그막에 수필을 쓰면서 예총 지부장도 맡고, 통영통제사 음식을 발굴해 재현하기도 했다.

시인 백석이 흠모하던 통영 처녀 박경련이 제옥례 할머니의 사촌 시누이다. '란'이라고 부르던 박경련을 백석으로부터 가로챈 것은 친구 신현중이었다. 신현중은 경성제대 반제동맹 사건의 주모자였는데 〈조선일보〉 기자로 일하다가 통영으로 낙향해서 평생을 살았다. 60년대 초반에는 군복 벗은 박정희를 지지하는 글을 쓰기도 했고, 학교에서 오랫동안 교장으로 일했다. 제옥례 할머니에 따르면 박경련은 폐결핵을 앓았고 몸이 약해 자식을 두지 못했다고 한다. 할머니는 박경련이 젊을 때 찍은 사진 한 장을 보여주셨다. 백석이 짝사랑한 그녀는 갸름하고 핼쑥한 얼굴에다 얌전한 눈매, 가르마 탄 머리를 하고 있었다. 그녀는 남편이 죽고 난 뒤에 시 한 편을 써서 제옥례 할머니에게 보여주었고, 할머니는 동인지 〈늘빛문학〉에 실어주었다.

천이두

전주에 사시는 천이두 선생님은 1930년생이다. 몇 해 전부터 치매를 앓고 계신다. 왕성하게 활동할 때는 저명한 문학비평가였지만 지금은 안타깝게도 분별력을 많이 잃어버리셨다. 그렇긴 해도 댁에 계실 때는 창가에 단정하게 앉아 책을 읽을 때가 많다고 한다. 아버지가 병을 앓기 전에 무슨 일을 제일 즐겨 했는지 알 것 같아요. 그 아드님은 허허롭게 웃으며 한마디 더 보탠다. 제가 나중에 치매에 걸리면 기타 치면서 술만 마시고 있을 거예요.

거동이 불편한 탓에 선생님의 외출은 자연스럽게 아드님의 통제 아래 놓인다. 어느 날 집 안이 갑갑하게 느껴졌을 거다. 선생님은 정장을 말끔히 차려입고 용케 아드님 집을 빠져나와 택시를 잡아탔다. 우리 고향 갑시다! 택시 기사는 횡재한 기분으로 경기도 고양까지 장거리 승객을 모시게 되었다. 점잖은 신사 어르신을 태우고 택시는 고양시로 달려갔다. 아차! 고양에 도착한 기사는 후회했다. 거기에 선생님의 고향은 없었던 것이다. 결국은 선생님을 파출소로 모시고 갈 수밖에 없었다. 선생님이 가고 싶은 목적지, 선생님의 고향은 전북 남원이었다.

간절하게 돌아가고 싶은 곳을 고향이라고 말해도 될까? 요즘 젊은이들에게 물으면 고향은 무슨 개뿔, 하면서 그냥 웃어버릴 것 같다. 그 많은 노래와 시에 고향이 등장하던 시절은 갔다. 이러다가 사전에 고향이라는 단어마저 영영 사라지는 건 아닐까. 그렇다 해도 설마 간절한 그리움마저 사라지는 건 아니겠지.

신경림

까까머리 고등학교 2학년 때 서울의 동국대 백일장에서 신경림 시인을 먼발치에서 처음 보았다. 시인은 심사위원으로 나와 계셨다. 자그마한 키와 작은 눈의 시인은 소년처럼 생글생글 웃었다. 시집 《농무》(창비)를 미리 읽었던 터라 남성적인 투박한 기운이 느껴지는 시집과 정반대의 모습을 보고 적잖이 놀랐다. 저분의 어디에서 민중의 숨소리가 터져 나왔던 것일까? 그날의 시제는 '풀잎'이었다. 나는 〈풀〉이라는 제목의 시를 이미 써서 습작 노트에 적어둔 적이 있었다. 식은 죽 먹기였다. 후딱 시를 제출하고 응원하러 나온 선배들과 어울려 놀았다. 늦은 오후에 백일장 심사 결과가 발표되었는데, 나는 2등이었다. 시를 제대로 보지 못하는 분들이라고 심사위원들을 속으로 원망했다. 상품으로 받은 시집 한 보따리를 들고 경부선 하행열차를 탈 때까지도 분이 풀리지 않았다. 천상천하유아독존의 시절이었으므로. 나중에 시인이 되어 선생님을 뵈었을 때 그때 일을 말씀드렸더니 빙긋이 웃기만 하셨다. 내가 바둑 두 판을 이기고 났을 때였을 거다.

최첨단의 요즘 시들은 읽어도 속이 헛헛할 때가 많다. 해독이 불가능한 건조한 문체 탓이다. 신경림 선생님의 새 시집 《사진관집 이층》(창비)을 읽었다. 저세상으로 가신 어머니와 아내를 떠올리는 시편들은 코끝을 시큰하게 만든다. "도시락을 싸며 가난한 자기보다 더 가난한 내가 불쌍해 / 눈에 그렁그렁 고인 아내의 눈물과 더불어 산다"는 선생님은 어느덧 여든을 목전에 두고 계신다.

황동규

황동규 시인은 1958년 미당 서정주의 추천으로 〈현대문학〉을 통해 등단했다. 그의 나이 스무 살 때였다. 이때 처음 발표한 작품 중 하나가 〈즐거운 편지〉다.

내 그대를 생각함은 항상 그대가 앉아 있는 배경에서 해가 지고 바람이 부는 일처럼 사소한 일일 것이나

이렇게 시작하는 이 시를 10대 후반에 나는 설레며 읽었다. 내가 아는 모든 여학생에게 적어 보내고 싶었다. 실제로 시구를 연애편지에 인용한 이들도 적지 않을 것이다.

내 사랑도 어디쯤에선 반드시 그칠 것을 믿는다. 다만 그때 내 기다림의 자세를 생각하는 것뿐이다.

시의 후반부에 나오는 이 구절은 사랑을 절망으로 바꾸

고 절망을 다시 기다림으로 바꾸는 묘한 마력이 있었다. 대부분의 짝사랑이 바로 '기다림의 자세'였기 때문이다.

〈시월〉도 황동규 시인의 등단 작품 중 하나다. 나는 〈즐거운 편지〉보다 이 시의 서정성과 리듬을 더 좋아했다.

> 내 사랑하리 시월의 강물을
> 석양이 짙어가는 푸른 모래톱
> 지난날 가졌던 슬픈 여정들을, 아득한 기대를
> 이제는 홀로 남아 따뜻이 기다리리.

놀라울 정도의 조숙한 어투, 예스런 시어가 풍기는 정적인 분위기에 나는 바로 감염되고 말았다. 10월의 마지막 날 밤에는 사랑하는 사람에게 시를 읽어주자.

> 창밖에 가득히 낙엽이 내리는 저녁

나는 끊임없이 불빛이 그리웠다.

바람은 조금도 불지를 않고 (…) 주위는 자꾸 어두워갔다.
이제 나도 한 잎의 낙엽으로 좀더 낮은 곳으로, 내리고 싶다.

도광의

　고등학교 때 문예반 선생님은 〈현대문학〉으로 문단에 나온 도광의 시인이셨다. 1학년 신입생에게는 직접 가르침을 받을 기회가 별로 없었다. 바람 부는 날 운동장 가에서 머리카락을 쓸어 넘기는 선생님은 영락없는 시인이었다. 후리후리한 키마저도 시인답다고 생각했다. 누군가 선생님은 시인이기 때문에 비가 내려도 우산을 쓰지 않고 거리를 걸어가는 분이라 했다. 그래, 시인은 그럴 거야. 아침 이슬처럼 맑은 생각만 하면서 사실 거야. 1학년 후반기쯤 처음으로 첨삭 지도를 받을 기회가 왔다. 내가 애써 쓴 시는 교무실에서 빨간 사인펜으로 처참하게 지워졌고, 나는 벌겋게 달아오른 얼굴로 서서 이를 악물고 있었다. 선생님은 언어의 절제를 누구보다 강조하던 분이었다. 어느 날 선생님은 도장을 주시며 서무실에 가서 봉급을 좀 받아오라고 심부름을 시켰다. 지금도 기억한다. 누런 봉투에 쓰여 있던 실수령액 7,000원. 나머지 봉급은 술값으로 미리 가불해서

사람의 발견 ... 259

썼다는 걸 나는 나중에야 알았다. 맞아, 시인은 선생님처럼 자유로운 영혼의 소유자로 살아야 해.

　선생님과 술자리를 같이할 수 있는 나이가 되었을 때, 나는 우산에 대해 여쭈었다. 나를 유심히 보시더니, 여태 한 번도 그런 적 없다고 하며 웃으셨다. 문학 소년들의 철없는 상상이 낳은 착각이었다. 대구에 가면 우리는 혹시나 싶어 선생님의 단골 술집에서 모인다. 선생님의 외상값이 얼마인지 나는 알지만 더 오래 술을 드셔야 하므로 일부러 갚아 드리지 않고 있다.

정양

   시인 정양(鄭洋)을 아는 사람은 많지 않다. 내 이름 '양(洋)' 자가 너무 커서 나는 쩨쩨하게 살지. 선생은 1942년 생이니 올해(2014년) 일흔셋이시다. 전북 김제에서 태어나 1968년 〈대한일보〉 신춘문예에 시가 당선되어 문단에 나왔다. 그동안 낸 시집은 겸손하게도 다섯 권. 과작도 이만저만이 아니다. 선생은 긴 다리로 물가에 우두커니 서 있는 왜가리 같다. 정작 물고기 사냥에는 별 관심이 없고 물소리에 가만히 귀를 열어두고 있는 왜가리. 소설가 한승원 선생은 기린 같은 사내라고 했고, 또 절친한 친구 소설가 윤흥길 선생은 '물견(물건)'이라 했다. 그 이유는 "그는 내 가난한 마음을 윤택하게 하고, 끊임없이 내게 영감을 나누어주고, 사람이 사람을 이해하고 사랑하는 법을 가르쳐주고, 또 때로는 안 그러는 척하면서 나의 가장 아픈 구석을 섬찟 찔러주기 때문"이라는 것. 실제로 윤흥길의 〈장마〉에 등장하는 구렁이는 정양 선생의 가족사와 관련되어 있다. 한국전쟁 직전까지 선생의 아버지는 여운형 계에서 활약하던 사회주의자였다. 서대문구치소에 수감되어 있던 아버지는 전쟁과 함께 실종이 되고 마는데, 생사를 확인한 그날을 제삿날로 잡고 지리산에서 흙을 떠와 봉분을 만들었다. 그 세월이 선생에게는 불구의 시간이었을 것이다. 선생은 말이 빠르거나 말이 많거나 말을 앞세우는 사람을 좋아하지 않으신다. 최근에 전주를 떠나 자식들이 있는 수도권으로 이사를 감행하셨다. 우리가 너무 많은 말로 떠들었기 때문일까?

김민기

  겉으로 화려하게 드러나 있는 것 같지 않지만 오래전부터 내 마음속에 거장으로 자리 잡고 있는 사람이 있다. 김민기가 그렇다. 1980년 나는 대학 신입생이었고, 거의 모든 집회 때마다 〈아침이슬〉을 부르거나 들었다. 술집에서 옆자리가 아무리 시끄러워도 이 노래를 부르는 자들만큼은 용서가 되던 시절이었다. 대학 방송국에 그 귀하다는 김민기의 낡은 엘피판이 한 장 있었다. 나는 거기 죽치고 앉아 매일 〈늙은 군인의 노래〉, 〈서울로 가는 길〉, 〈거치른 들판의 푸르른 솔잎처럼〉, 〈기지촌〉 등을 듣고 또 들었다. 5공 치하였으므로 방송에서는 들을 수 없는 노래들이었다. 기타 연주 하나로 그는 담담하게, 그러나 아프게 세상을 쓰다듬는 노래를 불렀다. 나는 어금니를 꽉 깨물곤 했다.

  김민기는 1951년 한국전쟁 중에 전북 이리(지금의 익산)에서 유복자로 태어났다고 한다. 1980년대 초반 어느 가을, 이리역 앞 순댓국밥 집에서 문화운동을 하던 선배의 소개로 그이를 처음 만난 적 있다. 얼마 전까지 김제에서 농사를 짓기도 했다는 말을 들은 것 같다. 나에게는 전설 속의 이름이었으나, 그이는 조금 지쳐 보였다. 그러다가 김민기와 대학 때 야학을 함께 하던 이도성 선생을 이태 전에 만나 근황을 살짝 엿듣기도 했다. "어두운 비 내려오면 처마 밑에 한 아이 울고 서 있네" 이렇게 시작하는 김민기의 〈아름다운 사람〉이라는 노래가 있다. 차를 운전하면서 요즘 매일 듣는다. 나는 또 푹 빠져 있다.

강요배

제주 4·3평화공원 기념관 들머리에는 단 한 글자도 적
혀 있지 않은 비석이 누워 있다. '백비'라고 부른다. '4·3'이
아직도 공식적인 이름을 얻지 못한 탓이다. 그 비석에 화가
강요배의 그림을 새겨 넣는다면 어떨까 하고 혼자 생각한
적이 있다. 그는 혼신을 다한 상상력으로 '4·3'을 살려낸
유일한 작가니까. 그가 살려낸 '4·3'은《동백꽃 지다》(보리)
에 고스란히 담겨 있는데, 선거를 거부하고 산으로 들어간
〈한라산 자락 사람들〉을 좀 보라. 한라산의 햇빛과 제주 사
람들의 몸에 어려 있는 그늘이 그렇게 서늘하고 처연할 수
없다.

강요배 그림의 흡입력은 제주의 팽나무에서 비롯된다. 특
히 해안 쪽 팽나무는 매서운 겨울바람을 견디느라 좌우 균
형을 잡을 틈이 없다. 상층의 나뭇가지는 마치 어설픈 망나
니에 의해 효수된 모습 같다. 제주로 여행을 떠난다는 사람
들을 붙잡고 강요한다. 강요배의 그림을 닮은 팽나무를 찾

아보지 않는 제주 여행은 말짱 도루묵이야. 구좌읍 세화리의 밭둑에 선 팽나무가 눈에 삼삼하다. 강요배, 그를 '제주의 화가'나 '민중 화가'로 국한시켜 불러서는 안 된다. 나는 〈적벽〉 같은 작품의 위태로운 결기도 좋아하지만 2013년 학고재 갤러리에서 열린 개인전에서 선보인 제주의 자연 풍광과 일상을 담은 그림도 좋아한다. 개인적으로 이런저런 자리에서 선생을 두어 번 뵌 적 있지만 가까이 가기 두렵다. 그림 때문이다. 우선 돈을 많이 벌어 선생의 팽나무 그림 한 점을 방에 턱 걸어놓은 다음에 뵈러 가야지.

이종민 하나

　대학의 영문과 교수인데 전통문화를 일구는 현장에 마티
즈를 타고 자주 출몰한다(공부만 할 일이지 발도 넓다). 고향
집에 매실나무 수십 그루를 심어 매실주를 담근다(그것도 문
전옥답에다). 그걸 혼자만 마실 일이지 사람들을 불러 작은
음악회를 열고 고기를 굽고 술을 따라준다(이쯤 되면 노는 게
직업인가 의심스러워진다). 전주 시내에 아파트를 두고 고향
집 뜰에 '화양모재'와 '유연당' 두 채를 뚝딱 앉혔다(퇴직 후
에 아예 목수로 나설 작정이신가?). 하얗게 센 머리로 막걸릿
집에서 흥이 올라 춤을 출 때도 있다(그러나 시국선언 교수 명
단에는 이름이 빠지지 않는다). 이종민 선생 이야기다.
　그이와 개성 나무심기 행사에 함께 참여한 적이 있다. 이
종민 선생은 호기심 어린 눈으로 북녘 산하를 둘러보았고,
말 잘 듣는 모범생처럼 헐벗은 산에다 소나무 묘목을 열심
히 심었다. 그리고 카메라로 낯설고 신기한 풍경들을 촬영
하는 데 열중했다. 그게 결국은 탈이 나고 말았다. 카메라

렌즈 때문에 북쪽 출입국관리소에 덜컥 덜미를 잡히고 말
았던 것. 우리 일행을 태운 관광버스를 세워두고 그이는 생
애 최초로 '군관동무'와 기를 겨루는 일전을 치렀다. 결국
반성문을 써내는 것으로 작은 소란은 막을 내렸지만, 나는
속으로 쾌재를 불렀다. 이종민 선생도 반성문 쓸 때가 있다
네! 선생이 11년 전부터 북한 어린이를 돕기 위해 꾸려오고
있는 '동지 모임'의 총 기부액이 어느새 1억을 넘어섰다 한
다. 참 대단하다.

이종민 둘

저녁밥을 먹고 났더니 대나무 숲에서 이상한 소리가 들렸다. 집주인은 소리의 진원지 쪽으로 귀를 바짝 세웠다. 날은 어둑어둑해져 뒷산으로 올라가볼 수도 없었다. 우웩, 우웩, 우웩…… 소리는 끊이지 않았다. 필시 무슨 가혹한 일이 벌어지고 있을 터. 올무에 걸린 산짐승의 비명 소리? 아니면 마을 사람 하나가 농약병을 들고 뒷산으로 올라가기라도? 집주인은 더럭 겁이 났다. 도시의 아파트와 고향 집을 오가면서 산 지 10년, 생전 처음 들어보는 소리였다. 방에 있던 부인을 불러 옆구리를 찔렀다. 바깥에 무슨 소리가 나는데 당신도 들리나 봐요. 시골 생활이라면 손을 내두르던 아내였다. 귀를 기울이던 부인이 잠시 그 소리를 듣더니 무섭다며 다시 방 안으로 들어가버렸다. 참 난처한 일이었다. 산책을 나서려던 참이었는데 집주인은 한 걸음도 뗄 수 없었다.

결국 가까운 지구대로 신고해 경찰의 도움을 받기로 했

다. 잠시 후에 순찰차가 전조등을 켜고 대문 앞에 도착했다. 그런데 자초지종을 설명하는 동안에 그 이상한 소리는 들리지 않는 것이었다. 장난전화를 한 아이가 된 기분이 들었다. 경찰관 앞에서 우웩, 우웩 하는 소리를 흉내 내보는 수밖에 없었다. 아들 또래쯤 되는 젊은 경찰관이 한심하다는 표정을 지었다. 그거 고라니네! 흉내 참 잘 내시네요. 요즘이 번식기여서 짝을 유혹할 때 내는 소리예요. 여기 사는 분이 아닌가 봐요?

고향 집에서 타지 사람 취급을 받았다는 이종민 선생 이야기다.

이병한

멀리서 마음으로 모시는 어르신이 있다. 서울대 중문과에서 정년을 마친 이병한 선생님. 나는 선생님이 엮은 《중국 고전 시학의 이해》(문학과지성사)를 오래전에 읽었다. 옛 시인들이 선대의 전통을 어떻게 잇고 매듭짓는지를 명쾌하게 설명하고 있어 지금도 펼쳐보는 책이다. 《치자꽃 향기 코끝을 스치더니》와 《이태백이 없으니 누구에게 술을 판다?》(민음사)는 한시에 문외한인 나 같은 사람이 어떻게 시에 접근해야 하는지를 가르쳐준다. 학교에서 동료들과 틈틈이 한시를 읽고 묶은 책인데, 황동규 선생님도 이 모임의 '학동' 중 한 분이었다.

전북 완주에서 텃밭을 가꾸며 산을 돌보기도 하시더니 서울에서 내려오는 일이 뜸하시다. 연세 때문은 아닐 것이다. 여든을 넘긴 선생님이 어떤 글에서 짓궂게 말씀하신 적이 있다. 매년 설을 쇨 때마다 당신은 나이를 한 살씩 줄여 셈할 생각이라고. 그걸 요즈음 실행에 옮기시는 중일까? 가

끔 동시를 써서 내게 보여주시는 것이다. 백발의 할아버지
가 동시를 만지작거리고 계시는 모습은 상상만 해도 싱그
럽다.

최근에 선생님이 좀 언짢아하실 일이 생겼다. 후배뻘 되
는 어느 교수 한 분이 선생님의 글을 거의 베끼다시피 자신
의 책에 옮겨다 쓴 것. 20년 전에 펴낸 선생님의 책에서 안
평대군과 관련된 번역과 해설을 그대로 표절해 썼다고 한
다. 속이 상하실 만하다. 최소한 인용한 글의 출처라도 밝
혔어야 했다. 나날이 젊어지는 선생님을 세속의 일로 괴롭
히면 안 된다.

정현웅

최근에 《정현웅 전집》(청년사)과 《시대와 예술의 경계인 정현웅》(돌베개)을 읽었다. 일제와 분단의 뼈아픈 세월을 한 예술가가 어떻게 통과했는지 세밀하게 기록한 책들이다. 정현웅은 한국전쟁 중에 연합군의 서울 수복을 이틀 앞두고 인민군을 따라 월북함으로써 한동안 남쪽에서는 거론할 수 없었던 미술가였다.

그는 화가였지만 그의 장기는 출판 분야에서 유감없이 발휘되었다. 홍명희의 《임꺽정》, 윤석중 동시집 《굴렁쇠》의 삽화를 비롯해 1930년대 후반 잡지 〈조광〉과 〈여성〉의 삽화와 표지화를 도맡다시피 했다. 〈여성〉의 표지화는 신여성들의 다양한 표정과 복장을 과감하게 등장시켜 당시 여성 독자들의 폭발적인 관심을 불러일으켰다. 함께 일한 시인 백석의 기획력과 정현웅의 표지화 덕분에 이 잡지는 출간되자마자 매진되었다. 단행본 장정에 뚜렷한 변화를 몰고 온 것도 정현웅이었다. 박태원의 《소설가 구보씨의 일일》은

표지 전면을 대담하게 원고지 모양으로 구성했고, 정노식의 《조선창극사》는 봉황과 구름 문양의 민화 기법을 차용했다. 해방 후 나온 《한하운시초》나 황순원의 《목넘이 마을의 개》의 장정도 그의 혼이 스며 있다.

그는 북한에서 고구려 고분벽화의 모사작업을 몇 년 동안 묵묵히 수행했다. 월북 예술인들에 대한 숙청의 피바람을 그래서 피해 갈 수 있었다. 1976년 그가 세상을 뜬 이후, 미국에 살던 부인 남궁요안나 씨는 1990년 방북해 두 번째 부인 남궁련을 만났다. 이산의 슬픔은 아직도 아물지 않았다.

조영암

1950년대 중반에 나온 《신임꺽정전》이라는 책이 있다. 음담패설이 적잖아 날개 돋친 듯 팔렸다. 그런데 작가는 쪼들리는 생활을 하고 있는데 인세가 들어오지 않았다. 서점가를 조사해보았더니 인지를 붙이지 않은 책이 은밀하게 다수 유통되고 있었다. 작가는 출판사 사장을 만나 술집에서 뜨거운 술을 얼굴에 끼얹었다. 오늘 발가벗겨 죽여버리겠다고 호통을 쳤다. 상황을 눈치챈 사장은 화장실에 다녀오겠다고 슬슬 꽁무니를 뺐다. 작가는 화장실을 따라나섰다. 그리고는 소변기에 군밤 한 봉지를 털어놓고 거기에 태연하게 오줌을 누었다. 이 군밤을 네가 먹어. 손으로 집어먹지 말고 입으로 말이야. 사장은 인세를 당장 지급하겠다며 싹싹 빌었다. 이에 개의치 않고 작가는 엄포를 놓았다. 그럼 얼굴을 처박고 입으로 먹는 시늉이라도 해봐. 출판사 대표는 실제로 그렇게 했고, 다시 술상으로 돌아와 인세를 두둑하게 건넨 다음, 같이 술을 마셨다.

고은의 《1950년대》(향연)에 실려 있는 이야기다. 여기 등
장하는 작가가 조영암이다. 강원도 고성에서 태어나 승려
생활을 한 적 있는 그는 안하무인이었다. 최남선, 박종화,
이은상, 백철 등을 비난하는 글을 서슴없이 썼다. 이에 항
의하면 멱살을 잡았다. 물불을 가리지 않던 그는 결국 큰
사고를 치고 말았다. 1959년 〈야화〉라는 야릇한 잡지에 '하
와이 근성 시비'라는 제목의 글을 써서 특정 지역을 비하하
고 모욕감을 줬던 것. 그의 행패가 도를 넘는 순간이었다.

류성룡

    류성룡은 임진왜란 때 군정을 총괄하는 도체찰사를 맡았고, 후에 영의정까지 오르게 된다. 이순신과 권율 장군을 발탁해 7년간의 지루한 전쟁을 결국 승리로 이끈 주역이다. 이순신보다 세 살이 많은 그는 이순신의 기용에 반대한 세력에 밀려 몇 차례 벼슬자리를 박탈당하기도 했다.

    임진왜란이 일어나자 어리숙하고 겁이 많은 선조는 왕궁을 버리고 명나라로 내뺄 궁리를 하고 있었다. 백성을 놔두고 피신하려는 선조에게 류성룡은 따끔하게 충고한다. "임금의 수레가 국토 밖으로 한 발짝만 떠나면 조선은 우리 땅이 되지 않습니다." 류성룡의 설득으로 선조는 의주까지 피난을 갔지만 압록강을 건너지 못했다. 류성룡은 귀가 얇은 왕에게 직언을 서슴지 않았기에 전쟁 중에 파직을 당하게 된다. 이순신이 노량해전에서 왜군의 총탄을 맞고 쓰러진 바로 그날이었다. 류성룡은 미련 없이 서울을 떠난다. 고향인 안동 하회마을로 돌아온 그는 강 건너 옥연정사에서《징

비록》집필을 마무리한다.

하회마을은 많은 이들이 잘 알고 있지만 류성룡이 말년을 보낸 초막을 아는 이들은 드물다. 경북 안동시 풍산읍 서미리가 바로 그곳. 학가산 자락의 중대바위 아래 산골짜기 마을이다. 한 시대를 이끌었던 류성룡은 하회마을의 기와집을 버리고 산골로 들어간다. 그때 그의 마음은 이랬을 것이다.

산골로 가는 것은 세상한테 지는 것이 아니다
세상 같은 건 더러워 버리는 것이다

백석의 〈나와 나타샤와 흰 당나귀〉는 권력에 빌붙어 사는 자들에게 읽어주고 싶은 시다.

조운

　1994년 동학농민혁명 100주년을 준비할 때 나는 동학과
관련된 시를 모으는 일을 맡았다. 1000명 가까운 시인들에
게 원고 청탁서를 보냈고, 근대 이후 출간된 어지간한 시집
을 다 뒤졌다. 그렇게 해서 90여 편을 묶어 시집을 낸 적이
있다. 일제강점기 우리 시인들은 1894년에 일어난 역사적
인 사건을 의외로 외면하고 있었다. 인하대 최원식 교수는
그 원인을 일제의 혹독한 검열과 한국 근대문학의 이식적
인 성격 때문이라고 풀이했다.
　조운(曺雲)의 시조 〈고부 두성산〉을 찾아낸 것은 행운이
었다.

　두성산 이언마는 녹두집이 그 어덴고
　뒤염진 늙은이 대답은 하지 않고
　고개를 배트소롬하고 묻는 나만 보누나

솔잎 댓잎 푸릇푸릇 봄철만 여기고서

일나서 패했다고 설거운 노라마라

오늘은 백만농군이 죄다 봉준이로다.

이 시조는 1947년 조선문학가동맹에서 펴낸 《연간조선
시집》에 수록되어 있다. 동학 관련 최초의 시라는 점 이외
에 '봉준이'라는 표현이 인상적이다. 혁명을 주도한 인물
에 대한 친근성과 연대의식이 작용한 것. 조운은 1900년 전
남 영광에서 출생했고, 영광, 장성, 고창, 정읍 등지에서 문
화 운동과 교육 운동에 참여했다. 1924년 〈조선문단〉에 시
를 발표하기 시작해서 1945년 조선문학가동맹에 가담했고
1949년 가족과 함께 월북했다. 그의 빼어난 시 〈석류〉를 읽
어보라.

투박한 나의 얼굴

두툴한 나의 입술

알알이 붉은 뜻을
내가 어이 이르리까

보소라 임아 보소라
빠개 젖힌
이 가슴.

이제하

중년들 사이에 꽤 널리 알려진 노래가 있다. 조영남이 부르는 〈모란동백〉이 바로 그것. 이 노래를 소설가 이제하 선생이 작사, 작곡했다는 것을 아는 사람은 많지 않다. 1998년에 나온 시집 《빈 들판》(나무생각)의 초판에는 덤으로 시디가 한 장 끼여 있었는데, 여기에 〈김영랑, 조두남, 모란, 동백〉이라는 제목으로 실린 노래였다. 〈모란동백〉은 역시 이 음반으로 들어야 제맛이다. 1937년 경남 밀양에서 출생해 마산에서 성장한 경상도 출신의 피해갈 수 없는 독특한 억양 때문이다. 선생의 기타 반주 하나로 듣는 노래 가사가 내 귀에는 이렇게 들린다. "세상은 바람 불고 고달퍼라 나 어너 변방에 뜨돌다 뜨돌다 어너 나무 그늘에 고요히 고요히 잠 던다 해도 또 한번 모란이 필 때까지 나를 잊지 말아요"

이제하 선생이 고등학교 때 쓴 학원문학상 당선작 〈청솔 그늘에 앉아〉는 발표 당시에 엄청난 반향을 불러일으켰다 한다.

청솔 푸른 그늘에 앉아
서울친구의 편지를 읽는다

보랏빛 노을을 가슴에
안았다고 해도 좋아

혹은 하얀 햇빛 깔린
어느 도서관 뒤뜰이라 해도 좋아

당신의 깨끗한 손을 잡고
아늑한 얘기가 하고 싶어

이 시에 가슴 울렁이던 세대들은 어느덧 70대 후반을 바라보고 있다. 하지만 선생은 여전히 '청춘'이다. 그의 소설에 깔려 있는 회화적인 이미지의 삼삼한 매력은 누구와도 견줄 수 없다. 평생 예술계의 변방에 있고자 하는 선생이 실은 나무의 체관부 같은 중심이 아니던가.

황재형

1983년에 화가 황재형은 태백의 탄광촌으로 저벅저벅 걸어 들어갔다. 스스로 신입 광부 '햇돼지'를 자처한 것. 그는 낮에는 탄광에서 직접 곡괭이를 들었고, 일이 끝나고 쉬는 시간에는 붓을 들었다. 탄광은 '막장'이다. 이 세상에서 가장 절망적인 곳이며 더 이상 갈 데 없는 이들이 다다르게 되는 곳. 그는 생의 막장을 직접 눈으로 보고 겪어야만 예술의 돌파구가 생긴다고 믿었다. 탄광이라는 현장에 밀착하면 할수록 생생한 예술의 본질에 닿을 수 있을 것이었다. 황재형은 화가로서 승부를 건 것이다. 그는 탄광을 타자의 시선으로 보지 않기 위해 무려 3년간 '산업전사'로 일했다. 그것은 일시적이고 단순한 현장체험이 아니었다. 깊은 밤에 눈보라처럼 달려드는 고독과의 싸움이었을 것이고, 질척질척한 생의 비의를 캐내는 참혹한 마음공부였을 것이다. 그때부터 사람들은 그를 '광부 화가'로 부르기 시작했다. 헤드랜턴을 쓰고 도시락을 먹는 〈외눈박이의 식사〉나

검은 개울물이 흐르는 〈탄천의 노을〉 등의 작품은 그렇게 태어났다.

　이제는 그의 이름 앞에 '광부'라는 말을 빼고 우리 시대에 가장 감동적인 그림을 그리는 화가로 불러야 한다. 나는 그의 작품 〈연탄〉의 이글거리는 불꽃을 좋아하고, 눈 쌓인 산줄기를 위에서, 허공에서 내려다보는 〈백두대간〉도 좋아한다. 황재형의 그림은 평면이지만 그의 손에 의해 풍경과 사물은 하나같이 꿈틀거린다. 이 겨울, 가슴 쿵쾅거릴 일이 없다면 황재형의 그림을 보라.

배호

젊은 외삼촌에게는 '야전'이라는 게 있었다. 배터리를 넣어서 쓰던 휴대용 야외 전축 말이다. 초등학교 때 그 전축에다 엘피판을 얹어 배호의 노래를 수없이 들었다. 숟가락을 마이크 삼아 들고 노래를 따라 불러보기도 했다. 호소력 짙은 배호의 목소리로 〈안개 낀 장충단공원〉을 들을 때마다 나는 가보지 못한 서울의, 그 공원의, 낙엽송 고목을 말없이 쓸어안았다. 〈파도〉나 〈영시의 이별〉은 얼마나 좋은가. 〈누가 울어〉라는 노래의 "검은 눈을 적시나"라는 끝 부분은 또 얼마나 매혹적인가. 나중에 노래방이 생겼을 때 배호의 노래를 흉내 내보려고 했지만 나는 번번이 실패했다. 내 목청은 배호의 스타일을 따르기에는 남성 저음의 중후함이 턱없이 부족했던 것. 배호의 목소리로 착각할 정도로 흉내를 잘 내던 선배도 있었다. 술자리의 마지막은 늘 그 선배의 목소리로 평정되었다.

배호라는 이름은 예명이고 본명은 배신웅이다. 그는 아

버지가 일제 때 중국에서 독립운동을 해서 산둥성에서 태어났다고 한다. 가수로 활동하던 시간은 60년대 후반과 70년대 초반인 5년 남짓. 20대 후반에 가수로서 절정기를 보내고 나서 한창 활동할 나이인 서른 살에 신장염으로 일찍 세상을 떴다. 그가 남긴 90곡이 넘는 노래는 하나하나가 명곡이다. 성량이 풍부하지만 느끼한 기름기가 없는 그 목소리의 호소력은 한 시대를 휘어잡을 만했다. 배호가 생각나서 얼마 전 고속도로 휴게소에서 시디 한 장을 샀는데, 아뿔싸, 짝퉁이었다.

문정

2008년 〈문화일보〉 신춘문예로 등단한 문정이라는 시인. 본명은 문정희다. 동명의 시인이 계셔서 이름에서 한 글자를 빼고 필명으로 삼았다. 그는 나하고 동갑인데 한때 전주의 한 아파트 같은 동에 살았다. 그가 시인이 되기 전후에 둘이 술 많이 마셨다. 그동안 쓴 시를 내게 자주 보여주었다. 나는 채찍을 자주 가했다. 너무 착한 척하지 마라, 시에 가족 이야기 따위 끌고 오지 마라, 눈에 보이는 것만 집착하지 말고 보이지 않는 것도 보았노라고 때로는 뻥도 좀 쳐라, 행과 행 사이를 과감하게 건너뛰어라……. 나는 덩치 큰 이 사내에게 수없이 주문했다. 그렇지만 문정은 자주 머뭇거렸다. 그에게는 놓치기 싫은 것들이 많았던 것이다. 나는 해결해야 할 내가 너무 많아. 그래서 그는 아팠고, 작년(2013년)에 죽었다.

그가 두고 떠난 원고를 추슬러 주위 친구들이 뜻을 모았다. 《하모니카 부는 오빠》(애지)는 문정의 첫 시집이자 마지막 시집이다. 이 시집은 감정이 여리고 섬세한 그를 꼭 빼닮았다. 세상을 보는 눈은 연민으로 가득하고, 목소리는 욕심 없이 차분하며, 그가 매만진 언어는 숨소리가 고르다. 문정의 시에는 청유형 어미가 없다. 독자에게 칭얼거리지 않겠다는 것이다. 그는 늘 "한잔 마시자"가 아니라 "한잔 할까?"라고 말했다.

친구여, 다음 생에는 부디 착한 남편, 착한 선생, 착한 시인으로 오지 마시게. 큰소리 뻥뻥 치고 거들먹거리고 다리라도 건들건들 흔드는 불량한 건달로 오시게.

박배엽

백두산을 세 번 가보았다. 두 번은 중국으로 돌아서, 한 번은 남북작가대회 때 북한 쪽 삼지연비행장에 내려 백두산에 올랐다.

처음 백두산을 오를 때, 미안하고 미안했다. 박배엽 형 때문이었다. 그는 내 땅을 밟지 않고서는 돈을 도로 준대도 백두산 안 간다고 쓴 시인이었다. 키가 멀대처럼 큰 그는 전북대 앞 사회과학서점 '새날'의 주인이었다. 1957년 경북 구미에서 태어났고 전주에서 줄곧 살았다. 전주고 졸업이 학력의 전부였다. 졸업장을 위해 '대학 따위' 다니는 걸 그는 혐오했다. 숱하게 시국 관련 성명서를 쓰던 시인, 불완전한 독서광, 질리도록 토론을 즐긴 카페 혁명가, 오토바이 라이더, 한심한 끽연가, 지리산에 미친 '산꾼'이었다. 목수가 꿈이었던 그는 내게 책장을 하나 짜주기도 했지만, 내기 바둑으로 내 술을 더 많이 뺏어 먹었다. 아니, 나도 한때는 그의 지갑 덕을 보던 해직 교사 시절이 있었지. 전주에서

빈둥거리던 사람치고 그의 술 안 얻어 마신 사람이 없다.

그는 생전에 묘비도 시집 한 권도 남기지 못했다. 아니 안 했을 것이다. 영화평론가 신귀백이 그에 대한 다큐멘터리를 2013년에 만들었다. 디브이디가 필요한 분, 그와의 추억을 잊을 수 없는 분들은 내게 연락하시라.

박배엽 형이 세상을 뜬 지 10년이다. 그가 살았던 세상은 뜨거웠으나 우리는 희멀겋고 팍팍한 이곳에 아직도 웅크리고 산다. 죽어서도 그는 "니들 뭐해?" 하고 물을 것 같다. 어떻게 대답을 해야 할지.

박남준

    경남 하동군 악양면 동매리. 마을에서 제일 높은 끄트머리에 그의 오두막집이 있다. 올해로(2014년) 쉰일곱 살. 10년쯤 거기서 혼자 살았다. 반백의 머리로 밥해 먹고, 손님 오면 열무김치국수 내놓고, 기타 뜯다가, 가끔 시도 쓰며 그렇게 산다. 몇 년 전에는 도법 스님, 수경 스님하고 생명평화탁발순례를 떠나 조선 천지를 걸었고, 동네 밴드를 만들어 '딴따라' 흉내를 내보기도 했다.

    악양으로 옮기기 전에는 전주 모악산 아래 움막에서 살았다. 변소에 지붕이 없어서 비가 오면 우산을 쓰고 볼일을 보던 곳. 집 앞의 작은 계곡에 돗자리만 한 웅덩이가 있었다. 어느 날 한 중년이 배터리를 등에 지고 거기 사는 버들치를 잡으러 올라왔다. 그는 자기가 버들치를 기르는 사람이라고, 주인이라고 우기며 막아섰다. 썩 내려가라고 소리치며 쫓아냈다. 나는 이 이야기를 시로 썼고, 사람들이 그때부터 그를 '버들치 시인'이라 부르기 시작했다. 밤에 홀딱

벗고 그 웅덩이에 앉아 있으면 버들치들이 어디로 몰려오
는지 알아? 이것들이 내 사타구니로 다가와서 주둥이로 막
깨무는 거야! 킥킥거리던 박남준 시인. 그가 최근 수술을
했다. 가슴이 찢어지는 것처럼 아파 병원에 갔더니 불안전
성 협심증이라는 진단이 내려졌던 것. 300만 원이 넘는 수
술비가 나왔는데 지인들이 선뜻 대납했다 한다. 직업을 가
질 마음이 없는 시인의 통장 잔고는 200만 원. 죽고 나서 남
에게 신세 지지 않으려고 관값으로 준비해두었다는.

이정록

　어느 날부터 어머니의 말씀을 받아 적기 시작했는데, 그
게 시가 되더라. 시인 이정록의 말이다. 어머니는 충남 홍
성에서 논밭에다 절하며 살고, 아들은 아산에서 한문 교사
로 산다. 글 못 배운 어머니의 말씀이 글 배운 아들을 깨우
친 것. 명민한 아들이 놓칠 리가 없다.
　《어머니학교》(열림원)라는 시집을 2012년 가을에 냈다.
어머니 연세에 맞추어 72편을 담았다. 혈연끼리는 대체로
자랑거리는 과장하고 허물은 덮으려고 한다. 시인은 다르
다. 공도 과도 다 시가 된다. "한숨도 힘 있을 때 푹푹 내뱉
어라." 무슨 일로 상심한 아들에게 어머니는 이렇게 힘을
쏟아붓는다. 모든 자식에게 어머니는 학교다.

　돼지 집에 돼지만 살데?
　병아리도 들락거리고 참새도 짹짹거리고.
　본시 내 집이란 게 어디 있냐?

집을 가진 사람들 부러워하지 말라고, 까치며 말벌처럼 집은 버리는 거라고, 아들을 다독이는 어머니.

시인은 내친김에 《아버지학교》(열림원)도 출간했다. 아버지는 쉰여섯에 암으로 돌아가셨다. 그래서 56편을 실었다. 세월에 의미를 부여하는 거다. 아버지에 대한 기억은 지금 살아계신 어머니보다 흐릿할 것이다. 아버지를 시적 화자로 등장시켜 말을 하는 시인도 어느 틈에 아버지가 되었다.

아들이 커서 아버지의 구두를 신고
아버지의 옷을 걸치고 외출하기 시작하면
아들 방에 들어가 아들의 이불을 덮고
아들의 베개를 베고 한숨 푹 자거라.
아들은 이제 한 걸음씩 멀어질 게다.
멀어지는 모든 것은 다 가까웠던 것이지.

이병초

　후배 이병초 시인은 7년생 사과나무 이백 그루를 가지고
있다. 본업은 대학교수인데 휴일에 짬짬이 나가 풀도 베고
거름도 주면서 애지중지 사과밭을 돌본다. 2013년 5월 초
에 사과꽃이나 구경하자면서 같이 사과밭에 간 적 있었다.
벌들이 거의 사라져 꽃의 수정이 쉽지 않다고 했다. 실제
로 사과밭 군데군데 꽃사과나무가 심어져 있었다. 보통 사
과나무보다 꽃이 더 탐스러워 수정에 도움을 주는 나무였
다. 그리고 벌통을 몇 개 사다 놓은 것도 보았다. 올해는 사
과가 겁나게 많이 열릴 겁니다. 제가 한 상자는 꼭 드릴 거
예요. 이 얼치기 농사꾼은 자신만만한 표정을 지어 보였다.
나는 이미 그가 꿈만 많은 중년이라는 걸 잘 안다. 작년에
도 똑같은 약속을 했으나 태풍이 한 번 몰아친 이후 사과는
한 알도 맛보지 못했다. 그래서 속으로 말했다. 아나, 사과!
그럼에도 얼마 전까지 사과가 가지마다 정말 주렁주렁 열
렸던 모양이다. 아깝지만 작은놈은 솎아 따내야 할 정도라

고 했다. 내 기대도 커졌다.

　그러다가 며칠 전 전화기 속 시인의 목소리는 거의 울먹거리는 것 같았다. 사과밭을 나가봤더니 멧돼지들이 늘어처진 가지에 달린 사과를 전부 따먹었다는 것이다. 그의 사과밭은 마을에서 떨어진 산비탈에 자리를 잡고 있었다. 작년에는 사과밭 주변 땅에 고구마를 심었다가 모조리 멧돼지들에게 상납한 이력을 가진 그였다. 이병초 시인은 멧돼지를 위해 땀을 흘리며 밭을 가꾸는 '멧돼지 농사꾼'이 틀림없다.

유강희

그는 대학 1학년 때, 그러니까 스무 살에 〈서울신문〉 신춘문예에 〈어머니의 겨울〉이라는 시로 등단했다. 최연소 등단이라며 모두들 놀라워했다. 그동안 《불태운 시집》, 《오리막》(문학동네)이라는 시집 두 권과 동시집 《오리발에 불났다》(문학동네), 《지렁이 일기예보》(비룡소)를 냈고, 동화책도 여러 권 썼다. 김용택 형은 이 친구를 '오리야' 하고 부른다. 〈고드름붓〉이라는 시가 중학교 교과서에도 실려 있다. 1968년생이니 나이가 어느새 40대 중반을 훌쩍 넘겼다. 서울에서 출판사에 다니다가 지금은 대학에 시창작 강의를 나가거나 글을 써서 먹고산다. 사는 곳은 전주다. 내가 참 좋아하는 후배 시인이면서 술친구인 유강희의 프로필이다.

아담한 몸집의 소년 같은 유강희는 어머니를 모시고 산다. 장가도 들지 않고 말이다. 그게 요즈음 내 걱정거리 중 하나다. 후배가 결혼을 하든 말든 당신이 무슨 상관이냐고? 그래도 할 말은 해야겠다. 나는 이 친구처럼 성품이 착하고 순하고 매사에 극진하기 짝이 없는 사내를 본 적이 없다. 시도 그렇게 쓴다. 세상 처녀들의 마음을 휘어잡을 시를 써볼 생각은 왜 하지 않는 것인지. 사실 혼자 나이 먹어가는 게 안타까워 몇 번 소개를 주선해보기도 했다. 그런데 그때마다 번번이 헛일이었다. 좀 잘해보라고, '뻥'도 좀 치라고, 때로 버럭 소리를 질러보았으나 약효가 없다.

자, 여기 썩 괜찮은 총각 시인이 하나 있다. 참한 사람 누가 좀 데려가달라. 내가 이 물건, 정품임을 보장한다.

이동한

　한 청년이 한 청년을 업었다가 방바닥에 천천히 내려놓
고 있었다. 그 순간 업힌 청년의 몸이 기우뚱하더니 한쪽
팔이 툭 떨어졌다. 청년을 업었던 다른 청년이 머쓱한 표정
으로 그 팔을 주워 들었다. 어, 팔이 몽땅 빠져버렸네. 둘은
킥킥대며 웃었다. 그러고는 팔꿈치 아래쪽 의수를 황급히
끼워 맞추었다. 형, 내가 팔을 다시 달아준 거야.
　절단장애 지체 1급 이동한은 대학원에서 시를 공부하
는 제자다. 나이는 스물일곱 살. 초등학교 때부터 고등학교
1학년 때까지는 축구선수였다. 1학년을 마칠 때쯤 심한 감
기몸살 비슷한 증세가 찾아왔다. 그러다 몸을 가눌 수 없는
시간이 왔고, 정신을 잃어버렸다. 눈을 떠보니 중환자실이
었다. 손끝과 발끝에서부터 서서히 살이 썩어가기 시작하
는 뇌수막 패혈증. 수족을 자르는 대수술 끝에 겨우 목숨을
건졌다. 한동안 마치 팔다리가 있는 것같이 느껴지는 환상
수족 증세에 시달렸다. 화상처럼 타들어가는 얼굴은 이식

수술을 해야 했다.

이 친구, 전동휠체어를 타고 다니는데 과속을 일삼는 폭주족이다. 포크 하나만 있으면 주위 도움 없이 뭐든 잘 먹는다. 술도 얼굴이 불콰해질 때까지 몇 잔 마실 줄 안다. 학부 다닐 때부터 시를 잘 써서 큼직한 상을 몇 개 받기도 했다. 동한아, 네 몸은 걸어가는 몸이 아니라 굴러가는 몸이잖아. 특별하게 너만 가진 거지! 자신의 몸을 시로 써보라고 권했다. 그는 머지않아 온전한 몸의 시인이 될 것이다.

물고기 청년

　전북 김제 원평에 사는 석현이 청년. '아름다운 순례길'을 걷다가 만난 친구다. 순례자들의 길잡이가 되어주는 사람을 '꼭두'라고 부르는데 이 친구도 그중 한 사람이다. 이 청년은 혼자 앞서가는 법이 없다. 주로 뒤에 처진 사람들을 살핀다. 걷다가 힘들어하는 어르신들의 배낭을 서너 개 대신 메주기도 하고, 자신의 지팡이를 손에 쥐여주기도 한다.

　말을 더듬는 그가 어눌한 목소리로 말했다. 저, 저는 물, 물, 물고기랑, 대화, 화를 해요. 우리는 입이 딱 벌어졌다. 물고기하고 도대체 어떻게 대화를 하지? 그 대답은 간단했으나 참으로 신비로웠다. 물고기의 눈을 오래 바라보며 이야기를 한다는 것이다. 누, 눈을 바라보면 물, 물고기가 우, 우는 걸 발견할 때도 있어요. 아, 그때부터 우리는 이 청년을 '물고기 청년'이라 부르기로 했다. 물고기하고 눈 맞추며 대화하는 것처럼 연애도 그렇게 하면 된다고 슬쩍 말을 건넸다. 그랬더니 자기는 부끄러운 게 많아서 여자하고는 눈을 잘 맞추지 못하겠더라고, 그래서 한 번도 그래 본 적 없다고 내게 고백했다. 이 순정파의 짜릿한 더듬거림!

박성우 시인과 청년이 길을 걷는데 달팽이들이 길을 건너고 있었다. 순례길의 상징 이미지가 달팽이인데, '느리게, 바르게, 기쁘게'의 앞글자를 딴 '느바기'. 차바퀴에 깔리거나 사람의 발에 밟힐지도 몰랐다. 그 청년은 달팽이들을 한 마리씩 집어 들어 길 바깥으로 옮겨주며 걸었다고 한다.

4.
맛의
발견

마늘종

　봄에 마늘종을 뽑아본 적이 있는가? 까딱 잘못하면 끊어지기 때문에 순식간에 적당한 힘을 가하는 요령이 필요하다. 마늘종이 올라온 뒤 보름 정도 되면 서둘러 뽑아줘야 한다. 규모가 큰 마늘밭에서는 노동력 절감을 위해 일일이 뽑는 것보다 아예 자른다고 한다. 그래야 땅속의 마늘 알이 탱탱하게 굵어지는 것이다. 마늘종을 뽑으면 뽁 하는 아주 특별한 소리가 난다. 뽁, 뽁, 뽁 하는 그 소리……. 햇볕이 따끈따끈해지는 5월의 마늘밭에서 듣는 소리……. 식물의 살과 살이 분리될 때 나는 그 소리는 가히 중독성이 있다. 어릴 적에 마늘종 한 움큼 뽑아오라는 심부름은 그래서 신이 났다. 사실 마늘종은 마늘의 꽃줄기를 가리키는 말이다. 개화를 꿈꾸며 마늘이 땅속에서 허공으로 애써 줄기를 밀어올린 것이다. 꽃을 피워보지도 못하고 뽑히거나 잘리는 마늘한테는 조금 미안한 일이지만, 된장 하나만 있어도 훌륭한 반찬이 되고 안주가 되는 게 마늘종 아닌가. 아삭아삭하고 연한 이것은 새큼하게 장아찌를 담가도 좋고, 고추장으로 무쳐도 좋고, 멸치나 마른 새우하고 볶아도 좋다. 나는 콩가루를 묻혀 쪄낸 마늘종찜을 특히 좋아한다. 비만과 고지혈증, 동맥경화를 예방하는 데 탁월한 효과가 있다니 오늘 장바구니에는 마늘종 한 단 담아볼 일이다. 경남 남해군이 사시사철 푸른 것은 남쪽 끝이어서가 아니다. 드넓은 마늘밭 때문이다. 거기 지금쯤 뽁, 뽁, 마늘종 뽑는 소리가 새소리처럼 치렁치렁 들리겠다.

곤드레나물밥

그 이름 때문에 오래 잊히지 않는 곤드레나물밥. 강원도 쪽에나 가야 맛볼 수 있었는데 요즘은 전국 곳곳에서 이걸 파는 식당을 만날 수 있다. 나는 강원도 봉평 장터에서 처음 먹어보았다. 쑥부쟁이나 취나물을 묵나물로 만들어 무친 것과 잘 구별되지 않았다. 그곳이 고향인 김남극 시인이 옆에 있었을 것이다. 그는 〈첫사랑은 곤드레 같은 것이어서〉라는 삼삼한 시를 쓰기도 했다. 시인이 노래하는 첫사랑은 "솜털이 보송보송한, 까실까실한, / 속은 비어 꺾으면 툭 하는 소리가 / 허튼 약속처럼 들리는 / 곤드레 같은 것"이다. 이 사내는 도대체 첫사랑의 여자에게 속없이 어떤 허튼 약속을 했던 것일까?

곤드레는 봄에 연초록 어린잎과 줄기를 따서 묵나물로 만들어두었다가 밥에 비벼 먹거나 죽을 쑤어 먹는다. 쌀이 귀하던 시절에는 밥을 안칠 때 몽땅 넣기도 했다. 알고 보면 서러운 구황식물이다. 곤드레나물이 무슨 성분을 함유하고 있는지, 우리 몸 어디에 좋은지, 그 효능 따위를 따지는 일은 부질없어 보인다. 결국 양념간장 맛이 곤드레나물밥의 맛을 결정하니까.

상업주의가 판치는 세상이라 하지만 음식점마다 재료의 효능을 써 붙인 곳이 너무 많다. 그 이름이 왜 곤드레나물일까 생각해보는 일은 어떨까? 곤드레만드레 술에 취해 비틀거리는 사람은 속이 없다. 대궁이 비어 있는 곤드레가 바람에 그렇게 흔들리고 비틀거리는 것처럼. 곤드레나물은 국화과의 풀인데, 학명은 고려엉겅퀴다. 강원도에서는 도깨비엉겅퀴로도 부른다.

5월 병어

　전남 서남해안 일대 신안 앞바다의 바닷물 온도가 높아지면 반가운 어족이 찾아온다. 5월은 '5월 병어'라는 말을 만들어 불러도 좋을 만큼 병어가 제철이다. 비늘 없는 흰살 생선인 병어는 비린내가 적고 가시가 연해서 회, 무침, 조림 등 어떻게 조리해도 달고 고소하다. 보통 병어보다 몇 배나 더 큰 덕자병어를 남도에서는 덕자라고 부른다. 좀 비싸지만 덕자 한 마리를 회로 썰면 열 사람 이상 그 맛을 푸짐하게 즐길 수 있다. 생선 이름으로는 낯선 이 덕자를 아직껏 만나보지 못했다면 다가오는 5월에 당신은 그 불행에서 빨리 벗어나라.

　병어회는 사시사철 먹을 수 있어 좋다. 제철에 싱싱한 놈을 구입해서 냉동실에 넣어두면 된다. 횟감이 귀한 여름날의 술안주로는 제격이다. 냉장고에서 꺼낸 병어는 흐물흐물해지기 전에 뼈째 썰어야 한다. 살 속에 자박자박하게 박힌 얼음과 함께 말이다. 병어회는 그냥 쌈장에 찍어 먹어도 좋지만 깻잎에다 얇게 썬 마늘과 매운 풋고추를 얹어 먹어야 제맛이다. 이때 마늘종을 곁들여도 좋다.

깻잎으로 병어회를 쌀 때는 반드시 뒷면으로 싸야 한다. 그래야 깻잎 뒷면의 까슬까슬한 느낌을 참지 않아도 되는 것이다. 전라도 어느 선술집에서 병어회를 먹을 때 손바닥 위에 깻잎을 뒤집어놓지 않았다가는 주모의 지청구를 들을 준비를 해야 한다. 오래전, 지금은 고인이 된 이광웅 시인과 군산 째보선창에서 막걸리 마실 때, 그 집 주모가 "야이, 촌놈아!" 하면서 내게 단단히 일러준 거다.

닭개장

여름이 되면 슬며시 당기는 음식이 닭개장이다. 음식점
에선 좀체 맛볼 수 없다. 이건 우리 어머니의 주특기 음식
중 하나다. 닭개장이 어떻게 만들어지는지 어릴 때부터 어
머니 옆에서 유심히 지켜봤다. 지금은 나도 마음먹으면 거
뜬하게 끓여낼 자신이 있다.

닭은 집에서 키운 놈이 좋다. 푹 삶아서 식힌 뒤에 뼈에
서 발라낸 살을 잘게 찢어 준비해둔다. 고기가 귀하던 시
절, 이걸 한 솥 끓이면 우리 집 여섯 식구가 두 끼는 먹을
수 있었다. 그건 닭개장에 넣는 채소와 국물 덕분이다. 닭
고기와 채소의 절묘한 결합이 닭개장의 맛을 결정한다. 무
시래기나 배추시래기를 반드시 넣어야 하는데 나는 부드러
운 배추시래기가 더 좋다. 마른 토란대와 고사리를 미리 삶
아두는 것도 필수다. 숙주나물을 씻어놓고 대파를 큼직하
게 썰어둔다. 채소는 많다 싶어도 괜찮다. 이렇게 준비해둔
닭고기와 각종 채소에다 조선간장, 고춧가루, 깨소금, 참기

름으로 갖은 양념을 한 뒤에 밀가루를 뿌리면서 골고루 버무린다. 밀가루는 국물을 걸쭉하게 만든다. 닭 국물이 다시 끓을 때쯤 이것들을 넣고 센 불로 또 한참을 끓인다. 솥 안의 모든 것이 한통속이 될 때까지. 뜨거운 여름날에는 이 닭개장에다 찬밥을 말아야 제격이다.

　우리 식구들은 땀을 뻘뻘 흘리며 그렇게 붉고 매운 닭개장을 퍼먹었다. 그런데 그건 닭다리 하나가 사라진 닭개장이다. 어머니가 맏아들인 나를 몰래 부엌으로 불러 통통한 다리 하나를 이미 먹인 것을 식구들은 모르고 있었다.

곤달걀

시장 안에 곤달걀을 삶아 안주로 내놓는 선술집이 있었다. 그 집을 지나가면 유황 냄새가 콧속을 파고들었다. 나는 그 집에 한 번도 발을 들여놓지 못했다. 곤달걀 때문이다. 곤달걀은 부화되지 못한 달걀을 말한다. '곯은 달걀'의 준말. 곤달걀 속에는 껍질을 깨고 밖으로 걸어 나오지 못한 죽은 병아리가 들어 있다고 했다. 부리와 뼈와 털을 갖춘 병아리의 형상이 달걀 속에 웅크리고 있는 것.

곤달걀이라면 사족을 못 쓴다는 어떤 선배의 말이 귀에 쟁쟁거린다. 그거 정력에 최고야. 좀 많이 자란 놈은 털을 뽑아가면서 먹기도 하지. 뼈가 오도독 씹힐 때도 있어. 그냥 여러 음식 중 하나일 뿐이라고 생각하면 돼. 그러나 나는 곤달걀을 바라볼 용기가 나지 않았다. 필시 부화 과정에서 어떤 사고가 생겨 생명으로 태어나지 못했을 터인데, 결국 달걀 안에서 빠져나오지 못한 애처로운 죽음 아닌가. 곤달걀은 축산물위생관리법에 의해 유통이 금지되어 있지만 아직도 버젓이 거래가 이뤄진다고 한다.

이정록 시인의 시 〈부검뿐인 생〉은 곤달걀 속 병아리에 대한 조시다.

곡식 멍석에 닭기똥 한 번 갈긴 적 없고
부지깽이 한 대 맞은 적 없는 착한 병아리,
언제부터 이 안에 웅크리고 있었을까

시인은 "물 한 모금 마셔본 적 없는 눈망울"을 보며 그 눈망울이 자신을 내다보는 것 같다고 적는다. 이에 더해 그 눈망울이 "폐가의 우물 속 두레박"이라는 기막힌 비유로 애도의 마음을 표현한다.

은어밥

아직 한 번도 맛보지 못했지만 내심 벼르고 있는 음식이 있다. 그중 하나가 '은어밥'이다. 지금은 독일에 가 있는 허수경 시인이 20년 전쯤에 예찬하던 맛. 은어는 수박 향이 나는 물고기예요. 그녀의 말을 듣던 우리의 귀가 단번에 길쭉해졌다. 후각은 원초적인 감각을 증폭시키는 힘이 있다. 그녀의 고향인 경남 진주와 아버지에 대한 기억을 말하다가 은어밥 이야기가 나왔다.

남강에서 아버지가 은어를 잡아왔어요. 여름밤 모래사장 위에 불을 피워 은어밥을 지어 먹었죠. 밥물을 평소보다 낙낙하게 잡아야 해요. 은어는 배를 따서 손질해두고요. 냄비 속의 쌀이 한소끔 끓어 익을 때쯤 뚜껑을 열고 재빨리 은어를 넣어야 해요. 밥물이 걸쭉해질 때쯤이죠. 그때 은어를 밥 속에 한 마리씩 수직으로 박아 넣는 거예요. 은어를 꽂아 넣는다고 해야 하나? 꼬리만 밥 위로 나오게 박아 넣는 게 기술이죠. 그다음은 뜸이 잘 들 때까지 밥을 짓는 거

예요. 푹 익은 밥과 민물고기가 대체 어떤 맛을 낼지 좌중은 더 솔깃해졌다. 그런데 알아둘 게 있어요. 밥이 다 되었을 때 은어 꼬리를 살살 흔들면서 빼내는 게 무엇보다 중요해요. 그래야 꼬리와 뼈와 가시가 같이 딸려 나오고 밥 속에는 살이 발라져 남게 되거든요. 이걸 주걱으로 섞어 양념간장으로 비벼 먹는다는 거였다. 입 안에 단침이 고였다. 은어의 영어식 이름은 '스위트피시(sweetfish)', 곧 '단물고기'다. 하동 섬진강 부근을 기웃거리고 싶은 때다.

민어

  이 세상에서 가장 맛있는 회를 말해보라면 나는 주저 없이 민어회를 꼽는다. 가장 맛있는 매운탕은? 역시 민어탕이다. 민어는 여름에 특히 많이 잡힌다. 가격이 만만찮은 게 흠이지만, 그 맛을 보고 후회하며 입을 삐죽거릴 일은 없다. 요즘 같은 복더위에 보양식으로 보신탕이나 삼계탕만 떠올린다면 내가 보기에 촌스럽다. 예부터 우리나라 서남해안 사람들은 민어로 복달임을 했다고 한다. 그 말을 들을 때면 한없이 부럽고 샘나는 게 사실.

  민어는 버릴 게 없는 생선이다. 민어회는 활어보다 적당하게 숙성 과정을 거친 놈이 맛이 좋다. 뱃살은 따로 껍질째 얇게 썰어 먹는 게 좋고, 아가미는 뼈째 총총 다져 기름소금에 찍어 먹어야 하고, 껍질은 끓는 물에 데쳐 먹어야 한다. 쫀득쫀득한 부레는 소금에 찍어 먹어야 좋다. 다른 생선에 비해 민어는 부레가 발달했는데, 구워 먹기도 하고 젓갈을 담그기도 한다. 정약전의 《자산어보》에는 이 부레로

아교를 만든다는 기록도 있다. 민어탕에는 부레, 간, 콩팥과 같은 내장이 들어가야 일급이다.

유달산이 바라보이는 전남 목포시 만호동에는 '민어의 거리'가 있다. 이 글을 쓰고 있자니 영란횟집이나 중앙민어 횟집으로 달려가고 싶어진다. 고추냉이 간장이나 초고추장이 아닌 독특한 간장 소스를 그 골목에서는 맛볼 수 있다.

7~8월은 민어철이다. 8월 초에 전남 신안군 임자도에서는 '민어 축제'가 열린다는데, 8월에는 모든 일정을 취소하고 그쪽으로 내쏠까 말까 고심 중이다.

갑오징어

충남 서천에서는 6월에 '꼴갑 축제'가, 전북 부안에선 8월에 '님의 뽕 축제'가 열린다. 축제 이름치고는 참 요란하다. 그렇다고 그 이름에 시비 걸 생각은 없다. 어떻게든 사람을 끌어모아야 하는 자치단체의 안간힘이라고 해두자. 서천 장항항에서 열리는 '꼴갑 축제'는 꼴뚜기와 갑오징어의 앞 글자를 따서 만들었다. 백석이 〈통영〉이라는 시에서 "파래에 아개미에 호루기의 젓갈이 좋고"라고 할 때 그 호루기가 꼴뚜기다.

갑오징어가 제철이다. 오징어는 사철 먹을 수 있지만 갑오징어는 때를 놓치면 내년까지 기다려야 한다. 오뉴월에 서해안이나 남해안을 여행할 때 갑오징어회를 맛보지 않는 다면 여행을 하지 않은 것과 마찬가지다. 여름 제주 여행에서 자리돔이나 한치를 회로 먹어보지 않는 것과 같다. 갑오징어는 다리가 8개, 오징어는 2개 더 많다. 오징어에 비해 비싼 편이지만 돈으로 따질 맛이 아니다. 갑오징어 요리는 뭐니 뭐니 해도 갓 잡은 회가 최고다. 그 맛을 어떻게 표현해야 할까? 쫄깃한 맛은 기본이고 그 어떤 회보다 달다. 갑오징어회를 씹을 때 아, 참 달다,라는 탄성이 입술 밖으로 빠져나와야 한다. 그래야 그 순간 남부럽지 않은 미식가가 된다.

어릴 적 상비약이 귀하던 시절, 우리 집에는 갑오징어 뼈가 있었다. 무릎이 깨지거나 손이 베였을 때 어머니는 이 뼈를 갈아 생채기에 살살 뿌려주셨다. 한참 따끔한 시간이 지나면 신기하게도 피가 멎었다.

고구마순

　고구마는 뿌리채소지만 알뿌리만 식용으로 하는 건 아니다. 흔히 고구마순으로 부르는 고구마 줄기는 어떻게 요리를 해도 맛이 좋다. 고구마가 자라는 여름철에만 먹을 수 있으니 계절 음식이라고 해도 좋겠다. 고구마순을 말려서 추어탕이나 육개장에 넣기도 하는데, 역시 입맛을 당기게 하는 것은 연둣빛 순을 말리지 않고 조리한 것. 섬유질이 풍부해서 아삭아삭한 맛을 그대로 즐길 수 있기 때문이다. 요즘 시장에 가면 좌판을 펼쳐놓고 고구마순의 껍질을 벗기는 할머니들을 자주 만날 수 있다. 사실 고구마순 껍질을 하나하나 벗기는 일은 여간 고역이 아니다. 손톱 끝이 자주색으로 물들 만큼 시간과 정성이 필요하다.

　내가 제일 좋아하는 것은 고구마순 김치다. 전라도 지방의 여름 밥상에는 거의 빠지지 않는다. 부추와 양파를 곁들여 버무린 이 김치는 적당히 익어야 제맛이 난다. 시큼해진 이 김치를 민물고기 매운탕에 넣어 끓여도 그만이다. 또한 소금과 마늘 정도로만 양념을 해서 기름에 살짝 볶아내는 고구마순 볶음도 좋아한다. 이때 들깨가루를 넣고 자작하게 볶아도 훌륭한 반찬이 된다. 그리고 끝으로 하나 더. 싱싱한 고등어나 갈치에다 고구마순을 듬뿍 넣어 만드는 조림 반찬을 빼놓을 수 없다. 고구마순은 비린 생선하고도 잘 어울리는 듯하다. 고구마순 음식 한번 맛보지 못하고 여름을 건너는 분들은 조금 불행하다고 생각하시라. 약 올리는 말이 아니다. 꼭 한번 드셔보라고 권하는 말이다.

정구지찌짐

나는 부추를 유독 좋아한다. 적당하게 익은 부추김치는 반찬으로, 밀가루를 적게 넣은 부추전은 안주로 그만이다. 아욱이나 애호박과 함께 부추를 다슬기탕에 맑게 끓여낸 것도 좋아한다. 별처럼 자잘하게 피는 부추꽃도 좋아한다.

호남 지방에서는 부추를 '솔'이라고 부르는데, 영남 지방에서는 '정구지'라 한다. 내가 보기에 부추는 다른 지방에 비해 영남에서 더 많이 생산하고 소비한다. 대구에서 중고등학교를 다니던 시절, 친구들의 도시락 반찬은 배추김치가 아니라 '정구지김치'가 압도적으로 많았다. 특히 여름철에 그랬다. 김칫국물 맛이 독특해서 뚜껑 있는 작은 유리병에 담아 학교로 가져왔다. 대구·경북 지방에서 '정구지찌짐'은 지금도 크고 작은 잔치 때 빠지지 않는다. '찌짐'은 '지짐'의 경상도식 강한 표현이다. 표준어로는 '부침개'다. 철판에다 기름을 두르고 지지는 부침개는 '부침', '부친개', '전'이라는 말이 붙는데, 제사상에 올릴 때는 각별히 '적'이라고 쓰는 지역도 있다.

비가 오면 들로 나가지 못하니까 전을 부쳐 먹으며 하루쯤 쉬는 풍습이 있었다. 장마가 시작되면 집집마다 전 부치는 냄새가 퍼질지 모르겠다. 매운 청양고추를 총총 썰어 넣은 정구지찌짐이 그립다. 부추를 주목하자. 여기엔 남자의 양기를 북돋운다는 '기양초'라는 이름, 부인이 집을 무너뜨리고라도 심어 남편에게 먹인다는 '파옥초'라는 짓궂은 이름도 붙어 있다는데!

건진국수

　건진국수는 안동 지방 사람들이 여름에 해먹는 별미 음식이다. 냉장고가 없던 시절, 뜨거운 여름을 나기 위한 지혜가 이 음식에는 배어들어 있다. 더운 국물보다 서늘한 육수가 그리울 때 그만이다.

　건진국수는 칼국수를 만드는 방법과 똑같은데 조금 다른 점이 있다. 멸치 국물을 미리 끓여 차가워질 때까지 식혀 놓는 일이 중요하다. 애호박도 볶아놓고 달걀 지단도 부쳐둔다. 양념간장을 최대한 빡빡하게 만들어 준비한다. 그리고 밀가루 반죽으로 칼국수를 만들 때 반드시 콩가루를 듬뿍 넣어야 한다. 그래야 면발이 진득거리지 않게 되고 콩가루의 고소한 맛을 즐길 수 있다. 건진국수를 먹을 때 면발이 툭툭 끊기는 느낌이 날 정도로 콩가루를 아끼지 말아야 한다. 끓는 물에 칼국수를 넣고 익으면 건져서 찬물에 몇 차례 헹구는 것, 이게 건진국수와 일반 칼국수의 차이다. 옛날에는 금방 펌프질해서 길어 올린 물에다 헹궜지만 요즘은 정수기에서 받은 물이면 충분하겠다. 물기를 뺀 국수 가락을 그릇에 담고 준비해둔 찬 육수를 부어 먹으면 입에서 시원하다는 말이 저절로 나온다. 더위가 한 10리는 물러간다.

이 건진국수를 먹을 때는 조밥이 애인처럼 옆에 따라붙어야 한다. 조밥은 식은 밥일수록 좋고, 먹다 남은 국물에 말아서 먹으면 된다. 별다른 반찬 없이 열무와 풋고추와 가는 파를 된장에 찍어 먹으면 안성맞춤.

예전과 달리 안동에 가도 건진국수를 파는 집이 잘 보이지 않아 아쉽다.

골부리냉채

개울물에 잠긴 돌을 뒤집어보면 다슬기들이 붙어 있다. 돌에 붙어 마치 젖을 빠는 것 같다. 물이끼를 먹고 자라는 다슬기는 반딧불이 유충의 먹이가 된다. 반딧불이의 고장인 전북 무주 설천면 다슬기 서식지 일대가 천연기념물로 지정된 것도 이와 무관치 않다. 다슬기는 차가운 성질을 가지고 있다고 한다. 그래서 열을 내리는 데 특별한 효과가 있고, 간질환 치료와 개선에도 도움이 되는 것으로 알려져 있다.

지방에 따라 다슬기만큼 많은 이름을 가진 존재도 드문 듯하다. 고개 하나 넘으면 금세 다르게 부른다. 충청도에서는 '올갱이', 전북에서는 '대수리', 전남에서는 '대사리'라고 하고, 경상도에서는 '골부리' 혹은 '고디'라고 한다. 숙취 해소에 좋다고 알려지면서 다슬기탕을 만들어 파는 집이 늘어나고 있다. 청주에서는 아욱과 함께 된장을 풀어 끓이는데, '올갱이국'이다. 전주에서는 아욱이나 부추를 넣어 녹색

빛이 돌게 맑게 끓이는데, '대수리탕'이다.

　며칠 전 안동에 갔다가 안상학 시인을 만났다. '골부리냉채' 아니껴? 처음 듣는 이름에 끌려 삼복염천에 소줏집에 둘이 앉았다. 마늘과 붉은 고추를 잘게 다져 무친 다슬기가 한 접시 나왔고, 얼음이 동동 뜬 그릇에 다슬기를 우려낸 육수가 찰랑거렸다. 이 육수에다 다슬기를 두어 숟가락 넣고, 채 썬 오이를 넣고, 소금으로 간을 해서 떠먹으면 된다고 일러주었다. 어찌 그렇게 시원한 게 있는지, 에어컨을 끄고 먹었다.

평양 랭면

남과 북 사이 교류가 활발하던 시절, 북한 방문길에 빼놓을 수 없는 즐거움 중의 하나는 냉면을 맛보는 일. 잘 알려져 있다시피 북쪽 냉면은 담백한 육수가 일품이다. 그 맛에 비하면 남쪽의 냉면 육수는 자극적일 정도로 달거나 지나치게 새콤한 편이다. '슴슴하다'고 해야 할지 '밍밍하다'고 해야 할지. 처음에 혀끝으로는 쉽게 맛을 느끼지 못하지만 육수가 가만히 목구멍을 넘어갈 때쯤에야 그 아늑하고 깊고 시원한 맛이 느껴지는 것이다.

남쪽에서 '냉면'을 먹을 때는 당연히 가위를 달라고 해도 된다. 그렇지만 북쪽에서 '랭면'을 먹을 때는 품위 없이 가위를 달라고 해서는 안 된다. 물론 손님의 동의도 없이 싹둑싹둑 면을 자르는 접대원도 없다. 김치나 고기 따위를 자르기 위해 밥상 위에 가위가 제멋대로 들락거리는 모양, 이거 편리하지만 외국인들에게는 매우 어색한 문화다.

2005년 여름, 남북작가대회가 열렸을 때 평양도 무척 더

웠다. 대동강변의 '옥류관' 거리에는 윗도리를 아예 벗어젖히고 활보하는 청년들도 눈에 띄었다. 옥류관 앞은 그야말로 문전성시. 점심때 냉면을 한 그릇 먹기 위해 가족 단위로 바깥나들이를 한 평양 시민들이었다. 동화책을 말아 쥔 소녀의 손을 잡고 나온 아주머니, 양산을 쓰고 부채를 든 아가씨들, 인민군 복장의 청년……. 남북 관계도 냉면 면발 후루룩 빨아들이듯이 그렇게 시원하게 풀렸으면 좋겠다. 두 손으로 그릇을 들고 육수를 들이마시듯이.

전주가맥

전주를 떠올릴 때 비빔밥, 콩나물국밥, 막걸리로만 끝나서는 안 된다. '가맥'이 빠져서는 곤란하다. 전주에 웬 과메기야?  이렇게 물으면 촌스럽다. 작은 가게에 탁자와 의자 몇 개 놓고 맥주를 팔기 시작하면서 가맥은 태어났다. 즉 '가게 맥주'를 줄인 말. 맥주를 마시러 오는 사람이 늘어나면서 원래 동네 슈퍼였지만 가맥집으로 탈바꿈한 곳도 있고, 아예 가맥 간판을 달고 새로 문을 여는 곳도 있다. 경원동의 슈퍼 몇 군데가 원조로 알려져 있는데 전주 시내에 가맥이 없는 동네는 없다. 짐작하건대 수백 군데 될 것이다. 맥주 한 병에 2,000원 정도로 가격이 저렴해서 주머니 사정이 궁핍한 젊은이들에게 특히 인기가 있다. 2차를 가야 직성이 풀리는 술꾼들에게도 필수 코스다. 여름철에는 에어컨도 틀어준다. 이목이 집중되는 축구 경기를 보면서 시원한 맥주를 마시라고 아예 대형 텔레비전을 설치한 집도 많다. 계산은 탁자 밑의 맥주 상자에 꽂힌 빈 병을 헤아리는 것으로 끝.

　가맥의 안주는 북어나 노가리 구이, 계란말이, 땅콩 등이 주류를 이룬다. 닭발튀김이나 북엇국을 기본 안주로 내는 집도 있다. 전주에서 가맥집을 가게 되면 말린 갑오징어 맛을 봐야 한다. 오징어보다 질기기 때문에 갑오징어는 망치로 두드려 살을 부드럽게 해야 한다. 최근에는 무쇠 기계를 개발해 갑오징어를 탕탕 두드리는 집들도 생겨났다. 가맥집 번창의 일등공신으로 독특한 양념장 맛을 꼽기도 한다. 맵고도 달달한, 형용할 수 없는……

송이버섯

이제까지 딱 한 번밖에 먹어보지 못한, 앞으로도 맛볼 수 없을 것 같은, 잊을 수 없는 버섯이 있다. 가을로 접어든 어느 날, 재 너머 밭에 갔다 오신 외할아버지는 희한하게 생긴 버섯을 두어 개 따왔다. 외갓집 뒷산 참나무 숲에서는 볼 수 없었던 버섯이었다. 깊은 산속 소나무 밑에서 자란다고 했다. 한 뼘이나 되는 길쭉한 막대기 같았는데 만져보니 말랑말랑했다. 그거 참, 말 자지처럼 생겼네. 장터에서 짐을 나르던 말이 잠시 쉴 때 그걸 본 적이 있었다. 나는 속으로 웃었다. 외할머니는 울타리 쪽으로 가시더니 호박잎을 몇 장 따왔다. 그 버섯을 호박잎에 싸서 아궁이의 짚불 속에다 넣었다. 호박잎에 싸는 것은 태우지 않기 위해서라고 했다. 때마침 가마솥에서 밥 익는 냄새가 외갓집 부엌을 가득 채우고 있었다. 나는 아궁이 앞에 쪼그려 앉아 생전 처음 보는 이 버섯이 익기를 기다렸다. 그리 오랜 시간이 지나지 않았을 것이다. 외할머니가 짚불 속에서 꺼낸 호박잎을 펼치자 노릇하게 익은 버섯이 물기를 머금고 있었다. 한 입에 덥석 먹고 싶었지만 약간의 인내가 필요했다. 외할머니는 버섯을 잘게 찢어 기름소금에 찍은 다음 입에 넣어주셨다. 아, 그때 콧속으로 훅 들어오던 버섯 향기와 짚불 냄새! 나는 그 냄새를 오물거리고 있었다. 송이버섯을 처음 만난 날이었다. 9월 말에서 10월 초 사이 강원도 양양, 경북 봉화와 울진에서는 '송이 축제'가 열린다. 가을에 모처럼 호사를 누릴 기회다.

무말랭이

가을무에 맛이 들 때다. 밭에서 하나를 뽑아 낫으로 쓱쓱 깎아 먹어도 좋겠다. 채로 썬 무를 들기름에 볶아서 푹 끓인 뭇국으로 해장을 해도 좋겠고. 무는 칼로 써는 방법에 따라 전혀 다른 반찬으로 변신한다. 깍둑썰기를 하면 깍두기가 되고, 나박나박 썰면 나박김치가 되고, 채로 총총 썰어 무치면 무생채가 된다. 이맘때면 외할머니는 볕 좋은 마루에 앉아 무를 썰어 말렸다. 무를 채반에 말리는 풍경은 눈부셨다. 납작한 무가 내뿜는 빛이 강렬해서 마치 신성한 제사의 의식을 바라보는 것 같았다.

외할머니가 살점을 납작납작하게 썰어 말리고 있다
내 입에 넣어 씹어먹기 좋을 만큼 가지런해서 슬프다
가을볕이 살점 위에 감미료를 펀펀 뿌리고 있다

몸에 남은 물기를 꼭 짜버리고

이레 만에 외할머니는 꼬들꼬들해졌다

그해 가을 나는 외갓집 고방에서 귀뚜라미가 되어 글썽글썽
울었다

돌아가신 외할머니를 생각하며 쓴 〈무말랭이〉라는 시다.
어릴 적에 나는 무말랭이보다 입으로 '곤짠지'를 먼저 익
혔다. 경북 북부 지방의 방언이다. 대구에서는 특이하게
'오그락지'라고 부른다.

무가 말라 오그라들었다는 말이다. 무말랭이를 만들 때는 김장김치를 담그고 나서 남은 양념을 쓰기도 하는데, 엿물과 검은 참깨를 거기에 더한다. 고춧잎을 섞어 만든 무말랭이도 맛이 각별하다. 겨울철에 두고두고 먹을 수 있어 달달하고 매운 맛이 친근했지만 지겨울 때도 있었다. 이듬해 봄이 지날 때까지 도시락 반찬에 빠지지 않았으니까.

간장게장

  서해안에 꽃게가 풍년이라고 한다. 꽃게는 쪄 먹어도 좋고, 탕을 끓여도 좋다. 바닷가 사람들의 말에 따르면 라면을 끓일 때 넣으면 맛이 그만이라고 한다. 또 간장게장이나 양념게장의 미혹에 빠져보지 않은 이는 거의 없을 것이다. 간장게장은 오래 보관하기 위해 지독하게 짜게 담그던 것인데 요즘 사람들의 입맛에 맞춰 심심하면서 달달해졌다. 전북 부안의 시장통에는 살아 있는 꽃게를 즉석에서 양념에 버무려 내놓는 집도 있다. 가을은 금어기 동안 살이 통통하게 오른 수꽃게가 인기다. 봄에는 알이 가득 찬 암꽃게를 제일로 친다.

  꿈틀거리는 꽃게를 게장으로 담글 때, 옆에서 지켜보기만 해도 침이 넘어간다. 그때 죽음을 목전에 둔 꽃게는 무슨 생각을 할까? 알을 품은 꽃게의 입장이라면? 그런 궁리를 하면서 시 한 편을 썼다. 〈스며드는 것〉이라는 제목으로.

꽃게가 간장 속에

반쯤 몸을 담그고 엎드려 있다

등판에 간장이 울컥울컥 쏟아질 때

꽃게는 뱃속의 알을 껴안으려고

꿈틀거리다가 더 낮게

더 바닥 쪽으로 웅크렸으리라

버둥거렸으리라 버둥거리다가

어찌할 수 없어서

살 속으로 스며드는 것을

한때의 어스름을

꽃게는 천천히 받아들였으리라

껍질이 먹먹해지기 전에

가만히 알들에게 말했으리라

저녁이야

불 끄고 잘 시간이야

이 시를 읽고 나서부터 그렇게 좋아하던 간장게장을 먹을 수 없었다는 독자들을 가끔 만난다. 미안하지만 나는 속으로 쾌재를 부른다. 내 시에 걸려든 것! 나는 여전히 잘 먹는다.

전어속젓

 '가을 전어'라고 하면 왠지 더 군침이 도는 전어. 제철을 넘겨 10월 중순 가을이 깊어지면 전어의 뼈가 강해진다. 바다에서 많이 잡히지도 않을뿐더러 찾는 사람들도 줄어든다. 그렇다고 해서 전어가 완전히 우리 곁을 떠나는 것은 아니다. 어느 집 처마 그늘에 놓인 항아리에 전어속젓이 익어가고 있는 것이다. 밴댕이와 전어 같은 물고기는 내장이 그리 크지 않다. 속 좁은 사람을 오죽하면 '밴댕이 속'이라 했겠는가. 전어의 내장은 위와 창자까지 겨우 엄지손톱 크기만 할까? 생선젓갈 중에 나는 뭐니 뭐니 해도 전어속젓을 으뜸으로 친다. 말 그대로 전어의 내장으로 만든 젓갈이다. 지역에 따라서는 '전어밤젓'이나 '돔베젓'으로 부르기도 한다.

 십수 년 전 전남 장흥의 바닷가 회진포에 갔을 때 전어속젓을 처음 만났다. 식당에서 노란 배추 속잎에 찍어 먹은 전어속젓은 쌉싸름하면서도 달달한 맛이 특이했다. 이 맛에 매료되어 작은 병에 든 젓갈 한 통을 사서 집으로 왔다. 식구들은 쓰디쓴 맛이 혀에 닿자 얼굴을 찡그리며 다들 뱉어냈다. 잘못 사온 건가? 내가 먹어봐도 쓰고 비린 맛이 영 개운치 않았다. 숙성이 덜 된 젓갈이었던 것이다. 그리고 전어속젓은 냉장고 속에서 오래 잠을 잤다. 두세 달이 흘렀을까. 나는 뜨거운 흰밥에 올려 먹으면 좋다는 전어속젓에 다시 도전했다. 아, 처음에 밥과 함께 씹을 때는 쓰지만 씹을수록 단맛이 입안에 고이는 그 맛! 전어속젓만 한 눈송이가 내리던 날이었다.

명태선

동해에서는 오래전에 사라졌지만 겨울은 뭐니 뭐니 해도 명태가 제일 맛있는 계절이다. 후쿠시마 원전 사고 이후 명태의 인기는 급강하했다. 일본산 명태에 대한 공포 때문이다. 우리 집 밥상에서도 동태탕이 자취를 감춘 지 꽤 된 것 같다.

명태는 국이나 찌개를 끓여 먹는 게 보통인데, 특이하게 날것 그대로 반찬을 만들기도 한다. 물론 눈이 맑고 물 좋은 생태여야 하고 동태는 안 된다. 깨끗이 씻은 명태의 지느러미를 떼어낸 뒤에 머리와 뼈와 살을 통째로 쫑쫑 다진다. 그리고 엄지손톱 크기로 얇게 나박나박 썬 무와 매운 양념에 버무린다. 따로 발효를 거치지 않고 곧바로 먹어도 된다. 언뜻 보면 창난젓을 연상시키는 이 음식은 경북 북부 지방에서 겨울철에 주로 해먹는다. 다른 지방에서는 이 색다른 음식을 맛본 적이 없다. 우리 어머니는 '명태선'이라고 부르는데 안상학 시인은 '난젓'이라고 한다. 국어사전에도 없으니 어떻게 해서 이런 이름들이 붙었는지 알 길이 없다. 생선이 귀하던 시절에는 집안의 어른들 밥상에만 올랐다고 한다. 명태선을 담그려면 우선 기온이 영하로 내려가야 한다. 겨울의, 겨울에 의한, 겨울을 위한 음식인 것이다. 오래 보관할 수 없으므로 가능하면 빨리 먹어야 한다. 눈발이라도 치는 날 이걸 먹으면 무를 씹는 입에서 눈 밟는 소리가 나는 것 같았고, 비린내가 거의 없어 마치 신선한 바다의 속살을 오물거리는 것 같았다. 덜 다져진 명태 뼈가 가끔 이에 끼여도 괜찮았다.

숭어회

제주의 겨울은 방어회가 제철이지만, 뭍에서는 겨울에 숭어회가 최고다. 겨울을 나기 위해 움직임이 둔해진 숭어의 살에 알맞게 기름이 올라 있을 때인 것이다. 숭어는 도미나 광어, 혹은 우럭처럼 사시사철 맛볼 수 있는 게 아니다. 겨울 숭어에게 오죽하면 '설(雪)숭어'라는 말을 붙였겠는가. 눈이라도 설설 내리는 날이면 걸어서 숭어회를 파는 집을 찾아가고 싶어진다. 두꺼운 점퍼 속에 자라처럼 목을 집어넣고 싸드락싸드락 걸어가면 더 좋을 것이다. 화려한 횟집이 아니라 오래된 책표지 같은 간판을 달고 있는 식당이면 된다. 식당 입구 수족관에 가득한 숭어를 먼저 눈요기해 볼 일이다. 바다를 뚫고 다닌 이놈의 몸매는 얼마나 늘씬하고 미끈하게 잘생겼는가. 이놈의 은빛 비늘 갑옷을 한 벌 모방해서 옷을 만들고 싶을지도 모른다. 다른 횟감에 비해 가격이 저렴하다는 것도 숭어의 큰 매력이다. 발그레한 살점을 초고추장에 찍어 입에 넣기 전에 찬 소주를 한 잔 마시자. 일이 없다면 서너 잔이라도 마시자. 세상살이에 지친 심장을 뜨끈하게 데우자. 전북 부안 지방에서는 쫄깃한 숭어회를 묵은 김치에 싸서 먹기도 한다. 이때 참기름을 살짝 찍어도 좋다.

바다의 수온이 높아지면 숭어회의 맛이 급격하게 떨어진다. '여름 숭어는 개도 안 먹는다'는 말이 나오기 전에 숭어회를 맛봐야 한다. 5~6월 산란철이 되면 바다에서 강으로 돌아가는 숭어를 그저 바라보기만 해야 한다. 그때는 숭어를 보며 침을 삼키면 안 된다.

호매이고기

어릴 적에 듣던 말을 한동안 잊어버렸다가 다시 듣게 되면 울컥하고 무엇이 올라올 때가 있다. 내게는 호매이고기가 그렇다. 생전 처음 들어보는 이름일 것이다. 겨울철만 되면 밥상에 오르던, 특별한 맛이 있다고도 할 수 없고 그렇다고 영 맛이 없다고도 할 수 없는, 크고 통통한 미꾸라지처럼 생긴, 길쭉하고 파리한 몸을 짚으로 총총 엮어 참 불쌍하게도 보이던, 그래도 고기라는 말까지 이름 뒤에 붙어 있어서 함부로 무시할 수는 없었던 호매이고기! 경북 북부 지방에서는 호미를 '호매이'라고 한다. 호미처럼 가운데 허리쯤이 굽은 물고기라고 해서 호매이고기라고 부르게 된 것.

이미 짐작하시겠지만 이 물고기가 양미리다. 동해안에서 잡힌 양미리가 백두대간을 넘어오는 동안 통통하던 몸이 마르면서 엮인 부분이 구부러진다. 옅은 갈색을 띠던 양미리의 빛깔도 이때쯤은 푸르스름하게 변한다. 비린 것이 귀하던 시절에 양미리는 내륙 지방에서 톡톡히 대접을 받았다. 달달하게 간장에 조려 밑반찬으로 먹기도 했고, 두부와 무를 큼직큼직하게 썰어 넣고 찌개를 끓여 온 동네 사람들이 한 그릇씩 퍼먹기도 했다. 알이 밴 양미리가 나는 좋았는데, 숯불이나 짚불에 구워 양념 고추장에 찍어 먹는 맛도 그만이었다. 언젠가 강원도 양양에 갔다가 시장에서 양미리를 한 두름 사와서 그 추억의 맛을 복원해보려고 한 적이 있다. 그런데 옛날의 그 맛이 아니었다. 양미리 탓이 아니다. 내 입과 혀가 호매이고기를 배반하고 살아왔던 것.

샛서방고기

여수에 가면 나는 여객 터미널 앞 골목을 자주 찾는다. 이 골목에는 여수의 별미 음식들을 파는 음식점이 즐비하다. 남면횟집에서 뼈째 썬 회를 맛보는 건 필수 코스. 참기름과 다진 마늘로 양념한 된장이 특히 맛있다. 그 옆으로 남해안의 서대회나 생선구이를 파는 식당도 그냥 지나칠 수 없다.

생선 이름을 듣고 소스라치게 놀란 일이 있다. '샛서방고기'가 그것. 하도 귀하고 맛이 좋아 남편한테는 안 주고 새로 사귄 애인한테만 줬다는 데서 유래한 이름이다. 이런 망측한 이름을 가진 이 생선은 지역에 따라 부르는 이름도 가지가지다. 본래 이름은 도미과의 어류인 '딱돔'인데, '금풍생이'로 부르는 곳이 많다. 이순신 장군이 여수에서 이 생선을 맛보고 나서 이름을 물어보았으나 아는 사람이 없었다. 그래서 그때 옆에 있던 기생 평선이의 이름을 생선에 붙였는데, 구워서 먹는 게 가장 맛있다고 여수 사람들이

'구운 평선이'라 부르기 시작했다는 거다. 원래 바닷가 사람들이 부르던 이름에 조금 억지스런 스토리텔링이 가미된 것. 목포 쪽에서 '쌕쌕이'라고 부르고, 고흥 녹동 쪽에서 '뻣센고기'로 부른다. 이 녀석은 아마 바닷속에서 아주 날렵한 몸놀림을 자랑하지 않을까 싶다. 실제로 샛서방고기는 가시가 보통 생선보다 억세고 강하다. 입은 조금 튀어나온 듯한데 손바닥만 한 몸에 비해 머리가 크다. 살이 그리 많지 않지만 매우 쫄깃하면서 부드럽다. 값이 비싼 게 흠이어서 큰맘 먹어야 맛볼 수 있다.

고기국수

예전에는 잔치나 장례 의식 때 손님을 대접하기 위해 돼지를 잡았다. 돼지를 '도새기'라 부르는 제주도 예외는 아니다. 제주 음식 몸국과 고기국수는 잔치 음식이었다. 몸국의 '몸'은 바닷가 바위틈에 사는 해조류의 하나인 '모자반'을 말한다. 톳하고 비슷하게 생겼지만 전혀 다른 종류다. 몸국은 돼지 등뼈를 삶아 우린 육수에 모자반을 넣고 밤새 끓여 만든다. 메밀가루를 풀어 넣어 걸쭉한 맛이 나는데 해장국으로 그만이다. 내가 좋아하는 제주의 시인 정군칠 형이 세상을 뜨는 아침에 집에서 직접 끓여 왔다는 몸국이 나왔다. 장례식장에서 코를 박고 그 뜨끈한 슬픔을 퍼먹던 기억…….

돼지고기를 삶은 뽀얀 육수에 면을 말아 편육을 올린 국수가 고기국수다. 일본 라멘 육수에 비해 훨씬 담백한 편이다. 이때 면은 소면보다 굵은 중면을 쓴다. 비계가 적당히 붙어 있는 편육은 얇게 썰어 올리기 때문에 부드러우면서도 쫄깃하다. 요즘은 술이 얼큰해진 술꾼들이 밤늦게 마지막으로 들러 한잔 더 하는 집이 고기국숫집이라 한다.

제주는 가히 국수 천국이라 할 만하다. 규모가 작지만 제주 사람들이 즐겨 찾는다는 한림의 '비타민국수', 고기국수의 빨간 육수가 개운하다는 제주공항 끄트머리쯤의 '고르멍들으멍', 그리고 꿩메밀국수가 일품이라는 동문시장 안의 오래된 집 '골목식당' 등 섭렵해야 할 곳이 너무 많다. 근래엔 멸치국수에다 돼지고기 편육을 얹은 고멸국수도 등장했다는데, 이건 또 어디를 찾아가서 맛을 봐야 하나?

태평추

　'태평추'라는 음식을 아시는지? 어릴 적에 예천 외갓집에 가서 처음 먹었다. 무슨 잔치가 끝난 겨울 점심때였는데, 도토리묵을 채로 굵게 썰어 뜨끈한 멸칫국물 육수를 붓고 볶은 돼지고기와 묵은 김치와 김가루와 깨소금을 얹어 숟가락으로 훌훌 떠먹는 음식이었다. 태평추는 국어사전에도 아직은 오르지 않은 말이다. 차가워진 묵을 육수에 데워 먹는, 별로 대수롭지 않은 이 음식은 그 이름 때문에 더 끌리고 신비롭게 여겨진다.

　고향 예천에 갔다가 밤늦게 술집을 찾아 어슬렁거리며 다닌 적이 있다. 예천군청 부근이었을 것이다. 그때 어느 음식점 유리문에 '태평추'라는 말이 적혀 있는 걸 보고 와락 눈시울이 뜨거워졌다. 순전히 이름 때문이었다. 지금은 일반 가정에서도 자주 해 먹지 않는 그 음식의 이름을 30년이 넘어 식당에서 만났으니!

　나는 태평추가 귀한 궁중 음식이라는 탕평채가 변해서

생겨난 말이라고 생각한다. 탕평채는 녹두로 만든 청포묵에다가 채소와 고기를 얹어 먹는 음식이다. 탕평책을 논하는 자리에서 먹었다고 하니 균형 잡힌 민주주의가 뭔지를 아는 음식인 셈이다. 문자에 어둡던 옛사람들은 한쪽으로 치우치지 않는다는 탕평의 의미를 잘 몰랐을 것이다. 그래서 탕평채를 태평추로 잘못 알아듣고 묵을 데워 먹을 때 이 이름을 줄곧 써온 것으로 보인다. 세상은 태평하지 않았으니 묵을 먹을 때만이라도 태평성대를 꿈꾸었던 것. 어떤 곳에서는 '묵밥'이라고 하는 모양인데 나는 태평추가 좋다.

매생이국

내가 만나본 술꾼들은 대체로 술의 종류를 가리지 않고 마시는 편이다. 그럼에도 이들이 즐겨 찾는 해장국은 취향이나 지역에 따라 조금씩 다르다. 서울에는 청진동 해장국, 부산에는 대구탕, 대구에는 따로국밥, 청주에는 올갱이탕, 전주에는 콩나물국밥이 유명하다. 제주도의 몸국이나 전갱이로 끓인 각재기국은 제주에 가야만 맛볼 수 있다. 통영의 시락국은 생선뼈를 고아 시래기를 넣고 끓이는데 새벽 시장에서 금방 사온 회를 곁들여 먹는 게 특이하다. 강이나 시내를 끼고 있는 곳에서는 민물 어탕집이 많고, 바다를 끼고 있는 곳에서는 겨울철에 물메기탕을 파는 음식점이 많다.

매생이는 남도의 바닷가에서 겨울철에만 채취하는 녹색 해조류의 하나다. 식초를 쳐서 무쳐 먹는 파래나 감태와 비슷하게 생겼지만, 그것들보다 굵기가 훨씬 가늘다. 국을 끓이면 끈적끈적해지는데 숟가락으로 후룩후룩 소리 내며 떠먹을 수 있을 정도로 걸쭉해진다. 전남 강진의 백련사에 갔다가 매생이국을 처음 만났다. 입에 넣고 고기처럼 씹을 수 있는 건더기도 아니고, 맑은 국물도 아닌 푸른 것이 그릇에 가득 담겨 있었다. 거의 밤을 새우다시피 술을 마신 터라, 나는 이게 도대체 뭔가 싶어 그냥 한 숟가락 떠먹었다. 아, 지금도 잊을 수 없다. 그 남도의 싱그러운 냄새가, 그 바닷가의 바람이, 그 물결 소리가 거기에 다 담겨 있었던 거다. 싱싱한 굴과 함께 끓인, 참기름 한 방울 떨어뜨린 뜨거운 매생이국이 삼삼해지는 계절이다.

물메기탕

12월이 되면 뜨끈한 물메기탕이 슬슬 생각난다. 기온이 영하로 내려갈 때쯤 맛볼 수 있는데, 이듬해 봄 새싹이 돋아날 때쯤은 아예 잡히지 않는다. 물메기는 정약전의 《자산어보》에 나오는 '해점어(海鮎魚)'다. 바다 메기라는 뜻이다. 남·서해안에서 주로 잡히는 물메기와 동해안에서 잡히는 꼼치는 둘 다 지독하게 못생겼다. 생김새는 비슷하지만 종류가 다르다. 가장 큰 특징으로는 꼼치의 배 아래쪽에 동그란 빨판이 있다는 것. 이 빨판은 바닥에 몸을 붙일 때 사용한다고 한다. 이놈을 동해안에서는 '곰치'라고 하는데 '물곰'이나 '물텀벙'으로 부르기도 한다. 강원도 속초에서 먹어본 물곰탕은 적당히 익은 김치를 숭숭 썰어 넣어 끓인 것이었다. 얼큰했지만 김치 때문에 물곰 특유의 맛이 가려지는 게 아쉬웠다.

나는 무를 넣고 끓인 물메기탕에 더 끌린다. 중요한 건 무를 도마에 놓고 썰지 않아야 한다는 것. 무와 칼을 수평으로 놓고 비껴 썰듯이 깎아야 제맛이 난다. 다른 채소는 필요 없고 듬성듬성 썬 대파와 다진 마늘만 있으면 된다. 다 끓인 뒤에 여기에 참기름 두어 방울이 들어가야 금상첨화다. 물메기의 흐물흐물한 살보다 껍질을 후루룩 소리 내며 빨아먹는 맛이 각별하다. 전북 부안 읍내의 상설시장은 물 좋은 생선이 즐비한데, 그 안쪽의 변산횟집을 가고 싶다. 20년 전부터 드나든 허름한 집이다. 착한 두 아들이 어머니를 모시고 손님을 맞는 집이다. 아, 설설 끓는 물메기탕 한 양푼!

5.

숨의
발견

은행나무

은행나무는 활엽수일까, 침엽수일까? 잎이 넓적한 걸 보고 활엽수로 대답하고 싶은 사람이 많을 것이다. 그런데 이론상으로는 침엽수로 분류하기도 한다. 은행잎을 자세히 살펴보면 가는 부채 모양으로 퍼진 바늘 같은 잎맥이 보이기 때문이다. 하지만 은행나무의 분류학적 위치는 침엽수도 활엽수도 아니라고 한다. 더 놀라운 건 은행나무가 지구상에 1과 1속 1종만이 존재하는 나무라는 것. 자신과 엇비슷한 친족을 절대 인정하지 않는 은행나무는 2억 년 이상 지구에서 자라왔다. 인간보다 먼저 지구에 뿌리를 내린 것이다. 지금은 가로수로 흔히 심지만 조선시대만 해도 절이나 서원 같은 특별한 곳에 심어 경배하던 나무였다.

은행나무의 원산지는 중국 저장성 서남쪽이다. 유럽 쪽으로 건너간 지는 250년쯤 된다 한다. 괴테가 살던 시대에는 독일에 은행나무가 없었다. 대문호이자 식물분류학자이기도 했던 괴테는 동양서적을 탐독하던 중에 은행나무를 발견했다. 그가 마리아네와의 연애에 빠져 있을 때였다. 괴테는 그녀에게 보내는 편지에 은행나무 이파리를 그려 넣었다. "은행나무 이파리 끝은 비록 갈라져 있지만 한 장이듯이 당신과 나 역시 둘이면서 하나지요." 이 러브레터로 60대 노년의 괴테는 젊고 아름다운 마리아네를 연인으로 얻었다.

악취를 풍기는 은행을 떨어뜨리는 통에 광화문 세종로에서 은행나무 암나무를 앞으로 만나지 못한다는 소식이다. 가지가 삐죽한 수나무들이 얼마나 외로울까.

참나무

　산에 가서 나무를 살필 때 제일 헷갈리는 게 참나무 종류
다. 식물도감에 '참나무과'는 있어도 '참나무'는 없다. 우리
가 참나무로 부르는 나무는 보통 여섯 가지 종을 가리킨다.
수피로 쉽게 구별할 수 있는 게 굴참나무다. 세로로 갈라진
수피는 무르고 두터워 코르크 마개로 쓰인다. 수피의 굴이
깊어 굴참나무다. 굴참나무 잎의 뒷면은 회백색인 데 비해
상수리나무는 뒷면이 녹색이다. 이 둘은 잎맥의 끝에 바늘
모양의 톱니가 나 있다. 갈참나무는 잎맥의 끝에 가시가 없
고 잎 가장자리가 물결처럼 부드러운 게 특징이다. 이에 비
해 잎과 도토리가 작으며 도토리의 모양이 길쭉한 게 졸참
나무다. 여기서 나는 도토리가 묵을 만들 때 제일 맛이 좋
다 한다. 갈참나무의 수피는 그물 모양으로 자잘하게 갈라
져 있지만, 졸참나무는 불규칙한 선을 긋듯 세로로 길게 갈
라져 있다. 참나무류 중에 잎이 유독 큰 나무가 신갈나무와
떡갈나무다. 떡갈나무 잎은 사람의 얼굴을 가릴 수 있을 정

도다. 떡을 찔 때 밑에 까는 데 쓰였다고 떡갈나무다. 떡갈나무는 잎자루에 자잘한 털이 있지만 신갈나무는 털이 없이 매끈하다. 신발 밑창으로 깔았다고 해서 신갈나무다.

　도토리를 맺는 참나무는 옛날부터 사람들에게 무수히 얻어맞으며 자랐다. 떡메나 도끼로 나무줄기를 사정없이 후려치곤 했던 것이다. 오래 묵은 참나무 아래 가거든 그 상처도 쓰다듬어보자. 도토리를 줍게 되거든 멧돼지와 다람쥐와 청설모가 먹을 것까지 몰수해오지는 말자.

겨울 나무

겨울 산에서 빨간 찔레 열매를 만나는 일은 그리 어렵지 않다. 찔레 열매는 한자어로 '영실(營實)'이라 한다. 김신용 시인이 이 한자의 뜻에 착안해 쓴 〈영실〉이란 시가 있다. 찔레가 공중을 나는 새들의 눈에 잘 띌 수 있도록 일부러 열매를 빨갛게 색칠해놓았다는 내용이다.

새의 날개가 유목의 천막인 열매
새의 깃털 속이 꿈의 들것인 열매

찔레 열매는 새의 배고픈 배 속에 들어가서 살을 다 내주고 단단한 씨앗 하나만 남겨 다시 새로운 생명으로 태어난다는 것이다.

눈 덮인 산에서 만나는 붉은 열매는 꽃보다 반갑다. 제일 흔하게 볼 수 있는 게 산수유다. 사람들이 따가지 않으면 이듬해 봄까지도 떨어지지 않을 듯하다. 이밖에 산길에서 붉은 열매를 단 나무들을 만나면 팥배나무거나 산사나무거나 이나무일 가능성이 높다. 열매를 달고 있지 않은 나무는 그러면 어떻게 구별하나? 단풍나무과의 식물들은 시들어버린 잎을 끝까지 몸에 매달고 겨울을 나는 것들이 많다. 단풍나무, 당단풍나무, 고로쇠나무, 복자기나무가 그렇다. 이들은 '시과(翅果)', 즉 날개 단 씨앗을 달고 있다. 프로펠러 모양의 얇은 막 속에 씨앗이 들어 있는 것이다. 바람이나 물을 타고 되도록 멀리까지 날려 보내려는 의도 때문이다.

또 수피(나무껍질)를 보고 나무를 구별하기도 한다. 자작나무는 온통 껍질이 하얗고, 노각나무나 모과나무는 버짐처럼 얼룩덜룩하다. 까치박달나무는 다이아몬드 무늬가 새겨져 있고, 다릅나무 껍질은 돌돌 말려 있는 게 특이하다.

금강송

　강원도 동해안에 폭설이 쏟아졌다. 위로는 금강산에서 부터, 아래로는 경북 울진에 이르는 이 지역이 바로 금강송이 자라는 곳이다. 이곳의 소나무는 가지가 옆으로 퍼지지 않고 꼿꼿이 곧추선 형태로 자란다. 그 이유는 폭설 때문이다. 소나무들이 부러지지 않기 위해 생존하는 방법을 스스로 체득한 것이다. 금강송의 나이테는 남쪽에서 자라는 소나무에 비해 촘촘하다. 그만큼 성장 속도가 느리다는 뜻이다. 나무가 곧고 목질이 단단해 예전에는 궁궐을 짓거나 고칠 때만 베어 썼다고 한다.

　몇 해 전 울진군 서면 소광리에 있는 금강송 군락지를 가본 적이 있다. 200~500년 정도 되는 소나무들이 기세등등하게 숲을 이루고 있었다. 이곳은 아무 때나 가볼 수 있는 곳이 아니다. 산불 예방을 위해 겨울철은 출입이 전면 통제되고 봄이 되어야 개방한다. 예를 들면 두천1리에서 출발해 소광리까지 이어지는 1구간은 하루에 80명만 출입이 가능하다. 이 코스는 옛적 보부상들이 동해안의 해산물을 경북 북부지방으로 짊어지고 오르내리던 길이다. 김주영의 소설 《객주》(문학동네)의 배경이 된 곳이 바로 이 길이다. 이 길을 걷고 싶다면 '금강소나무숲길' 누리집을 이용해 일찌감치 예약을 해두어야 한다. 나는 금강송 군락지를 '소나무의 정부(政府)'로 부르고 싶었다.

아침에 한 나무가 일어서서 하늘을 떠받치면
또 한 나무가 일어서고 그러면
또 한 나무가 따라 일어서서
하늘지붕의 기둥이 되는
금강송의 나라,

갈매나무

백석이 1948년 남한 문단에 마지막으로 발표한 시가 〈남
신의주 유동 박시봉방〉이다. 문학평론가 유종호가 '한국적
페시미즘의 절창'이라 했고, 김현이 '한국시가 낳은 가장 아
름다운 시의 하나'라고 격찬한 작품이다.

나는 이런 저녁에는 화로를 더욱 다가 끼며, 무릎을 꿇어 보며,
어니 먼 산 뒷옆에 바우섶에 따로 외로이 서서,
어두워 오는데 하이야니 눈을 맞을, 그 마른 잎새에는,
쌀랑쌀랑 소리도 나며 눈을 맞을,
그 드물다는 굳고 정한 갈매나무라는 나무를 생각하는 것이
었다.

시의 끝부분이다. 고독하고 괴로운 현실을 견디기 위해
눈을 맞고 선 갈매나무를 생각한다는 것이다. 이 시의 유장
한 호흡은 '갈매나무'라는 정점에 이르러 대단원의 막을 내

린다.

　갈매나무를 한 번도 보지 않고 갈매나무의 존재를 아는 사람이 많다. 백석의 시 덕분이다. 한 시인에 의해서, 그 시인의 시를 읽는 독자들에 의해서 그 정신의 높이가 고양된 나무가 갈매나무다. 그리하여 가난하고 외롭고 높고 쓸쓸한 정신의 상징처럼 된 나무.

　갈매나무를 처음 만난 것은 전북 무주 덕유산국립공원 입구에서였다. 이름표를 단 키가 작은 갈매나무를 보았을 때 나는 숨이 멎는 것 같았다. 시인들과 홍릉수목원에 갔을 때 일행을 안내해준 나무 박사님이 말했다. 결코 잘생긴 나무가 아닌데 일반인들이 자꾸 관심을 보이며 물어본다고. 강원도 태백의 금대봉을 오르면 만날 수 있다는데, 당나귀라도 한 필 사서 앞세우고 찾아가봐야지.

사과나무

　남쪽에서는 사과나무를 보기 힘들다. 지구가 더워진 탓이다. '국광'이나 '홍옥'과 같은 품종을 기르던 대구도 사과 산지로서 이름을 잃어버린 지 오래다. 사과나무 재배 북방한계선은 훨씬 위쪽으로 이동했다. 지금은 봉화, 문경, 안동, 예천을 비롯한 경북 북부 지역과 경남 거창, 전북의 장수 등이 최적지로 손꼽힌다. 전라북도 장수군의 경우, 연평균 기온이 섭씨 10.8도, 연간 강수량이 1430밀리미터로 적당한데다 일교차가 커 사과를 기르기에 적합한 것으로 알려져 있다. 장수군에서는 봄에 일반인들에게 사과나무를 분양해주는 사업을 펼쳐오고 있다. 내 사과나무를 갖게 되면 사과가 익는 9월 초부터 10월 말 사이 직접 수확하는 재미도 맛볼 수 있다고 한다. 그때는 한 그루당 3킬로그램의 사과를 딸 수 있도록 보장한다는 것.

　2009년 봄에 나는 평양을 다녀왔다. 평양 근교 역포구역 능금동에 사과 묘목 1만 주를 심기 위해서였다. 장수군에서 기른 어린 묘목을 인천항을 통해 이미 보낸 뒤였다. 4년 후에는 이 사과나무에서 100개의 사과가 주렁주렁 열린다는 말에 나는 미리부터 들떠 있었다. 사과나무를 심게 될 10헥타르의 언덕은 원래 자두나무가 심어져 있었다는 붉은 황토였다. 우리는 이 사업을 3년 동안 지속적으로 확대해간다는 협의를 끝내고 남쪽으로 돌아왔다. 그 이후 남북관계는 급변했고, 평양의 사과 농장에 갈 수 없는 날이 계속되고 있다. 평양 사과나무의 사과를 한입 베어 물어볼 날은 언제일까.

멀구슬나무

겨울 한철 제주에서 '폭낭'이라 부르는 팽나무를 실컷 바라보았다. 나는 옮겨 심은 팽나무보다는 마을 어귀나 밭둑, 혹은 돌담에 기대어 저절로 자라는 팽나무를 더 좋아한다. 바다에서 불어오는 칼바람에 시달린, 나이 많이 잡수신 팽나무를 만나러 이곳저곳을 일없이 돌아다녔다. 기품 있는 팽나무 어르신 앞에서는 삶을 한 수 배우는 것 같아 고개가 숙여졌다.

팽나무에 빠져 있는 나를 보고 조랑조랑 웃고 있는 나무가 있었다. 제주도 어디를 가도 볼 수 있는 흔한 나무였다. 마을 노인 한 분께 여쭈었더니 '머쿠슬낭'이라 한다. 아, 가까이에 두고도 지나치기만 했던 나의 속됨과 무식함이여! 그 나무는 바로 남해안과 제주도에 자생한다는 멀구슬나무였다. '말구슬나무'라고도 하는데 한자로는 '마주목(馬珠木)'이다. 여름에 이 나무 그늘에 앉아 있으면 모기가 달려들지 않는다고 노인은 설명을 보태주셨다. 살충 성분이 나무의 몸속 어딘가에 있는 모양이다.

멀구슬나무가 자신을 가장 잘 드러낼 때가 바로 겨울철이다. 서로 사이좋게 소곤소곤 이야기하듯이, 톡 건드려주면 소리도 낼 수 있다는 듯이, 아직 떨어지지 않고 포도송이같이 조랑조랑 매달려 있는 동그란 열매들. 어린아이들이 새총의 총알로 쓰기도 했다는 멀구슬나무 열매는 겨울에도 지지 않는 꽃이다. 바짝 다가가서 나무하고 눈을 맞추고 봐야 하는 꽃이다. 겨울에는 멀구슬나무 열매를 보러 제주에 가고, 6월에는 그 연보라색 꽃을 보러 제주로 가자.

생강나무

　김유정의 단편 〈동백꽃〉에는 느닷없이 결말 부분에 동백꽃이 한 번 등장한다. 점순이와 주인공이 부둥켜안고 동백꽃 속으로 파묻혀버리는 장면이 그것. "한창 피어 퍼드러진 노란 동백꽃 속으로 푹 파묻혀 버렸다. 알싸한 그리고 향긋한 그 내음새에 나는 땅이 꺼지는 듯이 온 정신이 고만 아찔하였다"라는 문장을 읽을 때 나는 얼마나 한숨을 내쉬었던가. 중학생에게는 꿈결 같았으니까. 그런데 붉은 동백꽃 대신 여기 등장하는 '노란 동백꽃'은 무엇이며, 게다가 '알싸한 그리고 향긋한' 그 냄새는 대체 무엇이란 말인가? 지금은 참고서를 펼쳐보면 그 해답이 거의 나와 있다. 강원도에서는 생강나무를 동백, 혹은 동박이라고 부른다는 것을. "아주까리 동박아, 열지 마라"로 시작하는 〈강원도 아리랑〉의 '동박'도 역시 생강나무다.

　생강나무 꽃은 산수유와 비슷하다. 주로 산에서 자생하기 때문에 산을 자주 오르는 이들은 쉽게 안다. 헷갈릴 때는 수피를 보고 구별하면 된다. 산수유는 거칠지만 생강나무의 수피는 맨살처럼 매끈하다.

국립수목원에서 발행한 《한반도 민속식물》에 따르면 강원도 사람들은 봄에 생강나무 어린 잎을 삶아서 나물로 먹거나 튀각, 전을 부쳐 먹고, 잘 말려서 차로도 마신다고 한다. 집에 생강이 떨어졌을 때 생강나무 잎을 빻아 대신 쓴다는 말도 들었다.

춘천에서는 매년 김유정문학제가 열린다. 소설 〈동백꽃〉을 읽었다면 김유정역으로 가는 열차표를 예약해보는 건 어떨까? 점순이와 함께 파묻혀버리는 것도 좋겠고.

음나무

　생텍쥐페리의 《어린 왕자》에는 4개의 가시를 가진 도도한 꽃이 등장한다. 꽃들은 자기들이 할 수 있는 만큼 자신을 보호하기 위해서 가시를 갖고 있다고 말한다. 꽃들은 가시가 있으므로 자기들이 스스로 무서운 존재라고 생각한다. 작가는 가시를 가진 식물의 생태를 정확하게 파악하고 있었던 것.

　두릅나무과에 속하는 음나무는 보통 엄나무로 많이 알고 있다. 잡귀를 쫓는다는 믿음 때문에 마당 안에 심기도 하고, 가지를 잘라 처마 끝에 매달아놓기도 한다. 요즘은 닭백숙에 많이 넣는다. 음나무의 새순은 두릅순보다 향기가 강한데, 봄철에는 더 귀하게 친다. 연한 잎을 데쳐서 초고추장에 찍어 먹거나 잎을 말려 묵나물로 만들어 먹기도 한다. 음나무 가시는 잎을 따 먹는 동물로부터 자신을 지키기 위해 생겨났다. 이른바 방어기제가 작동한 것. 나무가 어릴 때는 위험으로부터 취약하기 때문에 가시가 매우 날카롭고 가시의 개수도 많다. 그런데 음나무 줄기가 굵어지고 잎사귀를 허공 높은 곳으로 매달기 시작하면 가시가 무뎌진다. 생의 정착 단계에서 가시가 퇴화하는 것이다. 키가 크고 수십 년 된 음나무의 수피는 이게 언제 음나무였을까 싶을 정도로 검은 회색으로 변해 있다. 세로로 난 수피의 무늬도 뚜렷해진다. 가시는 뾰족하지 않고 거의 눈에 띄지 않을 정도다.

외부의 공격으로부터 안전하지 못하다고 판단하면 사람도 가시를 세우는 것일까? 나이를 먹어도 가시를 거둬들일 줄 모르는 사람은 그럼 뭐지?

염주나무

잘 아는 스님한테 들은 이야기다.

옛날에 어떤 노승이 길을 떠났다. 노승은 마을과 멀리 떨어진 산길을 걷다가 기진해서 그만 그 자리에 주저앉고 말았다. 햇볕이 따사로웠다. 노승은 졸음이 밀려와 몽롱한 기분에 빠져들었다. 잠시 눈을 감았던 노승은 그 이후 다시는 눈을 뜨지 못했다. 앉아서 졸다가 그대로 입적하고 만 것이다. 노승이 걸어온 길로 아무도 지나가지 않았다. 살은 썩고 뼈는 삭아 흙이 되고 바람이 되었다. 그리고 기나긴 시간이 지나갔다. 훗날, 노승이 입적할 때 들고 있던 염주에서 무더기로 싹이 돋았다. 나무는 자라 열매를 조랑조랑 맺는 큰 나무로 성장했다. 산길에 아무도 심지 않았는데 염주로 쓸 나무가 있으면 그곳이 옛적에 어떤 노승이 졸다가 입적하신 자리일지도 모른다는 이야기. 그 열매를 따서 또 누군가가 새로 염주를 만들어 들고 길을 떠난다는 이야기. 그렇게 삶은 계속 이어진다는 이야기.

염주나무가 궁금해 여러 책을 뒤적여보았지만 명쾌한 답을 얻지 못하였다. 식물학자 나카이는 '염주나무'라는 종을 구분하여 인정했다지만 국내외를 막론하고 분류학자들 간 견해는 분분한 것 같다. 염주는 요즘 한창 노란 꽃을 피우는 모감주나무 열매나 피나뭇과의 보리자나무, 피나무, 찰피나무의 열매로 만든다. 이들 열매의 껍데기는 나무보다 단단하다. 보리자나무는 중국이 원산지인데 우리나라에서는 사찰 주변에서 가끔 볼 수 있다. 지방에서 '포리똥나무'라고 부르는 보리수나무와 혼동하면 안 된다. 석가모니가 깨달음을 얻었다는 나무도 이 나무가 아니다. 뽕나뭇과에 속하는 '인도보리수'는 인도에서 '아슈바타'라고 부른다고 한다.

나는 너다

　나무는 무엇일까? 국어사전의 설명처럼 뿌리와 줄기와 가지와 잎과 꽃과 열매로 이루어진 여러해살이식물이 나무일까? 한 그루의 나무가 나무이기 위해서는 그 어느 것 하나 빼놓을 수 없을 것이다. 꽃이 없는 나무를 상상할 수 없는 것처럼 말이다. 또한 흙 속에 적절한 수분과 영양분이 있어야 하고, 목질이 단단해야 적어도 나무라고 부를 수 있을 것이다.

　나무가 나무로서 갖추어야 할 기본적인 요소들을 다 갖추었다고 치자. 그런데, 만약에, 어느 특정한 나무에 세 들어 사는 벌레와 이끼가 그 나무에 없다면 그 나무를 온전하게 나무라고 할 수 있을까? 이 세상 모든 나뭇잎을 흔들고 가는 바람이 기이하게 어느 한 나무에만 닿지 않는다면 그것을 우리가 나무라고 부를 수 있을까?

　나무는 자기 혼자서는 어느 한순간도 나무가 될 수 없다. 자기 힘으로는 어떤 공간에서도 나무가 될 수 없다. 그렇다면 자명해진다. 나무에 날아드는 새도 나무라는 것을. 나무 그늘에서 부채를 부치며 쉬는 할머니도 나무라는 것을. 어느 나무의 배경이 되고 있는 무심하기 그지없는 풍경도 사실은 다 나무라는 것을.

혼자 잘나서 출세하고 이름을 얻어 성공하는 사람은 없다. 사람은 혼자 만들어지지 않는 법이다. 이걸 착각하거나 망각하면 오만해진다. 겉은 멀쩡한데 영혼이 죽은 사람이 된다. '너'가 없으면 '나'는 없다. '나'는 '너'로 인해서 지금, 여기, 있는 것이다. 나는 너다.

나무 이름

뽕나무가 뽕하고 방귀를 뀌니, 대나무가 대끼놈 야단을
치네, 참나무가 옆에서 하는 말 참아라. 이런 노래를 만들
어 부르던 우리 옛사람들은 거의 시인이었을 것 같다. "나
무 나무 무슨 나무 / 달 속에는 계수나무 / 물가에는 물푸레
나무 / 십 리 절반 오리나무 / 가다 보니 가닥나무 / 오다 보
니 오동나무 / 입 맞췄다 쪽나무 / 살금살금 살구나무" 나
무 이름에서 연상되는 말로 만든 기발한 노래를 부르던 아
이들은 얼마나 신이 났을까.

실제로 나무의 생김새나 생태를 고려해 만든 나무 이름
이 많다. 가을이 되면 잎을 간다고 잎갈나무(이깔나무), 향
이 난다고 향나무, 수피와 나무의 속이 붉다고 주목, 생강
냄새가 난다고 생강나무, 사위가 무거운 짐 지지 말라고 사
위질빵, 짐을 댕댕 동여매라고 댕댕이덩굴, 매 발톱 같은
가시가 있다고 매발톱나무, 수피가 얼룩덜룩하다고 버즘
나무, 매끈하게 뻗은 나무줄기가 백로의 다리 같다고 노각

나무, 나무를 태운 재가 노랗다고 노린재나무, 꽃이 조밥을 닮았다고 조팝나무, 꽃이 이밥을 닮았다고 이팝나무, 줄기 속이 국수와 비슷하다고 국수나무, 열매가 팥알만큼 작다고 팥배나무, 열매가 아기처럼 작다고 아그배나무, 잎을 소가 잘 먹는다고 소쌀밥나무(자귀나무), 가지에 난 가시에 실이 잘 걸린다고 실거리나무, 관절염에 효과가 있다고 골담초, 꽃이 박쥐처럼 매달렸다고 박쥐나무, 열매가 딸기 모양 같다고 산딸나무, 사철 푸르다고 사철나무, 줄기가 화살을 닮았다고 화살나무, 빨간 열매가 멋있다고 먼나무…….

연어

한때 친구들은 나를 '연어장수'로 불렀다. 1996년 출간한 《연어》(문학동네)가 낙양의 지가를 올리고 있을 때였다. 떼돈을 벌었다는 소문과 이제 돈맛이 들어 시를 쓰지 않을 거라는 허황한 풍문이 귀에 들어오기도 했다. 글쟁이로서 적잖이 괴로웠다. 지금까지 130쇄 가까이 찍었는데, 17년이라는 시간이 흘렀다. 100쇄를 기록할 당시에 출판사에서 몇 가지 축하 이벤트를 마련했고, 일간지 사설에 책 이름이 오르내린 적도 있다. 8개국의 언어로 번역되어 해외에서 출간되기도 했으니 분명 분에 넘치는 복이 맞다. 이래저래 연어에게 빚진 게 많은 나에게 연어나 연어 알을 먹느냐고 묻는 분들이 있다. 그 음흉한 질문에 대한 대답은 한결같다. 맛있는 걸 보면 맥을 못 춰요.

북태평양에서 캄차카 반도를 거쳐 모천으로 연어가 돌아올 때가 되었다. 4만 5000킬로미터 이상을 헤엄친 연어들이다. 우리나라에서는 이른 봄에 3억 마리 이상의 어린

연어들이 바다로 나가는데 양양연어사업소에서 남대천에 80퍼센트 이상 방류한다. 이 밖에도 강원도 고성 명파천, 삼척 오십천, 경북 울진 왕피천, 경남 하동 섬진강, 울산 태화강에 이르기까지 연어가 돌아오는 강이 늘어나고 있다. 그렇지만 회귀율은 0.5퍼센트가 채 되지 않는다. 그 까닭은 홋카이도 부근 바다에서 일본 어부들의 그물이 스크럼을 짜고 가로막고 있기 때문이다. 또 지구온난화와 강 상류 지역의 무분별한 개발로 하천 생태계가 파괴되는 것도 원인 중 하나라고 한다.

식물도감

나는 식물도감을 자주 펼쳐보는 편이다. 들과 산에서 만
난 식물들을 도감을 보면서 확인하는 재미가 꽤 쏠쏠하다.
식물 이름은 하나하나가 마치 시처럼 느껴질 때가 있다. 식
물의 잎·꽃·열매의 생김새에 따라 어찌 그렇게 딱 알맞
게 이름을 만들어 붙였는지. 민간에서 부르는 이름을 우리
학자들이 처음 기록한 것은 1937년에 나온 《조선식물향명
집》이다. 이 책은 식물을 과별로 분류해 우리말 이름, 학명,
그리고 일본말로 정리해놓았다. 지금 우리가 쓰고 있는 식
물 이름은 이 책에 빚진 게 많다.

식물 이름이 헷갈리면 나는 《한국의 나무》(돌베개)를 뒤
적이거나 산림청 국립수목원에서 운영하는 '국가표준식물
목록' 시스템을 이용해 검색한다. 어지간한 식물은 다 찾아
볼 수 있다. 그럼에도 한 가지 아쉬움이 남는다. 해방 70년
이 가까워 오지만 아직도 일본식 한자어의 영향에서 크게
벗어나지 못했다는 것이다. 은행나무처럼 암수가 다른 나

무를 '암수딴그루'라고 하면 될 것을 굳이 '자웅이주(雌雄異株)'라고 해야 할 까닭이 없다. 강원대 이우철 교수의 〈남북한의 식물기재용어 및 식물명의 비교〉라는 논문이 그 해답을 제시한다. 북한에서는 일찍이 평양말인 '문화어'를 정하면서 식물 이름을 정리했다. 우리가 '수상화서(穗狀花序)'로 부르는 것을 '이삭꽃차례'로, 침엽수는 '바늘잎나무'로, 풍매화는 '바람나름꽃'이다. 우리 식물도감에는 들국화가 없지만 북한에서는 감국을 '들국화'라고 부른다.

전주물꼬리풀

　식물은 나라나 지역에 따라서 제각각 이름이 있기 마련
이다. 공식적인 학명은 세계적으로 국제식물명명규약에 의
해 부여된다고 한다. 또 나라마다 사용하는 국명이 따로 있
다. 보통은 첫 발견 장소나 생김새의 차이에 따라 발견자
가 임의로 붙이는 게 통례다. 학명에는 발견자의 이름이 따
라붙는 경우가 많다. 거기에도 인간의 이기심이 작용한 것
같아 찜찜할 때가 있다. 우리나라 식물의 학명은 대부분
1910년대에 나카이 다케노신이 선점해 세계 학계에 발표함
으로써 공식 명칭으로 등재되었다. 안타깝게도 조선이 근
대 학문의 세례를 늦게 받은 탓이다. 한반도에서만 사는 금
강초롱의 학명은 '*Hanabusaya asiatica* (Nakai) Nakai'다. 등
재자 나카이는 조선총독부의 전폭적인 지원을 받은 식물학
자다. 그런데 하나부사는 누구인가? 이 사람은 1875년 강
화도를 침입한 운양호 사건의 주역이면서 조선 침략의 발
판을 마련하는 데 앞장선 일본의 초대 대리공사 하나부사

요시모토를 가리킨다. 나카이가 그를 기리는 뜻에서 붙인
것이다. 우리가 쓰는 국명 중에는 지역 이름이 붙은 게 있
다. 광릉물푸레, 서울귀룽나무, 제주광나무, 변산바람꽃 등
이 그러하다. 2013년 국립생물자원관이 전주물꼬리풀의 인
공 증식에 성공해서 전주 송천동 오송제에서 꽃을 피웠다.
당시 언론은 101년 만의 귀향이라고 했다. 궁금해서 학명
을 찾아보니 '*Dysophylla yatabeana* Makino'. 아뿔싸, 역시
일본의 식물학자 마키노 도미타로의 이름이 붙어 있다.

억새와 갈대

아아, 으악새 슬피 우니 가을인가요
지나친 그 세월이 나를 울립니다

고복수의 노래 〈짝사랑〉이 귀에 쟁쟁거릴 듯한 가을이다.
여기서 '으악새'가 문제다. 식물로서 '억새'라는 의견과 새
의 하나인 '왜가리'라는 의견이 부딪친다. 국립국어원 표준
국어대사전에는 '억새'의 경기 방언이라고 나와 있으나 '왁
새'를 가리키는 말이라는 주장도 만만치 않다. '왁새'는 '왜
가리'를 가리키는 북한말인데 '뻐꾸기'의 제주 방언이기도
하다. 확실한 답은 없다.

어쨌거나 가을은 억새의 계절이다. 억새는 억세기 때문
에 억새다. 길쭉한 잎 가장자리에 날카로운 톱니가 있는 것
이다. 자칫 잘못 만졌다가는 손을 벨 수도 있다. 억새는 손
가락 굵기의 뿌리줄기가 땅속에서 옆으로 퍼져 자란다. 산
간 지방에서는 줄기와 잎을 베어 지붕을 이는 데 쓴다. 억

새에 비해 마디가 짧은 걸 '물억새'라고 한다. 뿌리줄기가 땅 위를 기어가면서 자라는 '달뿌리풀'과 울릉도 통구미에서만 자란다는 '큰달뿌리풀'도 억새와 흡사하다. 억새는 산과 들에 골고루 자라지만 강변이나 바닷가 개흙지대에서 많이 자라는 게 갈대다. 억새는 이삭이 은빛인데, 갈대는 갈색이다. 줄기가 대나무처럼 마디가 있어 갈대다.

　한 떼의 처녀들이 가을 햇볕을 쬐러 나왔다고 치자. 머리를 감고 곱게 분을 바르고 나온 이가 억새라면 머리를 감지 않고 화장도 하지 않고 부스스한 얼굴로 나온 이는 갈대다. 당신은 누구하고 사진을 찍고 싶은가? 저물 무렵 햇볕 속에 서 있는 그녀들!

꽃무릇

꽃무릇이 피었다. 완주 작업실 돌담 아래 오종종 무리 지은 꽃잎이 유난히 눈길을 잡아끈다. 꽃무릇은 나무 그늘이나 축축한 땅에서 잘 자라는데, 한자 이름은 '석산(石蒜)'. 9월 중순께 30~50센티미터 정도 꽃대가 올라와 그 머리에 열흘 정도 붉은 꽃이 핀다. 꽃이 지고 나면 꽃대가 곧 쓰러진다. 10월에 수선화 이파리 같은 푸른 잎이 나와 눈을 맞으며 겨울을 보내게 된다. 잎은 이듬해 5월 누렇게 시들어 사라진다. 잎이 흔적도 없이 사라진 상태에서 여름을 보낸다. 그러다가 9월 초에 땅을 뚫고 한 뼘쯤 꽃대가 올라오기 시작하는 것이다. 잎은 꽃을 보지 못하고, 꽃은 잎을 보지 못한다. 상사화와 생리가 닮았다. 서로 그리워하기만 할 뿐 만나지 못하는 연애! 꽃무릇은 수선화과[科], 상사화속[屬]이지만 상사화와는 구별해야 한다.

몇 해 전 이른 봄에 황동규 선생께 몇 뿌리를 캐드린 적이 있는데, 나중에 여쭈어보니 죽고 말았다고 말씀하셨다.

잎이 사라져버린 걸 죽은 것으로 착각하셨던 모양이다. 꽃무릇은 1개의 암술과 6개의 수술이 빨갛게 화관의 장식처럼 달려 있다. 나비들이 수분을 도와주러 오기도 한다. 특이한 것은 꽃을 피우되 열매는 맺지 않는다는 것이다. 이런 식물들은 오랜 옛날부터 씨앗으로 종을 퍼뜨리는 대신에 알뿌리로 번식하는 게 쉬워 그것을 택한 것으로 보인다.

세상 사람들아, 꽃무릇을 보지 않고 가을이라고 말하지 말라. 9월이 되면 고창 선운사로 당장 떠나라.

구절초

누이야 가을이 오는 길목 구절초 매디매디 나부끼는 사랑아

내 고장 부소산 기슭에 지천으로 피는 사랑아

뿌리를 대려서 약으로도 먹던 기억

여학생이 부르면 마아가렛

여름 모자 차양이 숨었는 꽃

단추 구멍에 달아도 머리핀 대신 꽂아도 좋을 사랑아

이맘때면 머릿속에 맴도는 박용래의 시 〈구절초〉 앞부분
이다. 원산지가 아프리카인 마거리트는 5~6월에 도롯가에
서도 피지만 구절초는 음력 9월 9일 무렵 산에 가야 만날
수 있다. 이때 꺾어 약으로 쓰면 좋다고 해서 이름이 거기
서 유래했다. 구절초는 손발을 따뜻하게 하고 피를 맑게 해
주는 것으로 알려져 있다. 부인병을 치료하는 데도 쓰인다.
가을에 피는 국화과의 식물들 중에 쑥부쟁이와 벌개미취는
연보랏빛을 띠는 반면에 구절초는 시리도록 청초한 흰빛이

압권이다. 다른 국화류에 비해 꽃의 크기도 크다.

전북 정읍시 산내면 매죽리에서 열리는 '구절초 축제'에 다녀왔다. 해마다 구절초 향기를 듬뿍 탐할 수 있는 기회다. 다만 축제를 위해 인위적으로 심은 구절초의 개체수가 너무 많다는 게 나로서는 불만이다. 나는 산기슭에 홀로, 혹은 두세 포기 피어 흔들리는 구절초를 더 좋아한다. 산길을 가다가 그 옆에 가만히 앉아보고 싶어 하는 마음이 없다면? 구절초의 가는 허리를 오래 바라보고 싶은 마음이 없다면? 그는 사내로서 자격 미달이다. 또 구절초를 만났을 때 한 송이쯤 머리에 꽂아보고 싶은 마음이 들지 않는다면? 그 역시 아가씨가 아니다. 너무 과했나?

돼지감자꽃

돼지감자는 공터나 산비탈, 볕 좋은 제방 같은 데서 잘 자란다. 키가 2미터 넘게까지 자라고 이파리도 언뜻 해바라기와 비슷해 보인다. 하지만 꽃의 크기가 그보다 훨씬 작아 구별이 어렵지 않다. 돼지감자꽃을 발견하거든 몇 송이 뚝뚝 따서 집 안에 데려와도 좋겠다. 고흐의 해바라기 같은 분위기를 며칠은 감상할 수 있다.

돼지감자는 '뚱딴지'로 부르기도 한다. 알뿌리의 생김새가 감자처럼 고르게 둥글지 않고 울퉁불퉁하거나 삐죽삐죽 제각각이기 때문이다. 감자는 익혀 먹지만 어릴 적에 돼지감자를 캐서 생것으로 먹어본 적이 있다. 그 맛이 꽤 괜찮았다. 아삭아삭하게 씹히면서 제법 달큼한 맛도 선사해준다. 북아메리카가 원산인 이 귀화식물은 원래 가축사료로 쓰기 위해 들여온 것이다. 식량이 넉넉해지면서 사람들로부터 대접을 받지 못한 처지가 되었는데, 비료나 농약을 주지 않아도 잘 자라는 덕분에 사라지지 않고 남게 되었다.

최근에 돼지감자가 다시 주목을 받고 있다. 저칼로리 식품으로 인기를 끌면서 돼지감자 다이어트까지 등장했다고 한다. 대규모로 재배를 하는 곳도 늘어났다. 또한 생태계를 교란시키는 또 다른 외래 식물인 돼지풀을 잡기 위해서도 심는다. 밖에서 들어온 것들끼리 다투는 형국이니 '이이제이(以夷制夷)'가 따로 없다. 논농사의 몹쓸 잡초로 부르던 '피'도 각광을 받을 날이 다가오고 있는 것 같다. 비타민 B1을 현미의 2배가량 함유하고 있다 한다. 몸에 좋은 것이라면 사족을 못 쓰는 우리 아닌가?

양구 곰취

　취나물은 종류가 매우 다양하다. 각시취는 잎이 갈라진 모양이며 9월쯤 보라색 꽃이 핀다. 곤드레나물이라 부르는 고려엉겅퀴와 꽃이 비슷하다. 수리취는 잎 뒷면이 흰색이어서 흰취라고도 한다. 개미취는 잎이 길쭉하고, 단풍취는 새순의 잎 가장자리에 솜털이 보송보송하다. 미역취는 잎이 작고 국을 끓이면 미역 맛이 난다. 바위취는 잎이 두껍고 털이 나 있다. 기름에 튀겨 먹거나 장아찌를 담그기도 한다. 백석의 시 〈여승〉에서 "가지취의 내음새가 났다"는 표현이 있는데, 이게 흔히 취나물이라고 부르는 참취다.

　　깊은 산속에 아기 곰이 뒤뚱뒤뚱 걸어가고 있었대
　　땅바닥에 아기 곰 발자국이 찍혔대
　　너무너무 예쁜 발자국이었대
　　얼마나 예쁜가 보자고
　　얼마나 예쁜가 보자고

숲 속의 식물들이 너도나도 구경을 왔대

그때 아기 곰 발자국에 반한 식물 하나가

아기 곰의 뒤를 따라가 보기로 마음을 먹었대

그런데 발자국을 따라 숲 속을 가도 가도

사랑하는 아기 곰을 만날 수 없었대

겨울이 오고 눈이 내리자 그 식물은 자취를 감췄대

이듬해 그 식물이 사라진 자리에

아기 곰 발바닥처럼 생긴 풀이 돋아 올랐대

이 풀을 사람들은 곰취라고 불렀대

　강원도 양구 출신인 후배 이한철은 해마다 자기 고향의
특산물인 곰취를 택배로 보내준다. 염치없이 얻어먹는 게
미안해서 〈곰취나물〉이라는 동시를 한 편 써본 것이다. 곰
취는 쌈을 싸도 좋고 장아찌를 담그면 맛이 그만이다. 양구
군에서는 5월 중순께에 '곰취 축제'를 연다.

마타리꽃

　황순원의 유명한 단편 〈소나기〉에는 들꽃 이름이 여럿 등장한다. 갈꽃, 들국화, 싸리꽃, 도라지꽃, 마타리꽃, 칡꽃이 그것이다. 이 작품이 처음 발표된 해는 1953년. 아직 국가표준식물명이 확정되지 않은 때였으므로 지방에 따라 달리 부르는 식물 이름에 약간의 오차가 있다는 걸 고려해야 한다. '갈꽃'은 갈대꽃이거나 억새꽃 중 하나일 것이고, '들국화'는 산국이거나 쑥부쟁이거나 벌개미취거나 구절초 종류일 가능성이 있다. 소설에 소년과 소녀가 들꽃을 꺾으며 대화하는 장면이 나온다. "……근데, 이 양산같이 생긴 노란 꽃이 뭐지?" 하고 소녀가 묻자, 소년은 자신 있게 "마타리꽃"이라고 대답한다. 마타리……. 언뜻 외래어처럼 들리지만 우리말이다. 제1차 세계대전 당시 아름다운 여성 스파이로 알려진 '마타하리'와는 아무 상관이 없으니 오해하지 마시길.

　마타리가 꽃대를 밀어 올리는 계절이 왔다. 이맘때면 햇볕 잘 내리쬐는 산길이나 풀숲에서 쉽게 눈에 들어온다. 긴 줄기는 늘씬한 몸매를 좀 봐달라는 듯 당당하고, 상부에 자잘하게 모여 핀 꽃은 노란 양산을 거꾸로 펼친 듯하다. 무더위의 기세가 한풀 꺾일 때쯤, 들판에 영근 나락 알이 보일 때쯤 마타리는 꽃을 피운다. 마타리꽃은 내가 사는 전주에서는 8월 중순이 절정이다. 이 꽃을 발견하면 나는 혼자 신음 같은 소리를 중얼거린다. 아, 방학이 끝나고 개강이 가까이 다가왔으니 서서히 준비하라고 마타리꽃이 피었구나.

참비름

7월이면 밭고랑에 풀들이 기승을 부린다. 강아지풀은 꼬리를 흔들고, 바랭이는 낮은 포복으로 영역을 넓혀가고, 명아주는 부쩍 키가 자란다. 쇠뜨기며 달개비도 지천이다. 비로소 농작물과 풀들의 치열한 전쟁이 시작된다. 풀들은 농작물을 위해 뿌린 거름을 슬쩍 얻어먹고 몸이 튼튼해진다. 여차하면 야생에서 단련된 뒷심으로 밭을 송두리째 뒤덮을 기세를 과시한다. 이런 골칫거리 풀들 중에 유난히 반가운 게 있다. 참비름이다. 좀 과장하면 나는 참비름나물 앞에서 사족을 못 쓴다. 국가표준식물목록을 보면 '참비름'은 '비름'의 이명이라 한다. 이제껏 내가 알고 있던 '참'비름의 가치를 조금 덜어낸 기분이다. 하지만 북한에서는 '참비름'으로 불린다고 하니 그냥 쓰도록 하겠다.

며칠 전 시골에서 친구가 가꾸는 밭을 찾아갔을 때였다. 부지런한 주인을 만난 덕분에 그 밭은 정말 호강하고 있는 것 같았다. 우리는 갓 따온 오이와 풋고추를 뚝뚝 잘라가며 막걸리를 마셨다. 그런데 주인의 손길이 채 미치지 못한 데가 있었다. 고구마밭이었다. 거기엔 참비름이 허리 높이까지 자라 있었다. 소쿠리를 들고 밭고랑으로 나섰다. 꽃이나 줄기가 쇠지 않은 놈을 고르는 건 기본 상식. 새로 돋은 잎을 골라 뜯는 재미가 손끝에 느껴졌다. 끓는 물에 데쳐서 깨소금, 마늘, 다진 파, 참기름으로 양념해 무쳐 먹어야지. 도시락 반찬으로도 넣어 가야지. 소금 대신 된장을 넣기도 하지만 참비름 특유의 향을 제압해서 나는 그리 좋아하지 않는다. 10여 분 풀밭 모기에 쏘이며 참비름을 뜯었을까. 금세 소쿠리 가득 넘쳤다. 시장에 내다 팔면 1만 원어치는 되겠는걸. 나는 휘파람을 불며 친구들 앞에 참비름을 펼쳐 보였다.

연꽃

　7월 말이니 연꽃이 한창이겠다. 전주 덕진연못이 코앞인
데 아직 가보지 못했다. 바빠서도 아니고 게을러서도 아니
다. 연꽃을 보려고 작심하고 나서는 일은 왠지 어설퍼 보일
것 같아서다. 내가 신발끈 고쳐 매고 만나러 간다고 해도
연꽃이 내게 선뜻 안기지는 않을 것이다. 나와 연꽃의 관계
는 서로 서운하게 한 일도 없는데 이렇게 늘 서먹서먹하고
먹먹하다.
　미당 서정주도 그랬을 것 같다. 시 〈연꽃 만나러 가는 바
람같이〉가 바로 그 증거.

　섭섭하게,
　그러나
　아조 섭섭치는 말고
　좀 섭섭한듯만 하게,

이별을 하자는 말은 무엇인가. 더군다나 "다시 만나기로 하는 이별"이라니. 성미 급한 이들은 이 무슨 개뼈다귀 같은 소리냐고 성화를 낼지 모르겠다.

어느 날 문득 연꽃 향기가 코끝에 닿았을 때, 나는 그 향기를 어떻게 표현할 수가 없어서 쩔쩔맨 적이 있다. '향기롭다'는 형용사는 연꽃에 대한 모독 같고, '은은하다'는 상투적이어서 내 후각에 대한 비하로 여겨졌던 것. 그때 미당의 시가 떠올랐고, "연꽃 / 만나러 가는 / 바람 아니라 / 만나고 가는 바람 같이"라고 쓴 까닭을 조금 알 것 같았다.

이 시는 아직 이뤄지지 않았거나 깨지기 직전의 연애를 노래하고 있는 게 아닐까. 사람과 사람 사이의 거리 조절이 어떠해야 하는지를 미당은 연꽃 향기를 맡으며 깨달았는지도 모른다. 연애에 빠진 이들이 연꽃한테 무얼 좀 배울 게 없을까? 향기롭게는 말고, 좀 향기로운 듯만 하게.

감꽃

올해도 감꽃이 피었다. 감꽃은 새로 나온 감 이파리가 햇살하고 내통한 뒤 뱉어놓은 비밀스런 이야기 같다. 햇살에도 빛깔이 있을까? 누가 묻는다면 나는 감꽃을 주워 들고 보여줄지 모른다. 왜 감꽃은 하나같이 꽃잎 끝부분이 살짝 접혀 있을까 생각해본다. 마치 갓 부화한 병아리의 연한 발가락이거나 부리 같아서. 어린 부리와 부리가 화창한 날 뽀뽀하는 소리가 들릴 것만 같아서.

어린 날, 감나무 아래 서서 입을 벌리고 감꽃이 떨어지기를 기다리던 때가 있었다. 떫고 시큼하고 약간은 달큼한 그 맛 때문이 아니다. 먹을 것이 없어서도 아니다. 감꽃으로 목걸이나 팔찌를 만드는 일도 여러 차례 해봐서 지겨워질 때쯤이었을 것이다. 왠지 그렇게 감꽃이 떨어지기를 기다려야 할 것 같았다. 그렇게라도 추락하는 것들에게 예의를 갖추고 싶었지만 나는 한 번도 감꽃을 입으로 받지 못했다. 그때 내 입속으로 쏟아져 들어오던 햇살, 초록, 연노랑, 하늘, 새소리……. 그래, 그것들이 결국 지금의 나를 만든 건 아닐까? 모든 일이 이유가 있어야 하는 건 아니다. 까닭 없이 이루어져 세상의 소금이 되는 일도 얼마든지 있다.

감꽃을 볼 때마다 떠오르는 시 한 편. 단 넉 줄로 된 김준태 시인의 〈감꽃〉이다.

어릴 적엔 떨어지는 감꽃을 셌지
전쟁통엔 죽은 병사들의 머리를 세고
지금은 엄지에 침 발라 돈을 세지
그런데 먼 훗날엔 무엇을 셀까 몰라.

시는 역시 반성하기 좋은 양식이다. 먼 훗날에 과연 당신은 무엇을 셀 것인가?

무화과꽃

무화과나무에 꽃이 없다는 말은 거짓말이다. 겉으로 화려하게 꽃을 드러내지 않을 뿐 무화과 열매 속에 꽃이 들어 있다. 꽃을 몸속에 숨겨서 피우는 무화과를 위해 죽음을 마다하지 않는 동지가 있다. 무화과 안에 사는 좀벌이다. 잘익은 무화과를 자세히 보면 위쪽에 배꼽처럼 생긴 구멍이 나 있다. 그 구멍을 숨어 있는 꽃차례라고 한다. 살짝 벌어진 이 구멍은 무화과꽃의 수분을 위해 좀벌이 드나드는 통로 구실을 한다.

무화과가 익어가기 시작하는 여름철이면 무화과 속에서 임신한 암벌들이 온몸에 수꽃의 꽃가루를 묻히고 바깥으로 나온다. 이들은 곧바로 새로 생긴 다른 열매 속으로 들어가 산란을 한다. 이때 자신이 묻혀 온 수꽃의 꽃가루가 다른 열매의 암술에 닿게 된다. 이 산란 과정을 마치면 좀벌들은 생을 마감한다. 겨울이 지나고 이듬해 여름이 돌아올 때쯤 그 알들이 깨어난다. 무화과 열매 속에서 수컷 좀벌들은 암컷보다 일찍 부화하지만 짝짓기를 마치면 이내 무화과 속에서 죽는다. 수컷 좀벌은 세상 밖으로 한번 나와 보지도 못한다. 수컷들은 날개가 없으며 그 생김새도 애벌레와 비슷하다. 이들은 단 한 번의 짝짓기를 위해 태어났다가 그 임무를 다하고 나면 그 자리에서 죽는다. 배가 볼록해진 임신한 암컷 좀벌들만 다시 무화과 열매 밖으로 기어 나온다.

무화과 없는 좀벌이 없고, 좀벌 없는 무화과도 없다. 이 둘의 공생관계는 끔찍하게 아름답다.

봄꽃

　아침에 피었다가 낮이 되면 꽃잎을 닫아버리는 꽃이 있다. 여름에 피는 나팔꽃이 그렇다. 밤에 피었다가 아침이 되면 눈을 감고 자는 척하는 꽃도 있다. 달맞이꽃이 그렇다. 그런데 아침이고 낮이고 밤이고 꽃잎을 열어놓고 자신을 과시하는 꽃들이 있다. 봄꽃들이 대체로 그렇다. 그중에서 살구꽃이나 벚꽃은 대낮보다 오히려 밤에 자신의 존재를 더 드러낸다. 살구나무는 벚나무처럼 가로수로 줄지어 심는 경우가 드물다. 어느 집 마당 한쪽에 겨우 한 그루쯤 서 있을 뿐이다. 길을 더듬어 밤길을 걷다가 온몸에 환하게 불을 켜고 서 있는 살구나무를 한 그루 만났다고 생각해봐라. 꽃잎 하나하나가 작은 전구알처럼 보일 것이다. 스스로 발전소인 동시에 스스로 커다란 전구가 되어 서 있는 살구나무 말이다.

　올해에는 봄꽃들이 제멋대로 핀다. 매화가 피고 난 뒤에 살구꽃과 벚꽃이 피어야 하는데 꽃들이 그 순서를 잊어버리고 한꺼번에 핀다. 목포에서 피고 난 다음 한참 있다가 서울에서 피어야 할 벚꽃이 거의 비슷한 시기에 꽃을 터뜨린다. 매화인가 싶었는데 다가가보니 살구꽃이어서 낭패를 당한 적도 있다. 매화와 살구꽃은 구별하기가 꽤나 어렵다. 가장 큰 특징은 살구꽃의 꽃받침은 뒤로 발랑 젖혀져 있다는 것. 그러면 살구꽃과 벚꽃은 어떻게 구별할까? 살구나무는 나무껍질이 세로로 갈라져 있고, 벚나무는 가로로 자잘한 무늬가 새겨져 있다. 우리를 헷갈리게 하는 꽃들에게 속지 않으려면 정신 바짝 차려야 한다.

산수유

산수유라는 나무를 처음 알게 된 것은 고등학교 때였다. 국어 교과서에 김종길 시인의 〈성탄제〉가 실려 있었다.

서러운 서른 살 나의 이마에
불현듯 아버지의 서느런 옷자락을 느끼는 것은,

눈 속에 따오신 산수유 붉은 알알이
아직도 내 혈액 속에 녹아 흐르는 까닭일까.

흰 눈과 붉은 열매의 선명한 대비는 어린 나를 매혹시켰고, 그때 산수유라는 명사는 내게 깊이 각인되었다. 머리도 굵어져 산수유와 소월의 '산유화'를 구별할 줄은 알게 되었다.

산수유 꽃을 봄이 올 때마다 기다리게 된 것은 서른이 넘어서였다. 전남 구례 산동면을 찾아가 대낮부터 산수유 꽃

그늘에 몸을 맡기고 싶은 때가 많았다. 이 마을 처녀들 중에는 겨우내 산수유 열매를 치아로 벗겨내느라 이가 붉게 물든 이가 많았다는 말도 들었다. 그걸 '홍니'라고 부른다는 것도. 한국전쟁 전후 지리산에 서린 '산사람'들의 이야기와 홍니의 처녀들을 겹쳐보기도 했다.

이윽고 마흔을 넘겨서야 산수유를 눈에 바짝 대고 볼 수 있었다. "노란 물감을 풀어놓은 듯하다"는 비유는 망원경으로 산수유를 바라본 자의 게으른 문장이라고 무시했다. 우산 모양으로 펼쳐진 꽃대 끝마디에 꽃이 하나씩 조롱조롱 달린 것을 보았다. 일본식 용어로는 '산형화서(傘形花序)', 즉 산형꽃차례로 꽃자루 끝에 달린 네 장의 꽃잎들은 하나같이 발랑 까져 있었다. 암술은 1개, 수술은 4개였다. 산수유 꽃을 본다는 것, 그것은 바야흐로 활기를 띠는 산수유의 사생활을 염탐한다는 것.

민들레

　교양 수업 시간에 90여 명 학생들에게 물었다. 제비꽃을 아는 사람 손을 들어봐요. 겨우 대여섯 명에 불과했다. 그러면 민들레꽃을 아는 사람? 60명이 넘는 학생들이 손을 들어 그만 헤아리기를 포기했다. 민들레가 젊은이들에게도 친숙해진 까닭은 봄철이면 어디서나 만날 수 있는 꽃이기 때문일 것이다. 아무 데서나 잘 자라는 민들레는 들꽃 중의 들꽃이라 할 만하다. 학생들에게 다시 물었다. 토종 민들레와 외래종 서양 민들레를 구별할 줄 아는 사람? 이번에는 1명도 없었다. 꽃받침이 꽃을 감싸고 있으면 토종 민들레, 뒤로 젖혀져 있으면 외래종 서양 민들레지요. 옛 식물도감에 '총포(總苞)'라는 말이 나와 있으면 그건 꽃의 밑동을 싸고 있는 부분을 말합니다. 요즘은 '꽃싸개잎'이라는 예쁜 말로 불러요. 헷갈리면 우선 '꽃받침'으로 기억해둬요. 민들레 덕분에 학생들 앞에서 좀 아는 체했다.

　민들레는 꽃이 지고 나면 그 자리에 씨앗이 맺힌다. 솜털이 붙은 낙하산 모양의 씨앗이 하나씩 날아다니니까 사람들은 그걸 '홀씨'라고 착각하는 것 같다. 〈민들레 홀씨 되어〉라는 80년대 대중가요가 착각을 부추긴 측면도 강하다. 민들레는 홀씨가 아니다. 홀씨란 홀로 번식할 능력이 있는 생식세포를 말한다. 즉 무성생식을 위한 세포를 포자라고 하는데, 이것이 바로 홀씨다. 암술과 수술이 서로 사랑을 나누지 않아도 종족을 퍼뜨릴 수 있는 능력이 있는 것이다. 홀씨로 번식하는 대표적인 것으로 버섯과 고사리가 있다.

변산바람꽃

변산바람꽃은 따뜻한 바람이 불어야 핀다. 2월 하순부터 4월에 걸쳐 전국 각지에서 볼 수 있다. 변산반도에서 처음 발견되었다고 해서 변산바람꽃이라는 이름을 얻었는데, 멸종 위기종으로 지정되어 있기도 하다. '나도바람꽃', '너도바람꽃', '홀아비바람꽃', '꿩의바람꽃'……. '꿩의바람꽃'은 봄에 산골짜기에서 꿩이 우는 소리가 들리기 시작하면 핀다. 이런 꽃들은 뿌리줄기로 번식하는 까닭에 귀엽게 오종종 모여서 피는 것이 특징이다. 사람의 발길이 잘 닿지 않는 바위틈이나 낙엽 사이로 빼꼼 얼굴을 내민다. 허리를 낮추어야 볼 수 있다. 나비나 벌을 불러 모으기 위해 하얀 꽃받침을 꽃잎처럼 펼치고 있는 것이 특이하다. 변산바람꽃을 만나기 위해 전북 부안 내소사 뒷산을 올랐다. 거기서 서해를 보는 건 덤.

하산해서 바닷가를 걸었다. 전북 부안군의 변산마실길 중에 압권은 6코스로 지정된 왕포에서 모항까지의 해변길이다. 이 중에서 나는 작당마을에서 모항까지 2시간쯤 천천히 걷는 길을 무지 좋아한다. 해변에 자연스럽게 형성된 이 길은 화장을 하지 않은 맨얼굴이다. 갯벌과 곰소만을 옆에 끼고 걷다 보니 변산반도의 남쪽 바다가 은빛 물결을 내게 보내오는 것 같았다. 아침의 일출과 저녁의 낙조를 한꺼번에 볼 수 있다 한다. 작당마을은 옛말로 '까치댕이'. 앞으로 나는 이 길을 '까치댕이길'로 부르고 싶다. '변산바람꽃'이라는 펜션에서 문인들에게 연중 집필실을 제공한다는 말을 들었다. 기대가 크다.

개불알풀꽃

　3월 첫 주 수업 시간에 학생들에게 내는 과제가 있다. 허리를 낮추고 개불알풀꽃을 찾아봐라. 연보랏빛이거나 연분홍빛인 이 꽃을 찾아 휴대폰으로 촬영한 다음, 내 트위터로 보내라. 지천으로 피는 꽃이지만 새끼손톱보다 작으니 잘 살펴봐야 한다고 당부한다. 꽃이 피어도 꽃이 핀 줄 모르고 무관심하게 지나가는 습관을 조금이라도 바로잡아주려는 의도는 대체로 잘 먹힌다.

　학생들은 이 꽃의 이름 때문에 먼저 눈을 번쩍 뜬다. 개불알풀이라는 이름은 씨앗의 생김새가 개의 불알을 닮았다고 해서 붙은 이름이다. 실제로 꽃이 지고 나면 두 쪽의 동그란 씨앗이 하트 모양을 뒤집어놓은 것처럼 나란히 붙어 줄기 끝에 맺힌다. 또 다른 견해도 있다. 작은 꽃잎에 난 줄무늬가 개의 불알에 난 줄무늬와 흡사하다고 해서 붙은 이름이라는 설이다. 결국 '개불알' 근처를 떠나지 못한다. 어찌되었든 개불알풀은 일본말

'이누노후구리(いぬのふぐり)'
의 직역이다. 우리 방언에서 온
말이 아닌 것이다. 이 풀은 일제강점기
동안에 한반도에 들어온 외래종으로 알려져 있다. 그럼에도
개불알풀이 버젓이 '국명'으로 등재된 이유가 뭘까 궁금해
진다. 한자 이름으로는 '지금(地錦)'이다. 땅에 비단처럼 낮
게 깔려 있기 때문에 붙은 이름일 것이다. 개불알풀꽃이 듣
기 거북하니까 '봄까치꽃'으로 부르자는 사람들도 있다. 까
치처럼 봄을 처음 물어다 주는 꽃이란 뜻일까? 북한에서는
혐오감을 주는 식물 이름을 다 바꿨다는데, 뭐라고 부를까?

벼룩나물

달력의 날짜가 2월 중순을 넘어가면 냉이를 캐러 나가고 싶어진다. 따스한 볕을 받아먹으려고 냉이가 땅속에서 길고 가는 뿌리를 꼼지락거릴 때다. 사내가 바구니 들고 들로 나간다 해도 아무도 흉보지 않는다. 냉이를 찾아낼 수 있는 사람도 점점 줄어들고 있으니 어깨를 좀 으쓱거려도 좋은 것이다.

이맘때면 또 나를 설레게 하는 들나물이 있다. 벼룩나물이 그것이다. 충청도와 전라도에서는 '벌금자리'라고 하고, 경상도에서는 '나락나물'이라고 부른다. 나락나물? 나락 모양의 자잘한 잎들을 가늘고 연약한 줄기에 달고 있기 때문일까? 이놈은 습기 많은 논둑에 줄기가 마디를 이루어 길게 뻗으며 자란다. 3, 4월쯤이면 별꽃 모양의 하얀 꽃이 피는데 꽃이 피기 전에 어린순을 뜯어 먹는다. 약간 비릿하면서도 개운한 느낌이 도는 그 맛을 보려면 때를 놓치지 않아야 한다. 논둑에서 자라다 보니 지푸라기가 많이 묻어 있다.

검불 없이 다듬는 일이 여간 성가신 게 아니다.

　벼룩나물은 초고추장에 무쳐 먹거나 고기로 쌈을 싸서 먹을 때 넣기도 한다. 내 입맛으로는 뜨거운 밥에 참기름과 고추장을 넣고 싹싹 비벼 먹는 게 최고다. 오래전에 작업실에서 그걸 한번 해 먹였더니 봄만 되면 전화해서 언제 또 맛보냐고 칭얼대는 '서울촌놈들'도 있다. 봄이 온다고 말로만 봄의 향취가 이러니저러니 하고 떠들지 말자. 벼룩나물을 찾아 들로 나가보자. 가르마 같은 논길에 쪼그려 앉을 때, 그때 빼앗긴 들에도 봄은 온다, 성큼.

고양이 뼈

봄이 오기 전에 화단을 정리해야겠다고 생각했다. 바닥에 닿도록 늘어진 개나리 가지도 쳐내고 바싹하게 마른 풀들도 자를 참이었다. 낫을 들고 화단으로 들어갔다가 깜짝 놀랐다. 평소에 보이지 않던 화단 안쪽에 웬 짐승의 하얀 유골이 놓여 있었던 것이다. 한 조각도 흐트러지지 않고 그것도 아주 가지런하게 놓인 그 유골의 주인공이 누구인지 금방 알아챌 수 있었다. 고양이 뼈였다. 당장에 달아날 듯, 뒷발로 땅을 박차고 튀어오를 듯, 앞다리를 낮추고 동그랗게 몸을 말고 웅크린 고양이 뼈 한 마리! 마치 살아 있는 고양이를 보는 것 같았다. 수염 한 올, 살가죽 한 장 없이, 얼룩무늬도 벗어던지고 말이다.

그때부터 상상력이 가동되기 시작했다. 이 짐승이 대체 어디를 급히 가려나? 왜, 이곳에, 혼자 와서 숨어 있나? 꼬리뼈를 살짝 치켜들고 있는 이 고양이는 세상의 소란한 햇빛 따위 작파하고, 약에 취한 듯, 비틀거리듯 쓰러지듯, 이

그늘을 찾아들었을까? 세상의 앞쪽보다는 뒤쪽이거나 아래
쪽에 기어이 살고 싶었을까? 이 고양이가 암컷이라면 어린
것들이 떼를 지어 엄마를 찾아와 울고불고했을 것이다. 엄
마의 골반에 코를 대고 문지르다가 냄새를 맡다가 돌아갔
을 것이다. 그때 엄마 고양이는 젖 먹으러 왔다가 앙앙 울
며 돌아간 새끼들을 생각하고 죽은 몸을 벌떡 일으키려고
했을 것이다. 죽은 엄마 고양이의 몸에 물큰한 젖이 도는
봄날 오후, 엄마는 죽어서도 아기에게 젖을 먹이고 싶었을
것이다.

잡초

    시골에 작업실을 마련했을 때 내 계획은 소박하면서도 거창했다. 마당에 잔디를 꼭 심어야지. 울타리 안쪽에는 나무를 빙 둘러 심는 거야. 나도 드디어 땅에 나무를 심는 사람이 되는 거지. 마음이 들떴다. 이팝나무를 심기 위해 준비하고 있을 때 마을 어르신 한 분이 말씀하셨다. 마당에 나무 심으면 10년 뒤쯤엔 후회할지 몰라.

    해가 바뀌자 마당 잔디 사이사이에 풀들이 돋아났다. 애써 심은 잔디를 풀들이 해칠 것 같아 마루에 한가하게 앉아 있을 틈이 없었다. 눈에 보이는 족족 풀을 뽑았으나, 돌아앉으면 또 다른 풀이 보였다. 괭이밥, 광대나물, 민들레, 고들빼기, 개망초, 토끼풀, 쑥, 질경이, 산괴불주머니, 제비꽃……. 그 이름을 하나하나 알게 된 건 소득이었지만, 그것들을 뽑는 일은 노역이었다. 몇 해 동안 나는 잡초 뽑는 일을 중요한 '작업'처럼 수행하고 있었다. 이웃집 어르신이 마당에 쪼그려 앉아 있는 나를 보고 또 법어를 던지셨다.

자갈을 한 차 쏟아붓든지 '공구리'를 쳐버리는 게 젤인디!
나는 내심 오기를 부렸다. 명색이 시인이 그럴 수야 없지.

　10년이 지났다. 나무들의 키가 훌쩍 자랐고, 그만큼 그늘
도 깊어졌다. 이번에는 나무 그늘이 잔디를 덮었다. 그러자
또 다른 풀들이 인해전술처럼 기승을 부리기 시작했다. 도
저히 손을 댈 수 없었다. 나는 풀들에게 항복하고 말았다.
그리고 초연한 척 혼자 중얼거렸다. 잡초가 어디 있겠어?
잔디도 풀도 서로 어울려 사는 거지. 그게 자연이지, 뭐.

애벌레 농사꾼

완주 작업실 담장 밑에 두어 평 될까 말까 한 땅이 있다. 거기에 재미 삼아 상추나 고추 따위를 심는다. 언젠가 얼갈이배추 씨앗을 뿌린 적이 있다. 어느 날 가보니 잎사귀가 한 뼘 크기나 자라 있었다. 때를 놓칠세라 연한 잎사귀를 뜯어 먹기 위해 애벌레들이 진을 치고 있었다. 이놈들이 얼갈이배추 잎 위에 제 맘대로 길을 내고 똥을 싸면서 아기작아기작 또 배를 채우고 있었다. 이 어린것들이 많이 먹고 어서 컸으면 싶었다. 그걸 신기해하며 들여다보고 있는 나를 보시더니 동네 할머니 한 분이 혀를 쯧쯧 차며 약 좀 혀, 하신다. 약을 치라는 말을 여기서는 약을 '한다'라고 한다. 그러마고 말은 했으나 나는 약을 칠 생각이 없었다. 무슨 생태주의자여서가 아니라 애벌레를 키우는 것도 '농사'라고 스스로에게 우길 참이었다. 그때부터 나는 조금 들뜨기 시작했다. 내가 마치 애벌레 농사꾼이 된 것 같았다. 애벌레가 자라 나비가 되면 나는 얼갈이배추밭의 주인이면서 나비의 주인이 되는 것이다! 나비는 동네의 허공을 다 차지할 것이다. 나비는 동네를 벗어날 수도 있을 것이다. 그러면 내가 기른 나비가 날아가는 곳까지가, 나비가 울타리를 치고 돌아오는 그 안쪽까지가 모두 내 소유가 되는 것이다. 내가 나비의 주인이므로.

　이 이야기를 시로 쓴 다음에 제목을 〈재테크〉라고 붙였다. 평소에 재산을 늘리는 주식 투자 한 번 해보지 않은 내가 투기꾼이 되었던 것. 밑천 없이 부자가 되는 법도 있다.

딱새네 집

4월 어느 날이었다. 완주 작업실 방문을 열어놓고 마당을 내다보고 있었다. 그때 툇마루 위 처마 안쪽에 수상한 물체가 눈에 들어왔다. 보통 때와는 다른 이상한 낌새가 느껴졌다. 전깃줄에 놀러온 새들이 똥을 싸는 통에 그걸 받으려고 골판지를 받쳐놓은 자리였다. 무슨 일인가 싶어 의자를 놓고 올라가보았다. 아이코! 어떤 새가 검불로 작은 둥지를 지어놓고 새끼들을 기르고 있었던 것이다. 대여섯 개의 노란 부리가 약속한 듯이 아무 소리도 내지 않고 입을 벌리고 있었다. 엄마 새를 기다리다가 지쳐서 개나리꽃 같은 부리가 딱딱하게 굳어버린 것이라고 생각했다. 덜컥 겁이 났다. 내가 새끼를 기르는 어미 새의 마음도 모르고 툇마루를 들락날락했기 때문에 새끼들이 어미를 기다리며 입을 벌린 채 굶고 있었던 것이다. 나는 죄 많은 인간이다! 그때야 나는 보았다. 딱새 두 마리가 마당의 나뭇가지들을 바쁘게 옮겨 다니며 내 눈치를 살피고 있다는 것을. 수컷은 가슴부터

배 아래쪽이 온통 붉은 갈색을 띠고 있었고, 암컷은 몸 전체가 회색빛이 도는 옅은 갈색을 띠고 있었다. 딱새가 분명했다. 나는 딱새의 육아를 2시간 가까이 방해한 나쁜 인간이었다. 방문을 닫고 마당 한쪽으로 가만히 몸을 피했다. 지렁이를 입에 문 딱새 어미가 재빠르게 처마 안쪽으로 날아들었다. 이어서 딱새 아비가 작은 벌레를 물고 뒤를 따랐다. 이들이 나 때문에 얼마나 마음을 졸였을까?

생각해보니 작업실은 내 집이 아니었다. 그곳은 딱새네 집이었다.

참꽃

아파트 베란다에서 진달래가 꽃을 피웠다. 열흘쯤 된다. 지난해 가을에 우리 집에 이사 온 아가씨인데 처음으로 꽃을 피웠다. 겨우내 감추어두었던 봄을 누구보다 일찍 보여 줘서 반갑고 고맙다. 덕분에 베란다가 환해져서 평수가 몇 배나 넓어진 것 같다. 어릴 적에 우리는 진달래보다 '참꽃'으로 더 많이 불렀다. 참꽃은 먹어도 되지만 '개꽃'으로 부르는 철쭉은 먹을 수 없다고 배웠다.

빨래들이 널린 베란다를 환하게 밝혀주는 것까지는 좋은데, 이 아가씨 가만 보니 참 게으르기 짝이 없다. 하루 종일 햇볕하고만 어울려 논다. 나를 통 아는 체를 하지 않는다. 샘이 나서 불쑥 입을 맞춰본 적도 있다. 하지만 몸을 부르르 떨다가 또 나를 외면한다. 아침인데도 이불을 개거나 머리를 빗거나 밥을 차려 먹을 생각을 하지 않는다. 내가 외출한 뒤에도 햇볕하고만 눈을 맞추며 시간을 보낼 것이다.

요즘 이 참꽃에 빠져 있지만 걱정이 없는 것은 아니다.

언젠가 읽었던 수필의 한 대목이 자꾸 머리에 떠오르기 때문이다. 집 안에서 키우는 진달래가 꽃을 피워 반가웠는데, 딱 한 해만 꽃을 피우고 그다음 해부터는 영 소식이 없더라는 것이다. 차가운 바람과 눈이 덮어주는 이불을 덮고 자라지 않은 탓에 그만 생식능력을 잃어버린 것이었다. 과보호가 불러일으킨 화였다. 그럼 나는 어떡해야 하지? 바람 불고 비 오고 눈 내리는 베란다 밖으로 이 참꽃 아가씨를 자주 데리고 나가야 하나? 원래 살던 산속으로 다시 보내야 하나?